구라짱

SEOUL, 2009

*이 소설은 특정 학교나 특정 인물과 상관없는 허구임을 밝힙니다.

구라짱

초판 제1쇄 발행일 2009년 6월 25일
초판 제9쇄 발행일 2020년 2월 25일
지은이 이명랑
발행인 윤호권 발행처 (주)시공사
주소 서울시 서초구 사임당로 82
전화 영업 2046-2800 편집 2046-2821~4
인터넷 홈페이지 www.sigongsa.com

ⓒ 이명랑, 2009

ISBN 978-89-527-8020-1 44810
ISBN 978-89-527-5572-8 (세트)

*홈페이지 회원으로 가입하시면 다양한 혜택이 주어집니다.
*잘못 만들어진 책은 구입하신 서점에서 바꾸어 드립니다.

구라쟁이

이명랑 지음

시공사

차례

1. 또라이

이봐요, 할망구! 지금은 월요일 아침이라구. 월요일은 한 주를 시작하는 날이잖아? 게다가 지금은 아침, 아니지, 6시는 아침이 아니야. 6시는 꼭두새벽이라구!

"알립니다. 이번 주는 놀토! 놀토에 기숙사에 남을 학생들은 목요일까지 사유서를 제출해 주기 바랍니다. 다시 한 번 알립니다. 이번 주는 놀토! 놀토에 기숙사에 남을 학생들은 목요일까지 사유서를 제출…… 이번 주는 놀토! 놀토에 기숙사에 남을 학생들은…… 이번 주는 놀토……."

이번 주는 놀토…… 이번 주는 놀토…… 앗, 내가 지금 뭐 하는 거야?

나는 어느새 스피커에서 흘러나오는 사감 할망구 말을 따라 하고 있었다.

"이게 말이 되냐구! 말이 되냔 말이야?"

"뭐가?"

뭐가? 뭐가라고?

나는 내 머리를 쥐어뜯으며 침대에서 일어나 앉았다. 잘난 척이 재차 물었다.

"뭐가 말이 되냐고 묻는 건데?"

나는 기숙사 천장에 매달린 스피커를 가리켰다.

"스피커? 스피커가 왜?"

이제 잘난척은 완전히 나를 향해 돌아앉았다.

"그러니까 너는 저게 말이 된다고 생각하니?"

나는 다시 스피커를 가리켰다. 스피커에서는 아직도 "이번 주는 놀토…… 이번 주는 놀토……." 하고, 사감 할망구의 목소리가 흘러나오고 있었다. 그런데도 잘난척은 "스피커가 왜?"라고 묻고 있는 것이다. 너는 6시, 그러니까 꼭두새벽부터 일어나 앉아 공부씩이나 하는 애가 한국말도 제대로 이해 못 하냐, 라고 따져 묻고 싶었지만, 관뒀다.

왜?

입 아프니까.

"공부나 하셔!"

내 말에 잘난척은 입술을 삐죽삐죽, 두 눈을 흘깃흘깃, 콧구멍까지 벌렁거리며 내 태도에 불만을 드러냈다.

그러거나 말거나.

나는 일어나 내 책상으로 걸어갔다. 책상 서랍을 열었다. 순간, 쩌르르르, 엄청난 기운이 느껴지면서 등 뒤에 있는 잘난척이 나를 째려보고 있다는 걸 알았다. 마치 두 눈으로 보고 있는 듯 등 뒤의 상황이 생생하게 전해져 오는 것이었다.

나, 등에도 눈이 달리게 된 걸까?

어쩌면.

아니, 분명히.

기숙사 생활을 오래 하면 뒤통수는 물론 등에서도 눈이 튀어나오게 된다. 마치 박민규의 〈갑을고시원 체류기〉[1]란 소설에 나오는 쥐처럼 말이다. 그 쥐는 몸에서 사람의 귀가 자라난다.

"얘들아, 이건 문학적 상징이란다."

지난번 레슨 시간에 소설 전공 레슨 선생이 한 말이다. 참고로 밝히자면, 이 선생의 별명은 '백지'이다.

또 한 번 쩌르르르, 등 뒤로 엄청난 기운이 느껴졌다. 잘난척이 나를 향해 '퍽큐'를 날리고 있었다. 나는 안 보고도 알 수 있었다. 왜? 뒤통수뿐만 아니라 등에서도 눈이 튀어나오게 되었으니까.

"몸에서 사람의 귀가 자라난 쥐? 그런 쥐가 있을까? 이건 상징이지, 문학적 상징. 그래서 문학이 위대한 거야. 봐라, 이 문장을 봐라. 밀실이란 말이 있지? 밀실에서 살아가는 쥐처럼, 이라는 말이 있지? 바로 이거야. 갑을고시원에서 살아가려면 누구든 밀실에서 살아가는 쥐가 되어야 해. 귀만 발달한 쥐. 이 소설은 말이야, 소리에 대한 묘사가 참 많이 나오지 않던? 여길 봐. 이 문장을 말이야. 찾았니? 갑을고시원에서 살게 되면서부터 사람의 몸에서는 참 많은 소리가 난다는 걸 알게 되었다고 하고 있잖아. 방귀 소리, 트림 소리……몸에서 나는 소리까지 참아 가면서 살아야 하는 사람들! 이 얼마나 불쌍한 사람들이냐? 그러니까 몸에서 사람의 귀가 자라난 쥐란, 바로 밀실에서 살아가는 사람들을 상징하고 있는 거란다. 이 소설은 갑을고시원 같은 밀실에서 살아가는 바로 우리 자신들의 이야기지. 아— 밀실의 쥐들이여!"

언제나처럼 레슨 선생은 말끝에 아— 하고 감탄사를 붙였다. 그때는 도대체 왜 감탄을 하는지, 도대체 무슨 소린지, 밀실에서 살아가는 사람들과 몸에서 사람의 귀가 자라난 쥐가 도대체 무슨 상관인지 알 수 없었다.

그러나 지금은 안다.

갑을고시원 같은 밀실에서 살아가다 보면 사람의 귀가 자라난 쥐가 된다. 기숙사에서 살아가다 보면 뒤통수나 등에서도 눈이 튀어나온다. 결국 모두 같은 얘기다.

살려면, 별수 없다는 거다.

아, 이게 바로 문학적 상징이구나!

나는 어느새 레슨 선생과 똑같은 목소리로 아— 하고 감탄사를 내뱉고 있었다. 솔직히 나는 그 순간만큼은 '문학적 상징'에 대해 좀 더 사유하고 싶었다. 그러나 삶이 나를 사유하게 놔두지 않았다.

"이번 주는 놀토…… 이번 주는 놀토…… 놀토에 기숙사에 남을 학생들은……."

스피커에서 흘러나온 사감 할망구의 목소리가 귀를 뚫고 들어와 머릿속에서 맴맴맴, 맴을 돌았다. 돌기 일보 직전이었다. 나는 책상 서랍에서 박스 테이프를 꺼냈다. 책상 의자를 스피커 밑에 끌어다 놨다. 내가 박스 테이프를 들고 의자에 올라서자 등 뒤에서 잘난척이 소리쳤다.

"지금 뭐 하는 거야?"

으, 잘난척의 그 째지는 목소리라니!

그러거나 말거나.

나는 잘난척 쪽으로는 눈길도 주지 않았다. 나는 재빨리 박스 테이프를 이빨로 가져갔다. 최대한 드라마틱한 장면을 연출하고 싶었다. 나는 이빨로 박스 테이프를 물어뜯었다. 잘 안 찢어졌다. 관둘까? 이러다 이빨 다 작살나는 거 아냐?

가서 가위를 가져와? 아주 잠깐, 나는 망설였다. 그러나 또 쩌르르르, 등 뒤에서 엄청난 기운이 느껴졌다. 잘난척의 콧구멍이 벌름거리고 있었다. 벌름거리는 콧구멍에서 거친 숨이 자동차 매연처럼 뿜어져 나오고 있었다. 안 보고도 알 수 있었다.

내 뒤통수, 아니 등 한복판에 튀어나온 눈이 그새 이만큼 발달하다니!

인간의 적응력에 새삼 감탄하며 나는 다시 이빨로 박스 테이프를 물어뜯었다. 연기과 애들처럼 '지금 나는 개다! 뼈다귀에 붙어 있는 살점을 물어뜯고 있는 개다!' 라고 자기 암시를 걸었더니 박스 테이프가 쉽게 뜯어졌다. 점점 더 가속도가 붙었다. 나는 이빨로 물어뜯은 박스 테이프를 스피커에 붙였다. 아니, 박스 테이프로 스피커를 포박해 버렸다.

"이번 주는 놀토…… 이―버―어―언― 주―우우우―느으―은 ―노―오오오―ㄹ―토―."

사감 할망구의 목소리가 박스 테이프 안쪽으로 말려 들어갔다. 뒤이어 잘난척의 그 째지는 목소리가 이어졌다.

"지금 뭐 하는 짓이야!"

순간, 내 뒤통수, 아니 등짝에 튀어나온 눈에 잘난척의 얼굴이 늘어왔다. 앞쪽에 제대로 매달려 있는 눈으로는 차마 봐 줄 수 없는 얼굴이었다.

"뭐 하는 짓이냐구!"

잘난척은 거의 숨 넘어가기 일보 직전이었다. 나는 어쩔 수 없이 잘난척을 향해 돌아섰다. 내 뒤통수, 아니 등짝에 달린 눈으로 봤던 얼굴과 진짜 똑같았다. 차마 봐 줄 수 없는 얼굴이었던 거다. 나는 얼른 자기 암시를 걸었다.

'나는 지금 개다. 개다. 눈 뜨고는 봐 줄 수 없는 우주 괴물과 맞서 싸우는 개다!'

나는 개처럼 박스 테이프를 이빨로 물어뜯었다. 눈 뜨고는 차마 봐 줄 수 없는 얼굴로 나를 향해 으르렁거리는 잘난척 우주 괴물을 향해 맹렬히 짖어 댔다.

"월월월ー 월월ー."

🐾

레슨 선생이 백지를 나눠 줬다. 언제나처럼 말이다. 매 시간 백지만 들고 나타난다. 그래서 별명이 '백지'이다.

"자, 이 백지에 무엇이든 써 봐라."

그다음 말은 안 들어도 뻔하다. 마음속 저 깊은 곳에서부터 문장을 끌어내라, 겠지.

"마음속 저 깊은 곳에서부터 참된 문장을 끌어내 보도록!"

레슨 선생이 말했다. 오늘은 그나마 문장 앞에 '참된'이란 수식어가 붙었다. 아마 다음번 레슨 시간엔 '진실한 문장'일 거다.

잘난척은 레슨 선생이 백지를 나눠 주자마자 큼지막하게 제목을 썼다. 그러고는 내 왼쪽 옆구리를 콕콕 찔렀다. 잘난척의 백지 위엔 굵은 고딕체로 '또라이'라고 씌어 있었다.

"또라이?"

"그래, 너!"

잘난척은 내가 미처 따지기도 전에 복도로 나가 버렸다. 나가면 뭐 못 쫓아가냐? 나도 얼른 따라 나갔다.

"또라이? 사이코? 미쳤다는 뜻, 맞지? 넌 이 또라이란 단어로 대체 어떤 주제를 드러낼 수 있다고 생각하느냐?"

복도로 나갔더니 벌써 잘난척과 레슨 선생이 한바탕 말씨름을 벌이고 있었다.

"선생님이 말씀하셨잖아요. 글의 제목은 상징성이 강할수록 좋다구요. 전 이 또라이란 제목이 제 글의 내용을 잘 드러내 줄 수 있다고 확신해요."

잘난척이 언제나처럼 잘난 척을 하고 있었다. 레슨 선생의 콧잔등이 찌그러졌다.

"그러니까 대체 네 글의 내용이 어떤 거냐 말이다. 선생님이 물은 건 말이다, 이 또라이란 제목이 어떤 주제, 그러니까 어떤 걸 상징할 수 있느냐는 말이다. 내 말 알아듣겠니?"

"선생님 말씀을 알아들었냐구요? 물론이죠. 선생님 눈에는 제가 말귀도 못 알아듣는 멍청이로 보이시나요?"

"박하늘! 얘야, 난 그런 뜻으로 말하고 있는 게 아니잖니!"

"그런 뜻이요? 그런 뜻이 대체 뭔데요? 그럼 선생님은 대체 무슨 뜻으로 그런 말씀을 하신 건데요?"

잘난척과 레슨 선생의 꼴을 더 보고 있다가는 정말이지 '또라이'가 되어 버리고 말 거다. 나는 얼른 다시 소설 창작 레슨실로 되돌아갔다.

나는 내 눈을 의심하지 않을 수 없었다. 세상에, 아이들이 뭔가를 쓰고 있었다!

'내가 지금 헛것을 본 거야.'

나는 눈을 떴다 감았다. 그랬더니 정말 헛것이 보였다. 아이들은 백지 위에 뭔가를 쓰고 있을 뿐만 아니라 집중까지 하고 있었다. 어찌나 진지하게 쓰고 있는지, 이마에 주름까지 잡혀 있었다.

우리 소설반에 '진지'와 '집중'이라니!

평상시와는 너무나도 다른 분위기에 나는 주눅이 들어 버렸다. 소금에 팍 절인 배추가 된 기분이랄까? 나는 살금살금, 발소리까지 죽여 가며 내 자리로 걸어갔다. 오로지 아이들의 집필을 방해하지 않으려고 말이다.

드르륵.

내가 생각해도 귀에 거슬리는 소리였다. 맞은편 자리에 앉은 장식용이 뭔가를 쓰다 말고 고개를 번쩍 들었다. 나는 자리에 앉으려고 의자를 잡아 빼다 말고 "앗, 미안!" 하고 말했다. 네 머리는 장식용으로 달고 다니느냐는 수학 선생의 말에 "네."라고 대답해 그 뒤로 '장식용'이라는 별명이 붙어 버린 장식용은 "앗!" 하고 내 말을 따라 했다.

"앗?"

내가 물었다.

"그래, 앗! 바로, 앗!"

장식용이 혼자 감탄사를 흘뿌려 댔다. 그러고는 거울 보는 것도 잊은 채 백지 위에 뭔가를 휘갈겨 쓰기 시작했다.

모두 뭐야? 이러면 도저히 궁금해서 견딜 수가 없잖아!

나는 책상마다 뛰어다녔다. 아이들의 백지를 낚아채서 읽기 시작했다.

"앗! 뜨거 떡볶이, 앗! 시려 팥빙수? 이거 뭐야? 떡볶이는 쫀득이, 오뎅은 덴뿌라칼침?"

"야, 이빛나, 너 뭐야? 남의 아이디어를 마구 공개하면 어떡하냐고? 몰라몰라몰라, 난 몰라."

장식용이 어깨를 마구 흔들어 대며 예의 그 '몰라몰라몰라'를 교실에 흘뿌려 댔다. 그러자 먹을 것 빼고는 오로지 장식용한테만 눈길을 주는 왕밥통 영수가 자리에서 벌떡 일어나 소리쳤다.

"당첨! 앗! 뜨거 떡볶이! 축하합니다, 축하합니다. 당신의 앗! 뜨거 떡볶이, 축하합니다."

"정말정말정말? 아, 몰라몰라몰라!"

도대체 이게 다 무슨 소린지. 왕밥통은 노래 부르고 장식용은 두 발을 동동거리며 좋아서 날뛰기 시작했다. 그러자 정말이지 진지한 얼굴로 백지 위에 뭔가를 열심히 쓰고 있던 아이들의 입에서 '쳇'이라든가 '제기랄'이라는 말이 튀어나왔다. 심지어 반장은 볼펜을 집어 던지기까지 했다.

반장 왈, 먹고 먹고 또 먹어도 언제나 배가 고프다고 투덜대는 왕밥통 영수네가 학교 앞에 떡볶이집을 연다는 것이었다. 왕밥통 어머니는 십대들의 취향을 고려해 십대들에게 통할 만한 음식 이름들을 만들고 싶어 하신단다. 우리 소설반 아이들의 힘을 빌려 참신한 음식 이름을 만들어 보고 싶은데, 만약 채택되면 그 아이는 하루 한 번, 토요일, 일요일은 빼고 주 5일 동안 밥통이 찰 때까지 떡볶이, 순대 등등을 먹을 수가 있단다.

"젠장, 공짜였는데……."

장식용에게 기회를 뺏겨 버린 반장은 장식용을 노려봤다. 분해 죽겠다는 표정이었다. 반장의 따가운 눈초리가 닿자 장식용은 재빨리 거울로 제 얼굴을 가렸다. 방패가 따로 없다.

장식용의 거울은 참 다양한 용도로 쓰인다. 쉬는 시간이나 공부 시간엔 거울, 시험 볼 땐 커닝용, 공부 시간엔 졸음 방지용, 이럴 땐 방패.

"자, 이제 뭘 길어 올렸나 좀 볼까?"

레슨 선생이 안으로 들어왔다. 레슨 선생의 뒤를 이어 잘난척도 따라 들어왔다. 의기양양한 걸 보니 오늘도 복도에서의 말씨름은 잘난척의 승리인가 보다.

"길어 올리다니요?"

잘난척은 제자리에 앉자마자 또 말꼬리를 잡고 늘어졌다. 레슨 선생은 일부러 못 들은 척, 안 들은 척했다.

"자자, 마음속 저 깊은 곳에서부터 참된 문장을 길어 올렸니?"

"아니요!"

"하나도 못 썼어요!"

레슨 선생은 늘 하던 대로 질문했고, 아이들은 늘 하던 대로 대답했다. 아마도 레슨 선생의 다음 말은 "마음을 길어 올린다는 게 그게, 그렇게 쉬운 일이 아니란다."일 거다.

"당연하지. 마음을 길어 올리는 일이, 그게 그렇게 쉬운 일이 아니지."

레슨 선생이 말했다. 늘 하는 말이다. 매일 똑같은 영어 테이프를 틀어 놓고 반복해서 듣는 기분이랄까?

"너희들은 문학이 뭐라고 생각하냐? 문학은 말이야……. 한마디로 정의하기는 어렵지. 그래도 이거 하난 진짜야. 너희들 마음에서 우러나는 소리, 바로 그 소리에 귀 기울여야 해. 다른 건 다 가짜야. 시간은 얼마든지 줄 테니까 이 백지에 진짜를 써."

레슨 선생은 우리들 앞에 놓여 있는 백지를 손으로 가리켰다. 그러고는 우리들에게 글 쓸 시간을 준답시고 밖으로 나갔다. 보나마나 어디 가서 빈둥거리다 오겠지.

나는 내 앞에 놓인 백지를 바라봤다. 마음에서 우러나는 소리……. 레슨 선생은 늘 이 백지에 진짜를 쓰라고 말한다. 그러나 진짜란 과연 무엇일까? 누구의 아들딸로 태어났는지, 자라면서 어떤 상처를 받았는지, 부모와의 갈등이라든가, 친구들 사이에서 있었던 괴로운 일들을 써야만 진짜인 걸까?

레슨 선생은 백지를 나눠 준다. 아이들은 백지를 메운다. 백지를 메우기 위해 상처들을 끄집어낸다. 매주 한 가지씩 마음 저 깊숙한 곳에 묻어 두었던 상처들을 기억해 내어 백지를 메운다. 그러나 '진짜' 혹은 '참된' 혹은 '진정한' 이라는 수식어를 달고 나온 이 상처들은 정말, 정말 순수한 걸까?

나는 레슨실에 앉아 있는 아이들의 얼굴을 휘둘러본다. 아이들은 그래도 뭔가를 쓰려고 노력하고 있다. 아직 안 쓰고 내버려 둔 상처가 있는지 기억해 내려고 애쓴다. 글의 소재가 되는 상처……, 쓰고 나서는 아이들과 함께 돌려 보며 읽고 합평하는 상처……, 아이들은 정말, 아무렇지도 않은 걸까?

♟♟♟

종이 울렸다. 정확히 4시 40분. 이것으로 오늘의 정규 수업은 끝이다. 반장이 백지를 거둬들이기 시작했다. 반장이 낚아채기 전에 나는 서둘러 백지에 쓴 글을 읽어 봤다.

☎ 막대 사탕

문화예술고등학교 문예창작학과
2학년 2반 13번
이빛나

풀밭에 누워 혀끝으로 막대 사탕을 핥는다. 달콤한 맛이 느껴진다. 나는 눈을 감는다. 이제 나는 달콤한 세상으로 건너간다.

똑똑.

내 노크 소리에 제일 먼저 달려 나오는 사람은 언제나 미나이다. 문이 열리기도 전에 벌써 미나가 달려오는 소리가 들려온다. 나는 미소 짓는다.

"언니!"

라는 말과 함께 미나가 달려 나와 내 목에 매달린다. 미나는 내 목에 매달린 채로 내 뺨이며 코에 입을 맞춘다. 이럴 때의 미나는 마치 정에 굶주린 애완견 같다. 매달릴 팔과 어깨를 찾아 미친 듯이 두 손을 뻗는다. 체온을 느끼고 싶어 닥치는 대로 볼을 비벼 댄다. 누군가의 목소리가 머릿속에 울려 퍼진다.

"사랑받지 못한 애들의 특성이지. 애정 결핍증이야!"

그 말을 한 사람은 그날, 고아원에 다녀왔다고 했다. 한 여자아이가 있었는데, 그가 웃어 주자 달려와 그의 무릎 위에 앉았다는 것이었다.

"정에 굶주린 고아들은 그렇다는구나. 낯선 사람한테도 선뜻 달려와 안긴다는 거야."

그런 말을 한 사람은, 실은 우리 아빠다. 아빠는 미나와 함께 살고 있다. 아빠와 살고 있는 미나는 정에 굶주린 애완견처럼 내 목에 매달리는 것이다.

나는 내 목에 매달려 있는 미나의 등을 쓸어내린다. 미나가 제 얼굴을 내 어깨에 묻는다. 우리는 그대로 풀밭 위에 눕는다.

"언니!"

미나가 내 가슴 속으로 파고든다.

"내 동생! 우리 미나!"

나는 미나를 향해 내 가슴을 활짝 연다. 미나를, 미나의 하루를, 미나의 눈물을 모두 받아들인다. 그렇게 미나의 눈물을 받아들일 때면 베개가 된 기분이다. 어둔 밤, 베개에 얼굴을 묻고 훌쩍이는 누군가의 눈물에 흠뻑 젖어 버린 베개.

훌쩍이는 미나의 등을 쓰다듬으며 나는 몇 번이고 다짐한다.

얼마든지 너의 베개가 되어 줄게.

"아빠는 하루 종일 잠만 자."

흠뻑, 베개를 눈물로 적시고 나서야 미나는 투덜거리기 시작한다. 나는 미나의 작은 손에 막대 사탕을 쥐여 준다.

"언니가 까 줘."

나는 막대 사탕의 껍질을 벗겨 미나의 입에 물려 준다. 미나의 얼굴에 미소가 번진다. 우리는 풀밭에 누워 하나의 막대 사탕이 녹을 때까지 하늘을 올려다본다. 막대 사탕을 입에 물고 올려다보는 하늘은 언제나 푸르다.

"미나야!"

집 안에서 미나를 부르는 소리가 들린다. 아빠의 목소리다. 푸른 하늘이 어두워지기 시작한다. 미나는 참았던 눈물을 터트리고야 만다.

뚜벅뚜벅.

아빠가 문을 향해 걸어오는 소리가 들린다. 곧, 아빠가 문을 열고 밖으로 나올 것이다.

"으왕!"

미나의 울음소리가 비구름을 몰고 온다. 어둔 하늘에서 비가 떨어지기 시작한다.

후두둑.

빗방울이 미나의 얼굴이며 등을 사정없이 후려친다.

뚜벅뚜벅.

아빠의 발소리가 점점 더 가까워지고 있다.

"어서 들어가!"

나는 미나의 등을 떠민다. 미나는 집 안으로 들어가지 않으려고 발버둥 친다. 나는 주머니에 남아 있던 막대 사탕을 모두 꺼낸다. 미나의 손에 쥐여 준다.

"언니가 올 때까지 이 막대 사탕을 먹고 있어. 미나가 이걸 다 먹기 전에 돌아올 거야."

미나는 눈물과 빗물이 범벅이 된 얼굴로 고개를 끄덕인다. 나는 아빠의 집 문 앞에 미나를 세워 두고 등을 돌려 달리기 시작한다.

"꼭이야! 약속했어!"

빗속에서 미나가 소리친다. 나는 미나를 향해 한 번 더 손을 흔들어 준다.

"금방 돌아올게!"

"금방 돌아올게!"
"금방 돌아올게!"
라고, 나는 말했었다. 그 약속을, 나는 지키지 못했다.

엄마와 아빠가 이혼하던 날, 엄마는 내 손을 꼭 쥐었다. 미나의 손이 아니라 내 손을. 나는 엄마가 잡아끄는 대로 밖으로 나왔다. 엄마와 나는 밖으로 나왔고, 아빠와 미나는 집에 남았다. 집 안쪽에서 엄마를, 언니를 부르는 미나의 목소리가 들렸다. 미나의 목소리가 들리자 엄마는 걸음을 빨리했다. 내가 자꾸 뒤돌아보자 엄마는 내 손을 더 세게 움켜쥐었다. 나는, 잠깐만, 잠깐만 다녀오겠다고 했다. 엄마는 내 말을 들어주지 않았다. 나는 엄마의 손을 뿌리쳤다. 미나를 향해 뛰어갔다. 바지 주머니에 쑤셔 두었던 막대 사탕을 미나의 손에 쥐여 주었다.

"금방 돌아올게!"

지키지 못한 약속이 떠오를 때면, 나는 아무 가게고 달려 들어가 막대 사탕을 산다. 하나의 막대 사탕이 다 녹을 때까지 하늘을 올려다본다. 그럴 때면 늘, 푸른 하늘에 비구름이 몰려오는 것이다.

미나는 아직도 내가 준 막대 사탕을 들고 빗속에 혼자 서 있다. 10년이 지난 지금도.

"안 낼 거야?"

어느새 반장이 내 옆에 서 있다. 아이들은 벌써 급식실로 달려가고 있었다.

툴툴거리기는.

나는 내 백지를 반장한테 넘겨줬다.

"막대 사탕? 또라이의 변론이 아니고?"

내 글의 제목을 보더니 반장은 굉장히 의외라는 듯이 물었다.

"또라이의 변론? 그건 또 무슨 소리야?"

내가 묻자 반장은 아이들에게서 거둬들인 백지들 사이에서 잘난척의 백지를 찾아 보여 주었다.

"여기 이 또라이가 너 아냐?"

잘난척의 백지엔 커다란 글씨로 여전히 '또라이'라고 씌어 있었다. 보나마나 아침에 있었던 일에 살을 붙이고 붙여 나를 '또라이'로 만들어 버렸을 게 뻔했다.

흥. 그러거나 말거나.

♟♟♟♟

급식 시간 내내 잘난척이 내게 썩은 미소를 날렸다. 레슨 시간에 두고 보자는 뜻이었다. 그래서 난 닭튀김을 씹다 말고 혀를 내밀어 주었다.

"우웩!"

하고, 효과음도 잊지 않았다.

"저, 또라이!"

라는 말을 남기고, 잘난척은 급식실을 빠져나갔다.

나는 닭튀김을 씹으며 이제 곧 벌어질 잘난척과 나의 난투극에 대해 생각했다. 난투극. 그렇다. 이것은 피 튀기는 전쟁이다. 그러나 우리의 무기는 총알이 아니다. 우리가 적을 무찌르기 위해 전쟁터에 들고 나가는 무기는 글이다. 우리는 글로 적의 심장에 구멍을 낸다. 구멍 난 적의 심장에서 철철철 피가 흐르게 만든다. 치명적인 한 문장으로 적의 숨통을 끊어 놓고야 만다. 이러한 글의 위력을 우리는 그 누구보다 잘 알고 있는 것이다.

처음 이 학교에 왔을 때 나는 깜짝 놀랐다. 심지어는 장식용으로 머리를 달고 다니는 장식용까지도 글의 힘을 알고 있었다.

"넌 이 학교에 왜 왔어?"

라는 내 질문에 장식용은 망설이지도 않고 대답했다.

"왜긴 왜야, 대학 가려고 왔지."

먹는 것 빼고는 그 무엇에도 관심이 없는 왕밥통 영수도, 제 고향인 영천에서는 수재 소리를 들었다는 반장도, 입만 열었다 하면 잘난 척만 해 대는 잘난척도, 그 외 기타 등등에 해당하는 애들 모두, 글이 우리를 대학에도 보내 줄 수 있다는 사실을 알고 있었다.

문화예술고등학교 문예창작학과 아이들, 그중에서도 소설 전공의 아이들은 글의 위력을 확실히 잘 안다. 알고 있기에, 글을 칼이나 창처럼 휘두른다.

잘난척을 예로 들어 보자. 나와 한방을 쓰고 있는 잘난척은 내가 마음에 들지 않거나 나를 괴롭히고 싶을 때면 백지에 글을 쓴다. 그 백지는 물론 레슨 선생이 나눠 준다. 레슨 선생이 나눠 준 백지에 내 험담을 마구 늘어놓는다. 예를 들면, '나는 벌레와 한방을 쓰고 있다. 그 벌레는 밤이면 내 몸 위로 올라와 내가 잠든 틈을 타 내 콧속으로 들어온다. 내 콧속으로 들어온 그 벌레는 내 곤한 잠을 방해한다. 나는 벌레가 내 몸을 파먹는 꿈을 꾸다 소스라치게 놀라며 잠에서 깨어난다.' 라는 식의 글을 휘갈겨 써 놓는 것이다. 그래 놓고서는 '문학적 비유'니 '은유와 상징'이라느니 하면서 아이들 앞에서 그 글을 읽는다.

그러면 뭐가 '은유'고 '상징'인지 잘 이해하지 못하는 아이들은,

"나는 벌레와 한방을 쓰고 있다? 박하늘이랑 한방 쓰는 애 이빛나 아니야?"

"이빛나가 박하늘 몸 위로 올라와?"

"어유, 뭐야 이거? 둘이 밤마다 이상한 짓이나 하고!"

"저질, 저질! 얘들 레즈비언인가 봐!"

따위의 말들을 하며 책상을 두드려 대는 것이다.

한동안 나는 레즈비언이었다. 잘난척의 그 잘난 글 때문에.

이래도 글이 칼이나 창이 아니란 말인가?

오늘도 잘난척은 백지에 내 험담을 늘어놨을 것이다. 제목이 '또라이' 인 걸 보니, 오늘은 나를 '또라이' 로 만들 셈인 것이다.

5시 40분. 급식 시간이 거의 끝나 가고 있었다. 5시 50분부터 다시 전공 레슨이 시작된다. 우리는 일주일에 두 번 전공과 관련된 수업을 받는다. 점심 급식 후 네 시간 동안 레슨 선생이 나눠 준 백지 위에 소설을 쓴다. 저녁을 먹고 세 시간 동안 아이들이 백지 위에 쓴 글을 서로 돌려 읽고 그 글에 대한 감상을 말한다. 운이 좋은 날엔 레슨 선생인 백지가 선정한 소위 '탁월한 글' 한 편을 집중적으로 읽고 토론하기도 한다.

"앗!"

옆에 앉은 장식용이 비명을 내질렀다. 뭐야, 거울이라도 깨진 거야?

"앗!"

먹을 거 빼고는 오로지 장식용에게만 관심을 보이는 왕밥통 영수도 비명을 내질렀다. 뭐야, 밥통에 금이 가기라도 한 거야?

장식용과 왕밥통은 식판을 들고 일어섰다. 시계를 보니 벌써 5시 50분.

"앗!"

나도 비명을 내질렀다. 우리는 서둘러 레슨실로 뛰어갔다.

레슨 선생인 백지가 레슨실 문 앞에 서 있다. 백지는 어쩐 일인지 장식용과 왕밥통에게는 눈길도 주지 않고 나만 뚫어지게 바라봤다. 뭐야? 저 인간이 왜 저러지? 저 인간 내 미모에 눈뜬 거 아니야? 저 인간이 나를 좋아하기라도 한다면? 아! 정말 죽고 싶을 거다. 저 늙수그레한 얼굴이며 말라비틀어진 자두 같은 얼굴 위에 매달려 있는 후줄근한 베레모까지……. 나는 괜히 가슴이 쿵쾅거렸다. 나는 종종걸음으로 백지 옆을 지나쳤다. 막 레슨실 안으로 들어가려는데 백지가 등 뒤에서 "빛나야아— 우리 빛나아—." 하며 내 손목을 움켜쥐는 것이 아닌가?

백지가 내 손목을 움켜쥔 채로 나를 돌려세웠다. 나는 어쩔 수 없이 말라비틀어진 자두같이 생긴 백지를 똑바로 바라봐야만 했다. 젠장, 이란 말은 안으로 삼키고, 나는 미소를 지었다.

"왜요, 선생님?"

나의 다정한 목소리에 백지는 감동을 먹은 듯했다.

"빛나야ㅡ."

백지는 더 이상 말을 잇지 못했다. 뭐야? 할 말 있으면 빨리 하란 말이야, 젠장, 이란 말은 안으로 삼키고, 나는 백지의 그다음 말을 기다렸다.

백지는 더할 수 없이 다정한 눈길로 나를 올려다보았다ㅡ 내 키는 1미터 67센티미터이다. 백지는……, 글쎄 난쟁이 똥자루만 하다고 할까나? 신체 조건상 백지는 거의 모든 제자들을 올려다본다ㅡ. 그래서 나는 어쩔 수 없이 백지를 내려다보았는데, 젠장, 백지의 베레모 꼭대기가 뻥 뚫려 있지 뭔가. 정수리에 구멍이 난 베레모라니, 웃음이 터져 나왔다. 나는 터져 나오려는 웃음을 참느라 입술까지 깨물어야 했다. 내가 웃음을 참으려고 입술을 깨물자 백지는 낮게 탄성을 내질렀다.

"빛나야ㅡ 오, 빛나야ㅡ."

백지가 그다음 말을 잇기도 전에 내 눈에는 눈물이 맺혔다. 너무 웃겨서 말이다.

"빛나야ㅡ 얘야, 울지 마라. 가엾게도."

백지는 내 눈에 왜 눈물이 맺혔는지 이미 다 알고 있다는 투로 말했다. 심지어 내 등을 토닥거려 주기까지 했다. 그러고는 내가 제출한 백지를 깃발처럼 흔들어 댔다.

"애야! 오늘 네가 쓴 이 글은 정말 훌륭하구나. 막대 사탕 하나에서 이처럼 놀라운 문학적 상징을 이끌어 내다니! 빛나야, 애야! 예술가는 말이다, 언제나 세상의 몰이해와 싸워야 했지. 예술가의 특별함은 때론 평범한 사람들 눈에는 정신병자, 또라이의 미친 짓거리로 오해받기도 했단다. 오늘 누가 너에 대한 글을 써서 제출했지. 너를 또라이라고 표현했더구나. 그러나 나는 믿는다. 너의 특별함을! 너의 재능을! 오늘 우리 소설반 아이들이 제출한 글 중에서 네 글만큼 뛰어난 글은 없었어. 빛나야― 오, 빛나야―."

그 뒤로 장장 세 시간 동안이나 백지는 "빛나야― 오, 빛나야―."를 연발했고, 잘난척은 연신 콧구멍을 벌름거렸다. 분을 삭이느라고 말이다. 가끔 운이 좋은 날엔 레슨 시간에 백지가 선정한 '탁월한 글' 한 편을 집중적으로 읽고 토론하기도 하는데 바로 오늘이 '운이 좋은 날'이었다. 나한테는 그랬다는 말이다.

아이들은 모두 내 글, 〈막대 사탕〉을 돌려 읽고 감상을 이야기했다.

"구구절절 설명하지 않잖니? 빛나의 막대 사탕, 이건 말이야, 문학적 상징이지. 하찮은 막대 사탕 하나에서 동생에 대한 죄의식과 동생이 아니라 내가 엄마에게 선택되었다는 달콤한 쾌락까지 동시에 이야기하고 있잖니. 자, 너희들은 이 글을 읽고 무슨 생각을 했느냐?"

백지가 물었다.

"막대 사탕은 일단 맛있잖아요. 그리고 애들이 좋아하잖아요. 그러니까 좋은 글인 것 같아요."

왕밥통 영수의 대답이었다.

"어, 빛나는 관찰력이 뛰어난 것 같아요. 그러니까 풀밭에 누워서 그냥 사탕을 먹는다고 했으면 뭐야, 어떻게 누워서 사탕을 먹어? 목 막혀 죽으려고, 하면서 별로 공감을 못 했을 것 같아요. 그런데 막대 사탕이니까 풀밭에 누워서도 빨아 먹을 수가 있는 거잖아요. 그런 점에서 빛나의 막대 사탕은 참 훌륭한 작품이라고 생각합니다. 어, 뭐야뭐야뭐야, 내가 이런 말을 다 하다니? 아이, 몰라몰라몰라!"

머리는 장식용으로 달고 다닌다는 장식용은 제 말에 제가 감동해서 온몸을 떨어 댔다. 장식용의 머릿속에 관찰력이라는 단어가 입력되어 있었다니, 아이들 모두 놀라움을 금치 못했다.

다음은 잘난척의 차례였다.

"저는 인정할 수 없습니다. 글이란 각자의 개성이 묻어 있는 거잖아요. 다른 아이들의 글은 읽지도 않고 단지 선생님 취향에 맞다고 해서 빛나의 글만 읽어야 된다니! 왜 우리가 이런 수업을 받아야 되나요? 너희들도 그렇지? 우리가 왜 빛나 글만 읽어야 되니? 잘 썼든 못 썼든 일단 우리 걸 다 읽어 봐야 되는 거 아니니?"

잘난척이 동의를 구하며 아이들을 휘둘러봤다.

"아니!"

"무슨 소리야, 뭘 또 읽어?"

"됐어!"

여기저기서 야유가 터져 나왔다. 그럼 그렇지, 나는 속으로 쾌재를 불렀다. 아이들의 머릿속엔 오직 한 가지 생각밖에는 없는 것이다. 이 레슨이 빨리 끝났으면 좋겠다는 생각 말이다.

잘난척은 '허어억허억' 날숨을 몰아쉬었고, 우리는 잘난척의 숨넘어가는 소리를 들으며 수업을 들어야 했다.

"자, 그럼 오늘은 집에 가서 빛나처럼 막대 사탕이라든가 선풍기, 전화기, 뭐든 좋으니까 너희들 주변에 있는 사물을 하나씩 정해서 산문을 써 오도록 해라. 월요일 수업에 가져오는 거 잊지 말고! 모두 수고했다. 이 얼마나 뿌듯한 밤이란 말이냐!"

마침내 백지가 우리들의 백지를 다시 돌려주고는 가방을

쌌다. 창밖은 벌써 어두웠고, 아이들은 서둘러 가방을 챙겼다. 통학하는 아이들은 부모님이 밑에 와서 기다린다며 바삐 계단을 뛰어 내려갔다. 천천히 걸어가는 사람은 기숙사에 있는 나와 잘난척뿐이었다. 나와 잘난척만 바삐 뛰어가는 아이들의 등짝을 바라보며 천천히 계단을 향해 걸어가고 있었다.

"박하늘 걔, 완전 또라이 아니니?"

"그러니까. 주제에 누굴 또라이래?"

앞쪽에서 킬킬거리는 소리가 들려왔다. 뒤이어 뒤쪽에서 '허어억허억' 숨넘어가는 소리가 들려왔다. 뒤돌아봤더니 잘난척이었다. 잘난척은 터지기 직전의 풍선 같았다.

계단을 내려가는 동안 아래쪽에서 몇 번인가 더 '또라이' 란 말이 들려왔다. 그때마다 나는 뻥, 하고 풍선 터지는 소리가 들리지나 않을까 신경을 곤두세워야 했다.

기숙사로 들어가자마자 잘난척은 이불을 머리끝까지 뒤집어썼다.

"이―버―어―언― 주―우우우―느으―은 ―노―오오오―ㄹ―토―."

아침에 내가 박스 테이프를 붙여 놓은 스피커에서 사감 할망구의 목소리가 흘러나왔다. 늘어진 테이프에서 나는 소리 같았다.

"내가 미쳐!"

잘난척이 이불을 집어 던지며 스피커로 달려갔다. 그러고
는 스피커에 붙은 박스 테이프를 잡아 뜯기 시작했다.

나는 슬금슬금 뒷걸음쳤다. 그대로 방을 빠져나와 사감 할
망구 방으로 뛰어갔다. 사감 할망구는 대체 무슨 일이냐는
듯이 눈썹을 치켜세웠다.

"무슨 일?"

나는 손에 들고 있던 백지를 반으로 접어 사감 할망구에게
내밀었다.

"사유서니? 응?"

사감 할망구는 심각한 눈빛으로 나를 쳐다봤다.

"그냥…… 한번 읽어 보시라구요."

나는 레슨 시간에 쓴 〈막대 사탕〉을 사감 할망구에게 넘기
고는 서둘러 그 방을 빠져나왔다.

내 방으로 돌아왔더니 잘난척이 스피커에 달라붙어 있었
다. 손이 잘 닿지 않자 책상 의자를 가져와 스피커 밑에 놓고
는 이빨로 박스 테이프를 물어뜯고 있었다. 영락없는 미친
개였다.

"노—오오오—ㄹ—토— 이번 주는 놀토! 이번 주는 놀
토…… 놀토에 기숙사에 남을 학생들은 목요일까지 사유서
를 제출…… 이번 주는 놀토……."

잘난척의 이빨이 스피커에 남아 있던 마지막 테이프를 찢

어발겼다. 스피커에서 사감 할망구의 째지는 목소리가 다시 들려오자 잘난척은 그제야 미소를 지었다.

"속이 다 후련하네."

잘난척과 나, 누가 정말 또라이일까?

2. 이번 주는 놀토!

금요일 저녁, 사감 할망구가 나를 호출했다. 보나마나 제대로 된 사유서를 제출하라는 얘기를 하려는 걸 거다. 놀토, 그러니까 수업이 없는, 노는 토요일에 기숙사에 남아 있으려면 사유서를 제출해야만 한다.

"왜?"

"그런 규칙은 누가 정한 거야?"

처음 기숙사에 들어오면, 누구나 투덜거린다. 그러나 곧 익숙해진다. 왜? 그야, 우린 십대니까. 그게 규칙이니까. 십대는…… 규칙이란 말 앞엔 결국 꼼짝없이 나가떨어지고야 만다.

집이 멀어 왔다 갔다 차비가 많이 드는 아이들은 놀토에도 학교에 남길 원한다. 그러나 그러려면 왜 집에 가지 않는지, 기숙사에 남아 무엇을 할 예정인지, 그럴싸한 사유서를 작성해서 제출해야만 한다. 공부를 하겠다, 따위의 속 보이는 거짓말은, 사감 할망구에게는 통하지도 않는다.

사감 할망구의 방으로 걸어가는 동안 나는 이번에는 어떤 핑계를 댈까, 궁리했다. 그럴싸한 핑곗거리도 찾아내지 못했는데 벌써 사감 할망구 방이다. 사감 할망구는 내가 들어오자마자 먼저 내 옷차림부터 살폈다. 치맛단을 짧게 줄이진 않았는지, 교복 상의를 찰싹 달라붙게 만들진 않았는지 등등 야단칠 구실을 찾느라 바쁘게 두 눈을 움직였다.

"이게 무슨 뜻일까? 응?"

사감 할망구가 내 쪽으로 종이 한 장을 내밀었다. 월요일 밤, 내가 사감 할망구에게 주었던 작문이다. 나는 내가 쓴 〈막대 사탕〉이란 글의 제목을 뚫어지게 바라봤다. 사감 할망구는 그런 내 모습과 내 작문을 번갈아 바라봤다.

"수수께끼니? 응?"

사감 할망구가 물었다. 잔뜩 화가 난 목소리였다.

"수수께끼요?"

나는 두 눈을 껌뻑거리며 물었다. 이럴 때는 선량해 보여야 한다. 선량해 보이려면 아둔한 소처럼 구는 게 최고다.

"내가 원한 건 사유서였어. 그건 너도 알고 있지? 이런 작문이 아니고 말이야. 그런데 너는 〈막대 사탕〉이란 제목의 글을 들고 왔지. 사유서 대신 말이야. 내 말이 맞지? 응?"

사감 할망구의 '응' 소리에는 정말 당해 낼 재간이 없다. 말끝마다 '응' 소리를 붙여야 말이 되는 줄 아는 바보다. 게다가 상대가 '네'라는 대답을 할 때까지 몇 번이고 '응' 소리를 되풀이해 대는 막무가내다.

대체 뭐가 응이란 말야, 라는 말은 안으로 삼키고, 나는 "네."라고 대답했다.

"그랬군, 정말 그랬어. 이 작문이 사유서 대신이었어. 이번 놀토에 네가 집에 갈 수 없는 이유와 이 〈막대 사탕〉이란 글이 무슨 상관이 있는 거지? 응?"

나는 다시 두 눈을 껌뻑거렸다. 가능한 두 눈을 크게 부릅뜨고 껌뻑거리다 보면 눈알이 아파 오면서 눈물이 맺히기도 한다.

"울 것까지야 없잖니. 수수께끼라 이 말이지. 네가 지금 나하고 수수께끼 놀이를 하겠다는 말이지? 그런 거지, 응?"

나는 잠자코 두 눈만 껌뻑거렸다.

"좋아, 정 그렇다면야 내가 이 수수께끼를 한번 풀어 보지. 빛나, 너, 동생한테 미안한 거니? 응?"

나는 고개를 끄덕거렸다.

"부모님이 이혼하면서 너는 엄마를 따라왔고, 네 동생은 아빠와 남았어. 얼마 뒤 네 엄마는 재혼을 했지. 새아빠에게는 너보다 두 살 어린 딸이 있었어. 너희 집은 겉으로 보기에는 아빠, 엄마, 귀여운 두 딸이 있는 단란한 가정으로 보이지. 그러나 그건 사실이 아니야? 내 말이 맞지? 응?"

나는 또 고개를 끄덕거렸다.

"그렇지. 네 사정이야 내가 누구보다도 더 잘 알고 있으니까. 작년 1년 동안 내가 너한테 받은 사유서들만 해도 몇 통이었는데. 그런데 문제는 이제부터야. 새아빠는 늘 바빠. 출장도 많이 나가고. 새아빠보다는 빛나 엄마가 집에 있는 시간이 더 많지. 전업주부니까. 빛나 엄마는 새아빠의 딸도 친딸처럼 사랑하려고 노력은 해. 그런데 그게 그렇게 쉽지가 않은 거야. 빛나가 큰 잘못을 하면 그냥 넘어가도 새아빠의 딸이 물이라도 엎지르면 난리가 나는 거야. 그런 엄마와 의붓동생의 모습을 보면서 너는 자라 왔지. 엄마가 의붓동생을 괴롭힐 때마다 빛나는 괴로워했어. 왜? 아빠한테 남겨 두고 온 친동생 미나 생각 때문에. 아빠도 재혼을 했으니 계모와 살고 있을 미나가 어떤 꼴을 당할지는 불을 보듯 뻔하니까. 네 의붓동생이 네 엄마한테 당하는 꼴을 당하며 살고 있겠지. 이 〈막대 사탕〉이란 글에도 너의 죄의식이 드러나 있더구나. 넌, 미나한테 늘 미안한 거야, 응?"

사감 할망구 입에서 나온 말들은 모두 내가 제출했던 사유서나 작문의 내용이었다. 잘도 외우고 있었다.

"집에 돌아가 네 엄마와 즐거운 휴일을 보내고 오는 게, 그게 그렇게도 잘못된 일일까? 미나는 미나이고, 네 의붓동생은 네 의붓동생이야. 그 아이들의 삶과 네 삶을 자꾸 연관해서 생각하지 않았으면 좋겠다. 너도 네 삶을 누려야 할 권리가 있잖니? 응?"

나도 내 삶을 누릴 권리가 있다!

그 말에 울컥, 눈물이 쏟아지고 말았다. 젠장, 이란 말은 삼키고, 나는 입술만 깨물었다.

"빛나야. 제발, 제발 부탁이야. 난, 난 정말 화가 나. 너 때문에 말이야! 네가 누리는 기쁜 순간이 누군가에게는 아픔이 된다는 그 얼토당토않은 죄의식에서 좀 벗어나렴. 넌 이제겨우 여고생이라구! 어린 여자애가 불행한 얼굴을 하고 있는 꼴은 더 이상 용납할 수가 없구나! 만약 네가 이번 토요일에도 집에 가지 않는다면 가만두지 않을 거야! 집에 가! 가서, 네 엄마가 너를 위해 만든 음식을 먹고, 네 엄마 품에 안겨 하룻밤을 보내고, 네 엄마가 너한테 주는 용돈을 받아 오지 않는다면, 내가 널 가만두지 않을 거야! 이번 놀토에도 네가 기숙사에 남아 있으면 네 엄마를 부를 거라고! 내 말 알아들었니? 응?"

알아들었냐고? 그 여자를 부른다고?

NO! NO! NO!

그것만은 절대로 안 돼!

"내 말 알아들었니? 응?"

나는 벌떡 일어나 "네!"라고 대답했다.

아이들이 없는 기숙사는 무덤 같다. 놀토의 아침, 아무도 없는 방에서 혼자 눈뜰 때면 나는 나를 휘감아 버리는 '그것'과 싸워야만 했다. '그것'은 꼭 그런 순간에 찾아온다. 함께 방을 쓰는 잘난척마저 집으로 돌아가고, 건물을 뒤흔들어 놓던 아이들의 말소리가 사라진 자리에 정적이 내려앉는 순간, 나를 덮친다. 나는 혼자 눈떠 방을 휘둘러본다. 움직이는 것은 아무것도 없다. 나는 무덤 속에 파묻혀 있다 백만 년 만에 깨어난 미라가 된 기분이다. 슬며시 일어나 문을 열고 복도로 나간다. 아무 소리도 들리지 않는다. 계단을 밟고 누군가 올라오지 않을까, 눈을 부릅떠 보지만 내 그림자만 턱없이 크게 부풀어 오른다. 나는 내 그림자를 질질 끌고 방으로 돌아온다.

쾅, 문이 닫히는 소리. 눈에 보이지 않는 누군가가 내 앞에서 문을 닫아 버린다. 나는 방에 갇힌다. 평상시에는 둘이 쓰기에도 작던 방이 턱없이 크게 느껴진다. 한기가 느껴진다. 나는 무릎을 곧추세우고 두 손으로 껴안는다. 등 뒤에서 내 그림자가 나를 껴안는다. 나와 내 그림자는 방바닥에 어른거리는 서로의 모습을 내려다보며 서로를 더 꼭 껴안는다. 그러다 보면 어느새 나는 지워지고 방바닥엔 나를 집어삼킨 그림자만 남는다. 까만 얼룩 같다. 나는 그 까만 얼룩을 바라보다 무릎에 얼굴을 파묻는다. 그리고 그때, '그것'이 나를 휘감아 버린다.

결국, 나만 혼자 여기, 버려졌다는 패배감.

나는 '그것'에 지지 않으려고 벌떡 일어선다. 주먹을 움켜쥔다.

뭐야? 뭐가 그렇다는 거야? 내가 왜 여기 버려져? 감히 누가 날 버렸다는 거야? 지들이 뭔데, 무슨 권리로? 날 버릴 권리 따위 누가 줄 줄 알고? 절대로 그렇게 놔두지 않을 거야!

"절대로!"

나는 외친다. 주먹을 쥐고 외친다. 빈방에 내 목소리가 울린다. 내가 내뱉은 말이 메아리가 되어 다시 내게로 되돌아온다. 나는 하늘을 날고 되돌아온 부메랑을 움켜쥐듯이 내가 내뱉은 말을 꽉 움켜쥔다. 어금니를 악문다.

놀토의 아침, 나는 언제나처럼 어금니를 악물며 침대에서 일어났다. 혼자 남겨질 때면 어김없이 찾아와 나를 휘감아 버리는 '그것', 결국, 나만 혼자 여기, 버려졌다는 패배감에 지지 않으려고, 어금니를 악물었다.

나는 어금니를 악문 채 책상 서랍을 열었다. 서랍 속에서 초록색 파일을 꺼냈다. 초록색 파일에는 내가 지난 1년 동안 써냈던 사유서들이 들어 있다. 사유서를 내야 할 때면 나는 언제나 두 부를 출력했고, 한 부는 파일에 넣어 두었다.

나는 한 장 한 장 파일을 넘겼다. 사유서들을 소리 내어 읽었다.

"이번 토요일에 저는 집에 갈 수 없습니다. 월요일까지 제출해야 되는 소설을 마무리 지어야 하기 때문입니다. 이번 토요일에 저는 집에 갈 수 없습니다. 부모님이 4박 5일 일정으로 태국 관광을 떠나시기 때문입니다. 부모님은 공부보다 더 중요한 것은 경험이라고 말씀하시며 제게도 같이 가자고 하시는데 학기 중에는 무리라고 말씀드렸습니다. 이번 토요일에 저는 집에 갈 수 없습니다. 부모님이 부부 동반으로 친구 분들과 함께 골프를 치러 가시는데 저는 골프 여행에 따라가고 싶지 않습니다. 부모님은 제가 집에 온다면 골프 여행을 취소하시겠다고 하십니다. 그러나 저는 원치 않습니다. 모처럼 두 분이서 친구 분들과 어울릴 수 있는 기회인데 저 때문에 그럴 수는 없잖아요? 부모님과 저는 언제든 만날 수 있으니까요. 사정을 헤아려 주시기 바랍니다. 이번 토요일에 저는 집에 갈 수 없습니다……. 집에 갈 수 없습니다……."

파일을 움켜쥔 손에서 힘이 빠져나갔다. 나, 계속 같은 문장을 읽고 있었다.

집에 갈 수 없습니다.

어금니를 악물었지만, 어느새 눈물을 흘리고 있었다. 나는 '그것'에 지지 않으려고 다시 어금니를 악물었다. 고개를 들고 천장을 올려다봤다. 눈물 따위, 쫓아 버리면 돼, 두 눈을 부릅떴다. 나를 향해, 아니 늘 나한테만 굳게 닫혀 있는 문을 노려봤다. 그때, 손잡이가 돌아가고 굳게 닫혀 있던 문이 열렸다.

"아직 안 간 거야? 응?"

사감 할망구였다.

손에서 파일이 떨어져 내렸다.

"가기로 했잖니. 응?"

사감 할망구가 안으로 들어와 내 어깨에 손을 내려놓았다. 의외로 따뜻한 손이었다. 나는 뜻밖의 온기에 놀라 하마터면 비명을 내지를 뻔했다.

"지금 가려구요."

"그래? 가서 엄마한테 응석도 좀 부리고 와. 우리 빛나는 너무 어른스러운 게 탈이야. 꼭 그래야 돼? 응?"

"네, 그러려구요. 어제 엄마한테 집에 간다고 전화했더니 오랜만에 둘이서 목욕탕에 가자네요."

"정말? 빛나 엄마는 정말 좋으시겠다. 목욕탕에 같이 갈 딸도 있고……."

사감 할망구의 눈빛이 갑자기 어두워졌다. '선생님은 목욕탕에 같이 갈 딸도 없나요?'라는 말은 입안으로 삼키고, 나는 잠자코 서 있었다. 내가 빤히 바라보자 사감 할망구는 갑자기 제정신으로 돌아온 치매 걸린 할머니 같은 얼굴로 손을 휘저어 댔다.

"어휴, 내가 지금 뭘 하고 있는 거람. 짐은 다 챙겼고? 그럼 서둘러라, 응?"

사감 할망구는 들어올 때와 마찬가지로 불쑥 나가 버렸다.

나는 한숨을 내쉬었다. 바닥에 떨어져 있는 파일을 주워 들었다. 휘리릭, 한 손으로 파일을 빠르게 넘겼다.

"골프, 여행, 관광, 소설 쓰기, 단편 제출, 묘사 연습, 캐릭터 창조? 쳇! 누가 보면 정말 귀족 문학소녀인 줄 알겠네."

나는 파일에 꽂아 둔 사유서들을 훑어보다 웃고 말았다. 내가 생각해도 너무 심한 뻥이니까. 그러나 이 사유서들이야

말로 내 작문 실력의 밑거름이다. 집에 가지 않기 위해 나는 놀토 때마다 사유서들을 작성해야 했는데, 그때마다 그럴듯한 거짓말을 생각해 내느라고 얼마나 애를 썼는지 모른다. 게다가 한번 써먹은 거짓말은 다시 써먹을 수 없기 때문에 매번 새로운 거짓말을 생각해 내야 했다. 이번 주에는 어떤 거짓말로 집에 가지 않을 수 있을까 궁리하고 사유서를 쓰다 보니 저절로 작문 실력이 늘어 버렸다. 급기야는 레슨 선생인 백지한테 칭찬을 받을 만큼.

집에 못 가면 뭐 어때? 덕분에 백지한테 글 잘 쓴다고 칭찬까지 받게 됐잖아?

나는 파일을 서랍 속에 집어넣었다. 이제 이것으로 당분간 사유서 쓰기는 끝이라고 생각하니 왠지 허전했다. 그러나 꼬리가 길면 잡히는 법이다. 사감 할망구가 집에 전화라도 해서 그 여자를 부르기라도 했다간 정말 큰일이니까.

나는 책가방에 들어 있던 것들을 전부 꺼내고 목욕용품과 갈아입을 속옷을 넣었다. 마지막으로 어디든 들고 다니는 내 보물 1호를 챙겨 밖으로 나왔다.

쾅, 문이 닫히는 소리.

누군가 밖에서 닫아 버린 것이 아니라 이번에는 내가 닫아 버렸다. 계단을 내려와 교문을 빠져나갈 즈음에는 정말 놀토라는 생각이 들었다. 저기 버스 정류장이 보였다. 나는 서둘

러 뛰어가며 다음부터는 사유서를 쓸 때 지금과는 다른 문장
으로 시작해야겠다고 생각했다.

"저는 집에 갈 수 없습니다."가 아니라 "저는 기숙사에 남
겠습니다."로.

☙☙☙

오랜만에 버스를 탔다. 나는 맨 뒷좌석에 앉았다. 나를 태
우고, 토요일 아침의 버스는 앞으로 달려 나갔다. 낮은 지붕
의 집들과 나무들이 빠르게 뒤로 밀려났다. 담배 가게도, 전
봇대도, 개집에서 나와 짖어 대던 개도 뒤로 밀려났다. 내 우
울함도 덩달아 빠르게 버스 뒤로 밀려났다. 토요일 아침의
버스가 키 높은 빌딩들 사이에 나를 내려놨을 때는, 나는 벌
써 콧노래를 흥얼거리고 있었다.

로데오 거리에는 내 또래 아이들이 삼삼오오 떼 지어 몰려
다니고 있었다. 이른 아침부터 밖으로 나와 서성대는 아이들
을 보자 괜히 웃음이 터져 나왔다. 주말을 가족과 함께 보내
고 싶어 하지 않는 아이들은 얼마든지 있는 것이다. 가족과
함께 집에 있을 바에야 밖으로 나와 하릴없이 어슬렁거리는
편이, 이 아이들에게는 더 편한 거다.

집에서는 편하게 있을 수 없는 아이들이 세상에는 이렇게

나 많은 거다!

그런 생각을 하니, 약간의 후회가 밀려왔다. 사유서까지 써 가면서 놀토 때마다 기숙사에 남아 있을 이유가 없었다. 모두 떠나고 텅 비어 버린 기숙사에 남게 되면, 어쩔 수 없이 '그것', 혼자 버려졌다는 느낌에 사로잡힐 수밖에 없었다. 그럴 바에야 오늘처럼 거리로 나와 주말에도 가족과 있고 싶어 하지 않는 아이들 사이에서 어슬렁거리는 편이 더 낫지 않았을까?

정신 건강을 위해서 말이다.

나는 로데오 거리를 어슬렁거리는 아이들의 물결 속으로 흘러 들어갔다. 두 손을 바지 주머니에 찔러 넣고 바짓단을 질질 끌면서 남자아이들은 거리를 휩쓸고 다닌다. 마스카라로 몇 번씩이나 덧칠한 속눈썹을 깜빡거리며 여자아이들은 매대에 쌓여 있는 세일 상품을 훑어본다. 매대 앞에 둥글게 모여 유행이 지나 버린 티셔츠를 앞가슴에 대 보고는 서로 손가락질을 하며 웃는다. 그러고는 웃음소리가 채 끊기기도 전에 화장품 가게로 들어간다. 서로의 손등에 눈 화장용 아이새도나 립스틱을 발라 보며 색깔이 괜찮은지 테스트해 본다. 여러 가지 색으로 얼룩덜룩해진 손등을 상대의 뺨에 대고 문지르며 깔깔거린다. 밖으로 나가기 전엔 모두 거울 앞에 둥글게 모여 서서 같은 색깔의 립스틱을 바른다.

한 떼의 여자아이들이 화장품 가게를 빠져나가자마자 나는 곧장 그 애들이 서 있던 자리로 갔다. 그 애들이 바르고 간 립스틱을 찾아 입술에 발랐다. 그 애들처럼 거울을 보며 붕어처럼 입술을 몇 번 뻐끔거리고는 곧장 그 애들을 따라 갔다.

"저것들이 그냥!"

등 뒤에서 화장품 가게 점원이 투덜거리는 소리가 들려왔다. 화장품 가게 점원은 나를 그 애들과 한패라고 생각하는 듯했다.

똑같은 색깔의 립스틱을 바른 여자아이들이 로데오 거리를 서성거린다. 거리를 가득 메운 옷 가게들을 휘젓고 다닌다. 한 아이가 탈의실에서 옷을 갈아입고 나오면 모두 함께 외친다.

"깬다!"

그러면 다른 아이가 다시 탈의실로 들어가 옷을 갈아입고 나온다.

"죽인다!"

여자아이들 사이에서 몇 번 더 '깬다'와 '죽인다'가 되풀이되면 드디어 옷 가게 점원은 얼굴을 찡그리기 시작한다.

나는 매장 안에 걸려 있는 옷을 살피는 척하다 그 애들이 '죽인다'고 했던 옷 몇 벌을 들고 탈의실로 들어갔다. 교복

을 벗고 죽이는 옷으로 갈아입었다. 나는 거울을 보며 "죽인
다."라고, 거울 속의 나를 향해 말해 주었다.

"친구들이 꽤 깐깐하네?"

계산을 끝내고 쇼핑 가방을 건네주며 옷 가게 점원이 말했
다.

"예에……."

나는 말끝을 흐리며 밖으로 나왔다. 몇 발자국 떨어진 곳
에서 나는 같은 색깔의 립스틱을 바른 여자아이들을 바라봤
다. 그 애들은 옷도 비슷하게 입고 있었다. 바로, 내가 입고
있는 옷이었다.

나는 그 애들과 같은 색깔의 립스틱을 바르고, 같은 취향
의 옷을 입고, 그 애들 옆에서 어슬렁거렸다. 어딜 가나 가게
점원들은 그 애들과 나를 한패로 보았다. 나는 이 새로운 놀
이가 마음에 들었다.

해가 지기 시작했다. 사람들은 갈 곳을 정해 놓은 듯, 서둘
러 어디론가 걸어갔다. 그 애들만 아직도 어슬렁거렸다. 나
도 그 애들 주변에서 어슬렁거렸다. 그 애들은 마치 목적지
가 없는 여행자들 같아 보였다. 목적지가 없기는 나도 마찬
가지였다. 저녁이 되자 서둘러 집으로 되돌아가는 사람들 속
에서 그 애들과 나만 이방인이었다. 우리만이 날이 어두워지
도록 갈 곳을 정하지 못한 채 서성이고 있는 것이다……. 그

런 생각을 하자 이상하게도 내가 정말 그 애들과 한패라는 느낌이 들었다.

나는 기꺼이 그 애들과 한패가 되었다. 그 애들을 따라 지하로 내려갔다. 아쉽게도 그 애들은 내가 저희들과 한패가 되기로 했다는 사실을 그때까지도 눈치채지 못하고 있었다.

"저는……, 코로나 주세요."

그 애들이 제각각 맥주 한 병씩을 주문하자마자 나도 맥주를 시켰다. 우리는 바 한쪽에 마련된 스탠드 앞에 일렬로 나란히 앉아 있었는데, 그 애들 중 누구도 옆에 앉은 내게 신경을 쓰지 않았다. 나로서는 그 편이 훨씬 마음 편했다.

그 애들은 곧 있을 빅뱅의 콘서트에 대한 얘기로 열을 올렸다. 그 애들의 최고 고민은, 콘서트 당일, 어떻게 학원 수업을 땡땡이치느냐, 였다. 나는 장식용이 써먹은 수법을 말해 줄까, 하다가 입을 다물었다. 그 애들 중 누군가가 '12시까지는 집에 가야 된다.'는 말을 했기 때문이다. 그 말을 듣는 순간, 한패라는 생각이 싹 사라져 버렸다.

결국, 저 애들에게도 돌아갈 집이 있는 것이다.

나는 계산을 하지 않고 밖으로 나왔다. 점원은 내가 맥주 값을 치르지 않고 밖으로 나오는데도 이상하게 생각하지 않았다. 아마도 그 애들이 내 맥주 값을 치르게 될 것이다.

"12시까지라고? 지들이 무슨 신데렐라야?"

나는 신데렐라들을 뒤로하고 밤의 거리를 바라보았다. 수백 개의 네온사인이 불빛을 뿜어 댔다. 노래방, 모텔, 생맥주, 노래방, 모텔, 커피, 칵테일……, 나는 간판들을 빠르게 훑어보았다. 그사이에도 사람들은 내 어깨를 밀치며 바삐 집으로 걸어갔다.

부딪친 어깨가 쿡쿡, 쑤셔 왔다.

♟♟♟♟

아수라장이 따로 없었다. 내가 찾아 들어간 24시 찜질방은 연인들과 가족들이 점령하고 있었다. 빈자리를 찾기란 쉽지 않았다. 나는 내 보물 1호와 몇 권의 소설책을 든 채로 찜질방 구석에 서 있어야 했다. 아빠, 엄마, 아이들, 게다가 할머니, 할아버지까지 몰려와 대여섯 개의 매트를 점령하고 있는 가족도 있었다. 어떤 가족은 직원의 눈을 피해 집에서 싸 온 삶은 달걀이며 도시락까지 먹고 있었다. 젊은 연인들은 그 북새통 속에서도 틈나는 대로 입술을 비벼 댔다. 그 옆에서 갓 태어난 아기는 쪽쪽 소리를 내며 엄마의 젖꼭지를 빨았다.

이 사람들은 도대체 왜?

왜 멀쩡한 집 놔두고 여기에 자러 온 거야?

야, 너희들! 그렇게 쪽쪽, 키스를 해 댈 거면 차라리 여관에 가지 그래? 저기, 아줌마! 아줌마는 애 젖을 먹이려면 집에서 먹이면 되잖아요? 아줌마 젖은 아줌마 애한테나 예쁘지 남한테는 축 늘어진 가지처럼 보인다구요! 그리고 거기 대머리 아저씨! 귀를 후비고 싶으면 집에 가서 혼자 하란 말이에요. 여기가 아저씨네 안방이에요? 왜 사람들 많은 데서 부인한테 귀를 파 달라고 하는 거냐구요! 이렇게 사람들 많은 데서 꼭 그렇게 부인 무릎을 베고 누워 있어야 해요? 꼭 그렇게 남들 앞에서 애정 표현을 해야 되겠어요? 꼭 그래야 되냐구요?

어째서? 대체 왜? 왜 이들은 토요일 밤을 찜질방 같은 데서 보내려고 온 걸까? 나는 도무지 이해할 수 없었다. 집도 있고, 가족도 있고, 갈 데도 많은 사람들이 왜 하필? 이런 덴 나처럼 갈 곳 없는 사람들한테 양보해도 되잖아!

찜질방에 몰려와 온갖 애정 표현을 하고 있는 사람들을 보고 있자니 속이 부글부글 끓어올랐다. 레슨 선생인 백지가 얘기했던 썰렁한 농담이 떠올랐다.

"애들아— 이 얼마나 뛰어난 반전이냐? 옛날에 한 식인종이 살고 있었지 뭐냐. 이 식인종이 어느 날 목욕탕에 갔어요. 식인종도 때를 좀 밀고 싶었던 거지. 그런데 목욕탕에 들어간 식인종이 1분도 안 되어 밖으로 뛰쳐나온 거야. 왜 그랬

을까? 잘 모르겠다고? 어허— 그래, 그래, 답 찾기가 어디
그렇게 쉬운 노릇인고. 내, 답을 말해 주지. 식인종이 목욕탕
에서 달려 나와서는 이렇게 말했다는구나. 목욕탕인 줄 알고
들어갔더니 식당이었잖아! 하하하, 정말 재미난 이야기가 아
니냐? 하하하 우하하하!"

그날 우리는 레슨 선생인 백지의 그 썰렁한 농담에 거의
얼음이 될 뻔했다. 다행히 왕밥통 영수가 장식용의 볼을 손
끝으로 콕 찌르며 "땡" 하고 말해 주어서 곧 얼음에서 풀려
났지만 말이다—우리 소설반은 1학년 때부터 이런 식으로
얼음땡 놀이를 하고 있다. 레슨 선생인 백지가 얼마나 썰렁
한 얘기를 많이 하는지, 그때마다 우리는 꽁꽁 언 얼음이 된
다. 선생의 말을 듣지 않고 딴청을 피운 덕에 얼음이 되지 않
고 살아남아 있던 누군가가 우리가 얼음이 되어 있다는 사실
을 눈치채고 "땡" 하고 말해 주어야 비로소 우리는 얼음에서
풀려난다.

아이에게 음식을 먹여 주고, 머리를 쓰다듬어 주는 엄마들
의 모습을 보면서 나는 서서히 얼음이 되어 갔다. 심장까지
차갑게 얼어붙어, 당장이라도 백지의 그 썰렁한 얘기 속의
식인종이 목욕하러 왔다가 이 사람들을 전부 다 먹어 치웠으
면 좋겠다는 생각을 아무렇지도 않게 하게 되었다.

나는 굶주린 식인종이 찜질방을 점령하고 있는 가족들, 연

인들을 먹어 치우는 상상을 하며 사람들 사이로 비집고 들어가 매트 하나를 차지했다. 좀 더 한적한 곳에 자리를 잡고 싶었지만, 자리라고는 거기뿐이었다. 그나마 다행인 건, 할아버지, 할머니까지 몰려온 가족이 아니라 달랑 아버지와 아들, 둘로만 이루어진 가족이라는 점이다. 게다가 아버지라는 사람은 진짜 우락부락하게 생겼다. '다정다감'과는 거리가 먼 아버지일 게 뻔하다.

나는 내 옆자리를 차지하고 있는 아버지와 아들을 곁눈질하며 매트 위에 누웠다. 아들은 아버지 앞에 고개를 푹 숙이고 앉아 있었다. 뭔가, 되게 심각한 잘못을 하고 야단을 맞고 있는 듯했다.

그러거나 말거나.

나는 가져온 소설 책 몇 권을 베개 대신 베고 내 보물 1호를 펼쳤다.

"아저씨의 잃어버린 딸이 제가 아닐까요?"

나는 내 보물 1호를 펼쳐 언제나 그래 왔듯이 내가 가장 좋아하는 구절을 찾아냈다. 집을 떠나고 싶을 때 펼쳐 읽곤 하던 문장이다. 진 웹스터의 《키다리 아저씨》², 나는 내 보물 1호인 이 책의 몇 페이지에 무슨 구절이 있는지 안 보고도 알 수 있다.

"난 집에 가고 싶어서 못 견디겠어. 너는 안 그러니?" 저는 살짝 웃음을 지으며 "아니."라고 대답했죠. 저는 향수병만큼은 걸릴 일이 없을 거예요. 고아원을 그리워하는 사람이 있다는 얘기는 들어 보지 못했거든요. 26페이지에 있는 글이다. 반장이 집에 가고 싶다고 말할 때마다, 넌 집에 안 가도 괜찮으냐고 물어 올 때마다 떠올리곤 하는 글이다. 그런 집을 그리워하다니, 차라리 고아원을 그리워하겠다, 라는 말을 안으로 삼키면서 말이다. 이 책의 29페이지에는 이런 구절도 있다. 저는 항상 제 이름이 싫었어요. 주디란 이름은 괜찮은 편이지만 저한테는 안 어울리는 이름이에요. 그런 이름은 온 가족의 사랑과 귀여움을 독차지하며 아무런 근심 없이 즐겁게 살아가는 파란 눈의 소녀에게나 어울리는 이름이지요. 아저씨, 앞으로는 저를 주디라고 불러 주세요. 혼자 방에 틀어박혀 그 여자가 낳은 딸의 노랫소리와 그 노랫소리에 맞춰 그들이 박수 치는 소리를 들을 때면, 나는 29페이지를 펼쳐 놓고, 이 문장을 읽으면서 "내 이름은 빛나, 내 이름은 빛나, 나를 빛나는 아이라고 말해 주세요."라고, 몇 번씩이나 되뇌곤 했다.

아무도 애칭을 지어 주지 않아 스스로 '주디'라는 애칭을 만들어야 했던 고아 소녀 제루샤가 키다리 아저씨에게 보낸 편지들을 읽으며 나는 눈물을 흘리곤 했다. 내 보물 1호는 여러 번 내 눈물에 젖었고, 내 눈물에 불어 두툼해졌다. 내 보물 1호는 내가 흘린 눈물을 고스란히 품고 있는 내 유일한 친구다. 나에게는 놀토에 돌아갈 집도 없고, 기숙사로 전화를 걸어 안부를 물어봐 주는 가족도 없지만, 상관없다. 힘들 때마다, 울지 않고는 견딜 수 없을 때마다 얼굴을 파묻고 울 수 있는 내 친구가 있으니까.

나는 222페이지를 펼친다. 내가 가장 좋아하는 구절이 있는 페이지다.

"사랑하는 저비, 당신이 너무 그리워요…… 이제 우리는 진정으로 서로의 것이에요……."

책 속의 문장이 종이를 빠져나와 내 얼굴로 스며든다. 나는 제루샤가 된다. 제루샤가 되어 '사랑하는 저비'라고 쓰고 있다. 키다리 아저씨를 상상한다. 1미터 90센티미터 정도의 커다란 키, 긴 팔다리, 나를 바라보는 눈…… 크고, 맑고, 금방이라도 눈물이 뚝뚝 떨어질 것 같은 눈…… 그 눈이 나를 바라본다. 그 눈을 나는 들여다본다. 그 눈 속에…… 내가, 웃고 있는 내가 있다.

아, 얼마나 오랜만에 이런 시간을 가져 보는 것인가? 기숙사에서는 이런 시간을 가질 수가 없다. 같은 방을 쓰고 있는 잘난척이 만약 이런 내 꼴을 본다면 뭐라고 할까? 책을 얼굴에 뒤집어쓰고 킬킬거리는 내 꼴을 본다면, 잘난척은 나를 정신병원으로 보내려고 할 거다. 잘난척이라면 동영상 촬영을 한 뒤 인터넷에 올릴지도 모른다.

"고마 치아 뿌라!"

아이, 깜짝이야. 옆자리 아저씨의 '고마' 소리에 그만 내 보물 1호가 바닥에 떨어져 버렸다.

"니가 이기나 내가 이기나 함 해 볼 끼가?"

"아부지, 그기 아이고……."

"야가 증말! 내 니 사투리 쓰지 말랬제? 니는 마 서울말만 쓰라 안 카나."

"아부지, 아부지 말이 엉간해야 듣지요. 근본을 버리는 거는 비겁하잖아요!"

"비겁? 뭐가 비겁한데? 내한테는 나라보다 고향보다 아들이 중한 기라. 내가 니를 요래 서울로 데꼬 온 이유가 뭔데? 니한테는 절대로 소똥 냄새 안 묻힐 껀 기라, 절대!"

"아부지!"

"야가 어데 감을 지르고 있노, 감을! 서울서 학교 데니고 서울서 출세할 놈헌테 서울말 쓰라는데 뭐가? 옛말에도 안 있나? 로마 가믄 로마 법을 따르라꼬. 니는 고마 잠이나 디비 자라이!"

과연 생긴 대로 노는 아저씨였다. 옆자리 아저씨는 얼굴만 우락부락한 게 아니라 하는 짓도 우락부락했다. 아들을 억지로 매트에 눕히더니 솥뚜껑만 한 손으로 머리를 내리눌렀다.

아들이 자꾸 일어나려고 하자 나중에는 아예 아들 몸 위로 올라가 눕다시피 했다. 그런데 밑에 깔려 있는 아들이 아버지보다 덩치가 더 좋았다. 언뜻 보면 아버지가 아들을 내리누르는 것이 아니라 아들이 아버지를 배에 올려놓고 등이라도 다독거려 주는 것처럼 보였다.

"니 자나?"

아버지가 물었다.

"자요."

아들이 대답했다.

"에라, 문디야."

아버지가 배로 아들 배를 내리눌렀다.

"니 자나?"

아버지가 물었다.

"자잖아요."

아들이 대답했다.

"에라, 문디야. 자는 놈이 어째 대답하노."

아버지가 이마로 아들 이마를 들이받았다. 그러자 이번에는 아들이 아버지 이마를 들이받았다. 그러고는 언제 그랬냐는 듯이 둘이 서로 꽉 끌어안는 것이었다.

참 희한한 아버지와 아들이었다.

생각 같아서는 다른 자리로 옮기고 싶었으나, 자리가 없었다. 에라, 문디야, 라는 말은 입안으로 삼키고, 나는 내 보물 1호를 펼쳤다. 221페이지를 펼쳐 얼굴에 올려놨다. 드디어 제루샤가 키다리 아저씨와 만나게 되는 장면이다. 나는 눈을 감는다. 221페이지 위의 글자들이 종이를 빠져나와 내 얼굴로 스며들기 시작한다. 나는 다시 제루샤가 된다. 키다리 아저씨가 내게 걸어온다.

"꼬마 아가씨, 내가 키다리 아저씨라는 것을 눈치채지 못했어?"

키다리 아저씨가 제루샤, 아니 나를 와락 껴안는다.

"그럼 이걸 보면 믿겠어?"

키다리 아저씨는 열정적으로 나를 껴안고는 나를 침대로 이끈다. 이럴 수가! 아저씨의 입술이 내게 다가온다. 나는 아직 준비도 안 됐는데. 나는 질끈, 눈을 감는다. 아저씨의 가슴이 내 가슴에 와 닿는다. 나는 아저씨의 가슴에 눌려 침대 위로 쓰러진다. 무언가 묵직한 게 내 가슴을 내리누른다. 이게 뭐지? 응? 이게 뭘까? 당신의 가슴? 당신의 머리? 나는 내 가슴 위에 올려진, 묵직한 그 무엇을 만진다. 털이 나 있다? 털? 털이라구? 아냐, 그럴 리 없어. 키다리 아저씨 다리에 털이라니? 아니야, 아니야!

나는 눈을 감은 채 내 가슴 위에 올려진 아저씨의 다리를 위에서 아래로, 아래서 위로 마구 내리훑었다. 내가 손바닥으로 내리훑을 때마다 바람에 쓰러지는 풀처럼 아저씨의 다리털들이 쓰러졌다 일어났다.

"아니야, 절대 그럴 리가 없어! 없다구!"

나는 아저씨의 다리를 잡아 뽑을 듯이 잡아당겼다. 어디선가 으악― 하는 비명 소리가 들려오는가 싶더니 묵직한 그 무엇이 내 가슴을 마구 내리눌렀다.

세상에, 내가 털북숭이 다리를 두 손으로 움켜쥐고 있었다!

"꺄악―!"

나는 움켜쥐고 있던 남자애의 다리를 놓으며 뒤로 벌렁 누워 버렸다. 남자애의 다리가 가슴을 내리누르고 있어서 일어설 수도 없었다.

"뭐야 너……."

3. 그놈은 구렸다?

　신나는 월요일 아침, 이라고 인사하며 나도 월요일을 시작하고 싶다. 그러나 쳇, 뭐가 신나는 월요일 아침이냐고요! 월요일 아침, 책가방을 챙기려고 보았더니 가방 속에 넣어 두었던 내 보물 1호 《키다리 아저씨》가 보이지 않았다. 분명 다른 책들과 함께 가방에 챙겨 넣었었다. 그, 그, 그 털북숭이에게 놀라 서둘러 나오기는 했지만 말이다. 《키다리 아저씨》는 내 보물 1호일 뿐만 아니라 내 유일한 친구이다. 친구를 잃어버리다니, 월요일 아침부터 나는 눈물 바람을 했다. 게다가 성적표까지! 월요일 아침부터 담임이 모의고사 성적표를 나눠 주었다. 담임의, 아니 학교 측의 센스 없음에 정말이가 갈렸다.

"속았어! 이건 완전히 사기라고!"

모의고사 성적표를 받자마자 잘난척이 예의 그 '사기론'을 늘어놓기 시작했다. 잘난척의 '사기론'이란 벌써 1년 전부터 시작된 것으로, 문화예술고등학교 문창과에 다니는 아이들 모두 사기를 당했다는 주장을 말한다.

사기를 당해? 누가? 우리가?

처음엔 우리 소설반 아이들 모두 잘난척의 '사기론'에 흥미를 보였다. 그도 그럴 것이 1학년 때는 정말, 아무도 백일장에 나가 입상을 하지 못했기 때문이다.

"글을 써서 대학에 갈 수 있다고? 그게 말이 된다고 생각해? 인문계 애들은 눈에 불을 켜고 공부하는데 우린 지금 뭘 하는 거야? 아픔이 어떻고 상처가 어떻고, 이런 말들이 우리가 대학 가는 거랑 무슨 상관이야? 문예 특기생으로 대학에 진학하는 거, 그게 어디 그렇게 쉽니? 우린 속은 거라고. 입학 설명회 때는 굉장히 쉬운 것처럼 말했잖아? 그런데 이게 뭐야? 현실은 완전히 다르잖아. 문예 특기생으로 상위권 대학에 가려면 언어영역이나 수리영역, 최소한 두 개 영역에서 2등급 이상은 나와야 되잖아? 두 개 영역에서 2등급 이상 받는 게 쉬워? 쉽냐고! 글만 잘 쓰면 뭐 해? 백일장 성적 아무리 좋으면 뭐 하냐고? 성적이 안 나오는데."

잘난척의 말에 우리는 완전, 기가 죽었다. 장식용은 "몰라 몰라몰라, 사기래 사기." 손거울을 흔들며 눈물까지 흘렸었다. 처음엔 그랬다는 말이다. 그러나 지금은, 이렇다.

"속았어! 이건 완전히 사기라고!"

모의고사 성적표를 받자마자 잘난척이 '사기론'을 늘어놓기 시작한다. 뒤이어 쾅 소리가 난다. 손거울을 들여다보던 장식용이 손거울을 책상에 내려놓는 소리다. 뒤이어 쨍그랑 소리가 이어진다. 왕밥통이 떡볶이가 들어 있는 도시락 뚜껑을 열어 책상에 내던지는 소리다. 그다음엔 물론 쩝쩝쩝, 왕밥통이 떡볶이 먹어 대는 소리가 이어진다. 뒤이어 다다다닥, 누군가 앞으로 뛰어나오는 소리가 이어진다. 반장이 잘난척 앞으로 달려오는 소리다.

"그럼 인문계 가면 2등급 받을 수 있어?"

반장의 말이 교실을 뒤흔든다. 인문계 고등학교에 가면 좋은 성적을 받을 수 있냐는 말에 아무도 대답하지 못한다. 인문계 고등학교에 진학했으면 성적으로 상위권 대학에 갈 수 있었을 것 같으냐는 말에 모두 고개를 숙인다. 그때, 어디선가 씩씩, 쌕쌕, 거친 숨소리가 들려온다. 물론, 잘난척의 넓어진 콧구멍에서 새어 나오는 분노의 숨소리다. 결국, 잘난척도 대꾸할 말이 없는 거다.

오늘도 잘난척은 오전 내내 예의 그 '사기론'을 주장하다

점심도 먹지 않고 혼자 기숙사로 가 버렸다. 잘난척과 같은 방을 쓰고 있는 나는, 아이들을 따라 밥을 먹으러 갔다. 한방 쓰는 친구는 저 혼자 밥을 굶고 있는데 나만 밥을 먹는다는 죄의식은, 솔직히 느껴지지 않았다. 죄의식은커녕 쌤통이라고 생각했다. 잘난척 같은 인간은 밥을 굶어야 된다.

왜냐고? 그야, 그럴 만하니까.

구태여 일깨워 주지 않아도 우리는 알고 있다. 알고 있기에 우리 모두 불안하다. 과연 대학에 갈 수 있을까. 대학에 가지 못하면 과연 어떤 후진 삶을 살게 될까. 미래를 생각하면 불안해서 미칠 것 같다. 불안해서, 장식용은 시도 때도 없이 손거울을 본다. 불안해서, 왕밥통은 시도 때도 없이 먹어댄다. 불안해서, 반장은 시도 때도 없이 영어 단어를 외운다. 불안해서, 나는 시도 때도 없이 백지에 글을 쓴다. 불안해서, 잘난척은 시도 때도 없이 '사기론'을 주장한다. 그래도 우리 중 두세 개 영역에서 2등급 이상의 성적을 유지하는 사람은 잘난척뿐이다.

우리는 함께 급식을 먹고 레슨실로 올라갔다. 과연 글을 써서 대학에 갈 수 있을까. 자신할 수 없지만, 불안해서 미칠 것 같지만, 우리에게는 '글'이 마지막 희망이다.

"뭐야? 아직 안 온 거야?"

장식용이 잘난척의 빈자리를 가리키며 말했다.

"야, 잘난척이야 레슨 빠지면 어떠냐. 인문계로 전학 가면 그만인데."

왕밥통이 투덜거렸다. 그때 어디선가 씩씩, 쌕쌕, 거친 숨소리가 들려왔다. 잘난척이 이제 막 레슨실로 들어오고 있었다. 우리는 재빨리 각자의 자리에 가서 앉았다.

"너희들……."

무언가 험한 말이 잘난척의 입에서 터져 나오려는 순간, "누가 문턱에 서 있나?"라는 말과 함께 백지가 나타났다. 백지는 교실에 들어오려고 문턱에 서 있는 잘난척의 등을 살짝, 그야말로 손끝으로 건드렸을 뿐인데, 잘난척은 야단법석을 떨어 댔다. 그 바람에 잘난척이 들고 있던 책들이 바닥에 떨어졌다.

"입시 자료집? 이게 뭐냐? 세상에, 이 숫자들은 다 뭐냐? 박하늘, 애야! 나는 네가 이런 거 말고 진짜 책을 갖고 다니기 바란다. 책은 말이야, 그 안에 뭔가 진실을 담고 있어야 해. 이 숫자들이 대체 무슨 진실을 담고 있다는 거냐?"

잘난척이 떨어뜨린 책들 사이에서 입시 자료집이 나오자 백지는 똥침 맞은 개처럼 짖어 댔다.

"도대체 여기에 무슨 진실이 담겨 있다는 거냐? 내 시간에 이런…… 이런 의미 없는 숫자들만 가득한 종잇조각을 들고 오다니! 당장, 지금 당장 내 눈에 띄지 않는 곳에 놔두고 와!"

백지는 입시 자료집을 잘난척에게 건네주었다. 당장 치우
라고 했다.

잘난척은 꼼짝도 하지 않았다.

"이건 명령이다!"

잘난척은 두 눈을 똑바로 뜨고 백지를 노려봤다. 백지
는…… 잘난척의 기세에 눌려 일순, 뒤로 몇 걸음 물러섰지
만 곧 고개를 곧추세웠다. 그러고는 한 번 더 잘난척을 향해
말했다.

"이건 명령이다!"

잘난척은, 커헉 ― 당장이라도 숨이 넘어갈 것처럼 괴상한
소리를 내더니 가방까지 들고 나가 버렸다. 우리는 이 갑작
스러운 결말에 놀라 서로 얼굴만 쳐다봤다. 웬일이지? 둘이
붙으면 항상 잘난척이 이겼잖아? 오늘 레슨 선생 왜 저래?
약 먹었나? 미친 거 아냐? 우리는 바삐 눈알을 굴려 대며 이
예상 밖의 결말에 대한 서로의 의견을 교환했다.

"자, 오늘은 이 백지에 무엇이든 써 봐라."

백지가 언제나처럼 늘 하는 말을 해 대며 한 움큼의 백지
를 흔들어 댔다. 그런데 허리를 너무 꼿꼿이 폈다든지 가슴
을 너무 앞으로 내밀었다든지, 하는 양이 평상시와는 영 달
랐다.

"마음속 저 깊은 곳에서부터 참된 문장을 끌어내 보도록! 그런데 먼저! 오늘은 그 전에 먼저, 친구를 한 명 소개하겠다, 자, 한 군, 이리 들어오게나."

그럼, 그렇지. 어째 너무 오버한다 싶더니, 또 전학생이군. 백지는 전학생이 올 때마다 잔뜩 뻐기곤 했던 것이다. 아무 것도 모르는 전학생들 앞에서만이라도 권위를 세우고 싶은 거겠지.

나는 전학생의 얼굴을 보기도 전에 시큰둥해져 버렸다. 올 봄에만 해도 벌써 서너 명의 아이들이 전학을 왔다 다시 전학을 가 버렸다. 어차피 몇 달 있지도 않고 가 버릴 전학생 따위, 흥미 없다.

"이 친구 이름은 한뜻! 정말 특이한 이름이지? 자, 한뜻! 한 군이 직접 그 멋진 이름을 소개해 보게나!"

쳇, 한뜻이라고? 아예 큰 뜻이라고 짓지?

얼굴도 보지 않은 채 한뜻이란 이름에 대해 혼자 투덜거리는데, "고마, 지는……." 하고, 어디선가 많이 들어 본 사투리가 들려왔다. 불길한 예감이 등줄기를 훑고 지나갔다.

"고마?"

깜짝 놀라 고개를 들었다.

"넌…… 그, 그, 그 털북숭이?!!!"

전학생은, 바로 그놈이었다. 그 털북숭이. 내 가슴을 누르고 있던 그 털북숭이. 내가 아무것도 모르고 위에서 아래로 쓰다듬었던 그 털북숭이. 내 가슴, 나의 첫 사랑을 위해 소중히 간직해 온 나의 이 사랑스러운 가슴을 그 더러운 발바닥으로 내리누른 바로 그놈!

"너, 너, 너는……."

나는 나도 모르게 그놈을 향해 손가락을 치켜세우고 있었다. 원수는 외나무다리에서 만난다더니, 그놈을 향해 치켜세운 내 손가락이 어느새 부르르 떨리고 있었다.

"엇? 너는……."

털북숭이가 나를 쳐다봤다. 동시에 옆자리에 앉은 장식용이 거울에서 눈을 떼고 나를 올려다봤다.

"뭐야 너? 쟤 알아?"

아냐고? 저놈을 아냐고? 그야 알다 뿐이냐. 저놈이 내 가슴을 밟았는데! 나는 나도 모르게 "저놈이 내 가슴을……." 하고, 그놈과 나 사이에 있었던 일을 말할 뻔했다.

"가슴? 가슴이라니?"

장식용이 두 눈을 빛냈다. 호기심으로 빛나는 장식용의 두 눈을 보는 순간, 나는 퍼뜩 정신이 들었다. 저, 저, 저 털북숭이가 내 가슴을 발바닥으로, 그것도 밤새 비벼 대고 있었다는 사실을 알게 된다면 아이들은 뭐라고 떠들어 댈까? 나는 전학생, 아니 시커먼 털북숭이 녀석과 장식용의 얼굴을 번갈아 바라봤다. 털북숭이는 내가 저를 쳐다보자 반가워서 그러는 줄 알고 빙그레, 미소까지 짓는 것이 아닌가? 어째 이빨도 누리끼리한 게 미소까지 구렸다.

저런 녀석과 내가 엮이다니! 말도 안 돼!

으으으, 생각만 해도 소름이 끼쳤다. 나는 얼른 제자리에 앉았다. 전학생, 아니 시커먼 털북숭이 녀석이 "혹시 너……." 하고, 나에게 무슨 말인가를 하려고 하기에 잽싸게 고개를 돌렸다.

"가슴이 뭐야?"

옆에서 장식용이 끈질기게 '가슴'이 뭐냐고 물어 왔다. 나는 장식용의 백지에 "네 가슴 뽕이라고!"라고 써 주었다. 그랬더니 장식용은 그렇게 티가 나냐며 내일부턴 뽕 브라 말고 다른 방법을 강구해야겠다며 호들갑을 떨어 댔다. 한쪽에서는 백지가 털북숭이에게 자기소개를 하라고 호들갑이었다.

"고마 지는, 아니 아니, 저는! 한뜻! 한뜻입니다. 제 아버지는 저에게 한뜻이라는 큰 이름을 지어 주셨습니다. 큰 뜻 하나를 끝까지 품고 살아가라는 뜻에서 말입니다. 제 아버지는 저에게 말씀하셨습니다. 세상에 태어나 뜻 하나를 품지 않으면 그 삶은 아무짝에도 쓸모없는 것이라고 말입니다. 여러분! 여러분은 어떤 뜻 하나를 여러분 가슴에 심고 계십니까? 저는!"

녀석, 완전히 웅변조였다. 여기저기서 킥킥거리는 소리가 들려왔다. 누가 촌놈 아니랄까 봐 되게 촌스러웠다. 녀석은 문학에 대한 자신의 웅대한 뜻이며 심지어는 문학을 하는 사람의 마음가짐에 대해서까지 떠들어 댔다.

"저는! 문학에 한 뜻을 품었습니다. 제가 생각하는 문학은! 우선 진실해야 한다는 것입니다. 지금 우리 사회는 거짓이 판치고 있습니다. 더 잘 먹고 잘 살기 위해서는 거짓되어야만 한다고 이 사회가 우리 청소년들을 부추기고 있습니다. 저는! 이대로는 안 된다고 생각합니다. 문학만이 우리 사회를, 거짓이 판치는 이 사회를 정화시킬 수 있다고 믿습니다. 저는! 글을 쓸 것입니다. 진실된 글, 읽는 것으로 끝나는 것이 아니라 읽고 삶의 변화를 가져다주는 그런 글을 쓰려고 이곳에 왔습니다. 제 고향은 농민들이 땀으로 일군 곳입니다. 그러나 정작 농민들이 땀과 정성으로 키운 쌀과 고기를 먹고 사는 여러분들은 여러분들의 배를 불려 주는 농민들의 현실을 알고나 계십니까? 알려고도 하지 않습니다. 저는 백일장에도 한번 못 나가 봤습니다. 글 써서 상 한번 탄 적 없습니다. 그래도 저는 제 고향의 이야기를 쓸 것입니다. 아무도 귀 기울여 주지 않는 농민들의 삶에 대해 말할 것입니다. 그리하여 제 글이 누군가의 마음에 감동을 주기를 원합니다. 누군가의 마음에 감동을 주어 그 삶을 변화시킬 수 있는 글이란 그러나 진실해야 합니다. 그렇다고 생각지 않으십니까?"

쳇, 그렇다고 생각하긴 뭐가 그렇다는 거야? 진실이라고? 웃기고 있네, 라고 생각하는데, "옳소! 옳소!" 난데없는 박수 소리였다.

백지는 거의 얼이 나가 있었다. 감격에 겨워 눈물까지 흘리며 박수를 쳐 댔다. 우리 역시 얼이 나가기는 마찬가지였다. 레슨 선생의 열화와 같은 반응이며 제 말에 제가 흥분해서 두 주먹을 부르르 떨고 있는 전학생의 모습까지, 우리는 정말이지 어이가 없었다.

"뭣들 하는 거냐? 얼른 박수 쳐라! 박수! 박수! 이 얼마나 감동적인 말이냐? 누군가의 마음에 감동을 주어 그 삶을 변화시킬 수 있는 글이란 그러나 진실해야 합니다! 그렇다고 생각지 않으십니까? 그렇다고 생각합니다! 그렇습니다! 그렇습니다!"

백지는 털북숭이에게 홀딱 반해 버렸다. 반하려면 혼자서나 반하지 우리에게까지 박수를 치라고 강요하는 건 또 뭐람. 나는 툴툴거리면서도 할 수 없이 박수를 쳤다. 박수를 치지 않은 사람은 잘난척뿐이었다. 잘난척은 교실에 없었으니까. 만약 잘난척이 교실에 남아 있었더라면 안 봐도 뻔했다. 이랬을 거다.

"왜 우리가 박수를 쳐야 하나요? 저는 이런 독재적인 수업 방식에는 동의할 수 없습니다."

그러면 백지는 또 잘난척과 독재와 자유에 대하여 열띤 토론을 벌였을 거다. 다행히 잘난척은 없었고, 우리는 몇 번 박수를 쳐 주는 것으로 백지와 전학생에게서 해방될 수 있었다.

"자, 이 백지에 오늘은 '진실'에 대하여 써 봐라. 마음속 저 깊은 곳에서부터 '진실'을 끌어내 보도록!"

백지는 우리에게 백지 한 장씩을 나눠 주고는 전학생의 얼굴을 흐뭇하게 바라봤다. 전학생도 누리끼리한 이빨을 내보이며 백지에게 미소를 지어 보이는 것이었다. 둘은 그럴 수 없이 사랑스러운 눈빛으로 서로를 바라봤다. 그 모습에 왕밥통은 몰래 먹고 있던 사탕을 뱉어 내야 했고, 반장은 비위가 상하는지 으웩, 하고 몇 번씩이나 헛구역질을 해 댔다.

"진실! 그래, 그래, 진실이야! 기대가 크다!"

백지는 작문 주제를 '진실'로 정해 주고는 털북숭이의 등을 힘차게 두드렸다.

"열심히 하겠습니다!"

기대가 크다는 말에 부응하려는 듯 털북숭이가 힘차게 대답했다.

백지가 나가자 털북숭이는 무언가 커다란 뜻을 품은 듯이 비장한 얼굴로 우리들의 얼굴을 바라봤다. 그러고는 정말이지 맹렬한 기세로 백지에 달려들었다.

♟♟♟

땡, 소리와 함께 왕밥통이 제일 먼저 샤프를 집어 던졌다. 제일 먼저 자리를 박차고 나갔다.

"떡볶이 먹을 사람, 여기 여기 붙어라!"

왕밥통이 엄지를 흔들어 댔다.

"공짜야?"

반장이 득달같이 달려 나가 왕밥통의 엄지에 매달렸다. 영천에서 올라와 고시원 생활을 하고 있는 반장은 공짜라면 사족을 못 썼다. 빈대 정신이야말로 졸업을 가능하게 해 주는 유일한 무기라고까지 주장하는 반장이다.

"앗! 공짜는 메뉴에 없는뎁쇼!"

왕밥통은 매정하게 반장의 손을 뿌리쳤다. 그러고는 곧장 장식용한테 달려가 "앗! 뜨거 떡볶이와 앗! 시려 팥빙수!"를 밥통이 찰 때까지 같이 먹자면서 제 엄지를 장식용 엄지에 비벼 댔다. 장식용은 질색팔색이었다. 그따위 것들은 미모의 적이라는 거였다. 옆에서 가만히 둘의 대화를 듣고 있던 반장은 시험 때마다 커닝을 시켜 주는 조건으로 장식용에게 왕밥통네 떡볶이 평생 이용 쿠폰을 자기에게 넘기라고 꼬드겼다. 장식용은 몰라몰라몰라를 연발하며 좋아서 난리였다. 그러자 이번에는 왕밥통이 안돼안돼안돼를 연발하며 장식용과 반장 사이에 끼어들었다. 왕밥통 왈, 왕밥통네 떡볶이집 평생 이용 쿠폰은 장식용만 쓸 수 있다는 거였다.

속닥속닥, 반장이 장식용에게 귓속말을 해 댔다. 잠시 뒤, 장식용은 저녁마다 빠짐없이 왕밥통네 떡볶이집으로 앗! 뜨거 떡볶이와 앗! 시려 팥빙수를 밥통이 찰 때까지 먹으러 가겠다고 선언했다. 단, 반장과 함께.

"좋아!"

왕밥통이 그러라고 하자 반장은 괴성을 내지르며 왕밥통과 장식용을 따라 나갔다.

나는 저녁마다 반장과 함께 학생 식당에서 저녁을 해결해 온 터라 반장이 나가 버리자 적잖이 당황하고 말았다.

"야! 반장! 나는 어떡해? 너까지 가 버리면 난 누구랑 밥 먹어?"

반장은 내 말은 들리지도 않는지 벌써 계단을 내려가 버렸다. 고얀 것, 그깟 떡볶이에 우정을 버리다니, 툴툴거리며 레슨실로 돌아갔다. 앗! 전학생, 아니 털북숭이가 나를 향해 누리끼리한 이빨을 내보이며 웃고 있는 것이 아닌가? 조금만 늑장을 부렸다가는 내 옆으로 와서 나한테 학생 식당이 어디냐고 물어 올지도 모를 일이었다.

"야, 반장 같이 가!"

나는 뒤도 안 돌아보고 왕밥통네 떡볶이집을 향해 내달렸다.

왕밥통네 떡볶이집에는 반장과 장식용뿐만 아니라 소설반 아이들이 거의 다 와 있었다. 소설반 아이들은 떡볶이를 먹으며 전학생 이야기로 입가심을 하고 있었다.

"걘 며칠이나 갈까?"

장식용이 물었다.

"고작해야 한 달이겠지."

반장이 대답했다.

"그래도 뜻은 참 가상하지 않았니? 글이란 진실해야 한다잖아. 진실한 글을 쓰고 싶어서 시골서 여기까지 올라왔다잖아."

장식용이 전학생 역성을 들었다. 괜히 부아가 치밀었다. 전학생의 그 밥맛없던 자기소개가 생각났다. 뭐? 문학만이 우리 사회를, 거짓이 판치는 이 사회를 정화시킬 수 있다고? 누군가의 마음에 감동을 주어 그 삶을 변화시킬 수 있는 글이란 진실해야 한다고? 진실하지 않은 글은 그럼 글이 아니라는 거야? 게다가 그 아버지란 작자는 또 어떻고? 문디, 어쩌고저쩌고 하면서 제 아들 이마에 얼굴을 비벼 대던 그 밥맛없던 아저씨 얼굴까지 떠오르자 먹은 걸 다 게워 내고 싶어졌다. 게다가 이름이 한뜻이라고? 뭐, 아빠가 지어 준 이름이라고? 그러니까 자식밖에 모르는 부모한테서 엄청 사랑받고 자란 놈이라는 거잖아? 그따위가 진실은 무슨!

"쳇, 가상하긴 뭐가? 모의고사 성적표나 한번 받아 보라지. 진실이고 나발이고 난 대학 가는 게 먼저라고 제일 먼저 도망갈걸?"

나는 장식용 들으라는 듯이 부러 더 큰 소리로 툴툴거렸다.

"맞아. 혜준가, 혜진인가, 며칠 전에 전학 간 애, 걔는 뭐 처음엔 안 그랬냐?"

반장이 맞장구를 쳤다.

어느새 아이들의 이야기는 며칠 전에 전학 간 혜진에게로 이어지고 있었다. 혜진은 4월에 인문계 고등학교에서 전학 온 여자아이였다. 공부도 꽤 하는 편이었는지, 처음엔 자신만만했다. 글은 잘 모르지만 열심히 쓰겠다, 백일장에서 좋은 성적을 거두고 싶다, 두 눈을 빛내며 우리를 향해 미소 지었다. 그러나 결국 한 달도 버티지 못했다. 우리의 냉랭한 태도 때문이라는 걸 부정하지는 않는다. 우리는 혜주와 같은 전학생에게 마음을 열려고 하지 않는다. 혜주와 같은 전학생이란, 언제든 다른 곳으로 훌쩍 떠날 수 있는, 여러 가지 가능성을 가진 아이를 말한다.

1학년 때부터 글에 매달려 온 우리와는 달리 혜주는 영어에서도 수학에서도 기본기가 탄탄했다. 그런 혜주가 문창과로 전학 온 이유는 뻔했다. 좀 더 나은 대학에 가기 위해서다. 인문계 고등학교에서보다 내신 성적을 받기가 유리하다는 둥, 몇 개의 백일장에서 1등을 하면 문예 특기생으로 대학에 갈 수 있다는 둥, 여기저기에 떠도는 소문을 믿고 전학온다. 그러나 현실은 다르다. 호락호락하지 않다. 인문계 고등학교 아이들이 영어 단어를 외우고 수학 공식을 외울 때 우리는 시를 외우고 소설을 필사한다. 작가들이 글 속에 숨겨 놓은 행간의 의미를 파악하려고 애쓰다 밤을 새우기 일쑤다. 60매 이상의 단편소설을 몇 편 쓰다 보면, 벌써 1년이 지나간다. 학과 공부는 소홀해지고 만다. 그렇게 1년이란 시간을 보내고 나면, 절박해지고 만다. 글이냐, 성적이냐. 선택할 수밖에 없는 상황에 놓이고 만다. 두 마리의 토끼를 잡기란, 불가능하다는 걸, 인정할 수밖에는 없는 것이다.

그런데 전학생들은 그 두 마리의 토끼를 잡으려고 하는 것이다. 그러다 두 마리의 토끼를 다 잡을 수 없다는 사실을 알게 되면 금방 떠나 버린다. 아직 늦지 않았으니까. 글과 공부, 양쪽 모두에 양다리를 걸치고 있던 아이들은 쉽게 한쪽 발을 빼어 버린다. 그것으로 끝이다. 그러나 우리는 두 발을 모두 여기에 담그고 있다.

"혜준가 혜진인가 걔, 어떻게 됐을까? 전학 왔던 학교로 다시 돌아갔잖아?"

왕밥통이 떡볶이를 쑤셔 넣으며 물었다.

"너라면 좋아하겠냐? 이 학교 싫다고 전학 갈 땐 언제고 금방 돌아와 버리면 아이고, 고맙습니다, 반갑습니다, 반기겠냐? 내가 그 학교 애들이라도 싫겠다."

반장이 장식용 몫의 떡볶이를 몰래 먹으며 큰소리였다.

"어머머머, 몰라몰라몰라. 그럼 걔 너무 불쌍하잖아!"

장식용이 또 예쁜 척, 착한 척이었다.

"불쌍하긴 뭐가 불쌍해? 여기저기 기웃거리다가 쌤통이지."

반장이 핏대를 세웠다. 반장은 가뜩이나 대학 가기 힘든데 왜 글에 관심도 없는 것들까지 다들 글 써서 대학 가려고 하는지 모르겠다며 전학생들을 제일 싫어했다.

"오늘 전학 온 한뜻이란 앤 어떻게 될까? 그래도 이번엔 조금 오래 버틸 것 같지 않니? 아까 너희들도 들었지? 걔 백일장에도 한번 못 나가 봤다잖아. 그런 애가 어떻게 글 써서 대학 가겠다는 생각을 했을까? 배짱 한번 두둑하지 않니?
도전 정신이 대단하잖아?"

쳇, 도전 정신이라고? 장식용 넌 아까 한뜻이란 놈이 떠들
어 대던 소리도 듣지 못했냐? 뭐가 거짓이 판치는 사회라는
거야? 거짓이 뭔지, 거짓되게 사는 게 어떤 건지 알 필요도
없이 살아온 녀석이 어떻게 거짓이 판치는 사회에 도전하겠
다는 거야? 그럴듯하게 말만 앞세우는 녀석일 게 뻔하다고!

나는 쾅, 탁자를 내려쳤다.

"배짱? 도전 정신? 과연 그럴까? 오늘 온 그 전학생, 여름
방학 되기 전에 전학 안 가면 내 손에 장을 지진다. 어때? 장
식용 너, 나하고 내기 한번 해 볼래? 키플링 지갑 내기 어
때?"

내가 묻자, 장식용은…… 궁지에 몰린 쥐처럼 움찔거렸
다. 선뜻 대답하지 못했다. 자신 없는 게 분명했다. 그럼, 그
렇지. 언제든 왔던 곳으로 되돌아갈 수 있는 전학생 따위에
게 누가 키플링 지갑씩이나 걸겠는가?

어느새 내 입가에 미소가 번지기 시작했다.

"한뜻이란 애, 여름 방학 되기 전에 다시 전학 안 가면 내
가 너한테 키플링 지갑 하나 사 준다니까?"

"너, 그 말 진짜지?"

"단, 그 반대면 네가 나한테 사 줘야 돼. 그래도?"

"그래도…… 그래도 난, 그렇게 도전하는 애가 좋아!"

장식용이 포크로 테이블을 내리쳤다. 그러자 이번엔 왕밥통이 주먹으로 테이블을 내리쳤다. 쾅 소리가 났다.

"도전은 무슨!"

"어머머머, 애가 왜 화를 내고 그래? 무식하게. 넌 뭐 도전해 본 적 있어? 너, 남자들이 왜 섹스 할 때 2억 5천만 마리나 되는 정자를 사정하는 줄 알아? 그게 다 살아남기 위해서 도전하는 거라고! 너, 수컷들이 얼마나 살기 힘든 줄 알아? 수컷들은 정자 경쟁에서 이겨야 자신의 유전자를 후손에게 전달할 수 있단 말이야. 만약 라이벌 수컷이 수정에 성공하면 어떻게 되겠니? 강한 수컷만이 자기 유전자를 후손에게 물려줄 수 있단 말이야. 너 침팬지가 왜 모든 영장류 가운데 가장 큰 고환을 가지고 있는 줄 알아?"

장식용이 왕밥통에게 물었다.

"아니, 몰라."

왕밥통이 대답했다.

"어떻게 넌 그런 것도 모르니? 밥통만 채우지 말고 여기, 뇌도 좀 채워라. 침팬지 사회에서는 암컷보다 수컷들이 더 많아. 암컷은 많은 수컷과 짝짓기를 하지. 그래서 침팬지 수컷들은 다른 동물들보다 더 치열한 정자 경쟁을 벌여야 하는 거야. 그러니 당연히 고환이 클 수밖에. 하물며 침팬지 수컷들도 경쟁을 하는데, 넌 대체 뭐니? 오늘 전학 온 한뜻인가 뭔가 하는 애도 결국은 이 치열한 경쟁 사회에서 살아남겠다고 여기까지 온 거 아냐?"

장식용이 왕밥통에게 밥통만 채울 게 아니라 뇌도 좀 채우라고 야단이었다. 뭐 묻은 개가 뭐 묻은 개를 나무라는 격이었다. 왕밥통은 떡볶이를 씹다 말고 벌떡 일어섰다. 붉으락 푸르락, 얼굴까지 실룩거렸다.

"그 말은 뭐야? 한뜻인가 뭔가가 나보다 고환이 더 크다는 거야?"

장식용도 벌떡 일어섰다.

"이 밥통아! 그 말이 아니잖아! 너도 수컷으로 이 경쟁 사회에서 살아남으려면 뭔가 도전 정신을 발휘해 보라고!"

"도전?"

"그래, 도전!"

"나도 한다면 하는 인간이야!"

왕밥통이 허리에 두른 타이어 같은 배를 내밀었다. 그 바람에 장식용은 뒤로 몇 걸음 튕겨 나갔다.

"한다면 하는 인간이라고? 그럼, 이 뱃살이라도 빼 보든가. 못 하지? 못 하지? 그것도 못 하는 게."

장식용이 왕밥통의 허리에 두른 타이어 같은 배를 검지로 콕콕 찔러 댔다.

"못 한다고? 웃기지 마! 오늘부터 뱃살 빼기 도전이다! 떡볶이도 절대 먹지 않을 거야!"

왕밥통은 테이블에 남아 있던 떡볶이 접시를 그대로 휴지통에 던져 버렸다.

"흥! 그 말을 내가 믿을 줄 알고? 내가 안 볼 때 몰래 먹으려는 거지?"

"사람을 뭘로 보는 거야? 내가 다시 떡볶이를 먹으면 그땐!"

"그땐?"

"그땐! 너한테 삼초빽을 사 준다!"

"삼초빽?"

"3초에 한 번씩 보게 된다고 해서 삼초빽이라는 별명이 붙은 바로 그 빽, 웬만한 여자들은 하나씩 다 들고 다닌다는 그빽, 바로 루이뷔똥!"

"꺅! 정말정말정말? 너, 그 말 진짜지?"

"그래, 진짜다!"

왕밥통은 여봐란 듯 배를 내밀었다.

"약속했어! 내가 저녁 급식 시간 때마다 여기 와서 감시할 거라고!"

장식용 역시 질세라 배를 내밀었다.

"그럼 넌? 한뜻인가 뭔가가 여름 방학도 되기 전에 다시 전학 가면 나한테 뭐 해 줄 건데?"

왕밥통이 물었다.

"나? 나야 뭐……."

장식용이 은근슬쩍, 위기를 모면하려고 했다.

"뭐긴 뭐야, 나랑 영수, 둘 모두한테 키플링 지갑 하나씩 사 줘야지. 안 그러냐?"

내 말에 왕밥통은 얼른 고개를 끄덕거렸다. 장식용은 입술을 씰룩씰룩거리더니 "좋아!"라고 소리쳤다. 그 와중에도 반장은 먹다 남은 떡볶이가 버려진 휴지통을 껴안고 입맛을 다셨다.

"젠장, 공짜였는데……."

반장은 레슨실로 돌아가면서도 계속 입맛을 다셨다. 왕밥통은 뭐가 그렇게 좋은지 계속 웃어 대며 실없는 이야기를 해 댔다.

"얘들아! 너희들 그거 알아? 병아리가 가장 좋아하는 약은 뭐게? 빰빠라밤! 정답은 삐약! 몰랐지? 몰랐지?"

"으, 진짜진짜진짜! 뭐가 삐약이야! 삼초빽 사 줄 돈 생각이나 하라고!"

장식용이 검지로 왕밥통의 배를 콕콕 찔러 댔다. 그러자 왕밥통은 장식용의 검지가 배를 찌를 때마다 '삐약' 소리를 냈다. 왕밥통이 '삐약' 거리자 장식용은 더 화가 나서 왕밥통의 배며 허리를 마구마구 찔러 댔다. 그럴 때마다 왕밥통은 그럴 수 없이 고통스러우면서도 그럴 수 없이 행복하다는 얼굴로 힘차게 '삐약삐약' 거리는 것이었다.

왜 내가 이런 애들이랑 함께 있어야 되는 거지? 너희들은 그렇게 할 일이 없니, 라고 묻고 싶은 건, 정작 나였다. 그런데 잘난척이 먼저 그 말을 해 버렸다. 그것도 나에게.

"그렇게 할 일이 없니, 너희들은?"

잘난척은 레슨실 문 앞에 서서 우리를 한심하다는 눈으로 쳐다봤다. 그러고는 두툼한 서류 뭉치를 우리들 눈앞에다 대고 흔들어 댔다. 실기 대회 허가원이었다. 백일장에 참여하려면 백일장 참여 최소 일주일 전에 어떤 백일장에 참여하는지를 문서로 작성해서 선생님께 보고해야 하는데 그 문서가 바로 실기 대회 허가원이었다. 문창과뿐만 아니라 연기과나 무용과, 미술과 아이들도 다들 실기 대회 허가원을 작성해서 내는데, 우리 소설반에서는 잘난척이 실기 대회 허가원의 작성 및 보고를 책임지고 있었다.

"뭐야 이건? 미래문학상, 문화대 백일장, 민주참여문학상, 고구려문학상……. 뭐가 이렇게 많아?"

왕밥통이 투덜거렸다.

"어유, 몰라몰라몰라! 여긴 강원도잖아? 뭐야? 이건? 우리말 사용 활성화를 위한 기념 백일장? 여긴 또 어디로 내려가야 되는 거야?"

장식용도 투덜거렸다.

"그래서 너희는 안 가겠다는 거야?"

잘난척은 꾸물거릴 틈도 주지 않았다. 여차하면 그대로 실기 대회 허가원을 들고 가 버릴 태세였다.

"누가 안 간대? 강원도든 제주도든 그게 무슨 상관이야? 우리가 지금 이것저것 따질 때야!"

반장은 잘난척과 다툰 일 같은 건 벌써 잊어버린 듯했다. 우리들 중 가장 먼저, 가장 잽싸게 잘난척의 손에서 실기 대회 허가원을 낚아채서는 제일 큰 글씨로 차례차례 제 이름을 적어 나갔다. 왕밥통과 장식용도 질세라 실기 대회 허가원에 이름을 적었다. 5월에 열리는 백일장만 해도 무려 열 개가 넘었다.

나는, 열 장 모두에 내 이름을 적어 넣었다. 내가 실기 대회 허가원을 넘겨주자 잘난척은 왼쪽 눈썹을 위로 추켜올렸다.

"진짜야? 여기 다 나갈 거야?"

"그래, 진짜다!"

5월 한 달 동안 무려 열 개의 백일장에 나가겠다고 하자 잘난척은 이번엔 왼쪽 오른쪽, 양쪽 눈썹을 다 씰룩거렸다. 꼭 낚싯바늘에 꿰여 올라가는 미꾸라지 같은 얼굴이었다.

"쳇! 열심히 해 보시지. 이런다고 뭐가 될 것 같아?"

잘난척은 내가 뭐라고 쏘아붙이기도 전에 실기 대회 허가원을 들고 교무실로 내려가 버렸다.

"쟤 진짜 왜 저러냐?"

반장이 잘난척의 등에다 대고 한숨을 내쉬었다.

"저렇게까지 삐뚤어진 애는 아니었는데……."

장식용도 한마디 덧붙였다.

우리는 자리에 앉아 레슨 선생인 백지가 들어오기를 기다리면서도 잘난척에 대한 이야기를 화제로 삼았다. 잘난척이 이렇게 삐뚤어지게 된 이유는 모두 백일장 때문이었다. 문예 특기생으로 대학에 가려면 백일장에서 몇 개의 상은 받아 둬야 하는데……. 1학년 때처럼 아무도 상을 받지 못하게 된다면, 우리는 어떻게 되는 걸까? 벌써 2학년 1학기가 다 지나가고 있는데…… 우리에게 남은 진실이란, 결국……. 나는 어느새 오늘의 작문 주제인 '진실'에 대해 생각하고 있었다.

"자, 오늘은 참된 문장을 얼마나 길어 올렸나 볼까?"

어느새 백지가 레슨실로 들어왔다. 백지는 얼굴 가득 미소를 지은 채 먼저 한뜻에게로 달려갔다. 한뜻의 넓적한 등을 두드려 대며 자네의 진실에 정말 기대가 크네, 따위의 말들을 내뱉으며 한뜻의 백지를 읽어 내려갔다.

"황소 600킬로그램 기준으로 1킬로그램에 팔천 원에서 팔천오백 원? 이보게, 한뜻! 자네는 대체 이런……, 이런 숫자들로 어떤 진실을 드러낼 수 있다고 생각하는가? 이건, 이건……."

백지는 한뜻의 작문을 몇 줄 읽지도 않고 버럭, 소리를 질렀다. 한뜻은 백지가 집어 던진 제 작문을 집어 들고는 도대체 뭐가 문제지? 뭐가 문제란 말이야? 도저히 이유를 알 수 없다는 얼굴로 백지와 제 백지를 번갈아 바라봤다. 곧 울 것 같은 표정이었다. 어림잡아도 190센티미터는 될 것 같은 키에 웬만한 쌀가마니쯤은 번쩍 들어 올릴 것 같은 거구의 사내아이가 눈에 눈물을 맺고 있는 꼴이라니!

"이건…… 이건…… 진실이 아니고 사실이잖아!!!"

백지는 머리에 쓰고 있던 베레모까지 벗어 버렸다. 열이 펄펄 나는지 베레모로 대머리에 대고 부채질을 하기 시작했다.

"옛? 진실이 아니라 사실이라고요?"

한뜻이 두 눈을 부릅떴다. 그러고는 자기는 한우 농가의 현실에 대한 글을 썼으며 이 글을 통해 지금 이 시대를 살아가는 우리 농민들의 진실을 표현하고자 했다고 우겨 댔다.

"됐네, 됐어! 우리가 원하는 건, 다시 말해 문학이 원하는 건 사실이 아니라 진실이라네, 진실! 사실을 그대로 전달한다고 그게 문학적인 글이 된다고 생각하나? 자네, 그런 거야? 다시 쓰게, 다시 써! 사실이 아니라 진실을 표현해 보라고!"

한뜻이 뭐라고 반박하려고 하자 백지는 더 이상은 상대도 하기 싫다는 듯이 칠판 앞으로 걸어가 버렸다. 한뜻은 자리에 앉아서도 "진실이 아니라 사실이라고? 사실? 사실이라니? 진실은 뭐고 사실은 뭐란 말이야?"라고, 연신 혼잣말을 해 댔다.

"자자, 이제 다른 사람들은 뭘 길어 올렸나 좀 볼까?"

백지가 아이들을 둘러보며 말했다.

"길어 올리다니요? 뭘요?"

언제나처럼 잘난척이 레슨 선생의 말꼬리를 붙잡고 늘어졌다. 레슨 선생은 일부러 못 들은 척, 안 들은 척했다.

"자자, 마음속 저 깊은 곳에서부터 참된 문장을 길어 올렸니?"

백지는 일부러 더 쾌활한 목소리를 내면서 화제를 딴 데로 돌리려고 애썼는데, 잘난척은 끝까지 수업을 방해했다. 아이들이 서로의 작문을 돌려 보기도 전에 백지에게 실기 대회 허가원을 내민 것이다.

"뭐냐 이건? 미래문학상, 문화대 백일장, 민주참여문학상, 고구려문학상……. 그러니까 뭐냐? 너희들 백일장이란 백일장엔 다 나갈 셈이냐? 엉? 그런 거야? 너희들이 이 학교에 왜 진학했는지, 처음엔 어떤 맘으로 문학을 하겠다고 결심했는지를 생각해 봐라. 백일장이 전부가 아냐. 백일장보다 더 중요한 건 진실한 글을 쓰고 말겠다는, 문학에 대한 열정이란 말이다! 고작 상장 몇 개 더 받겠다고 글은 안 쓰고 이 소중한 시간을 길바닥에 내버린다고? 난, 난 절대 허락 못해!"

백지는 실기 대회 허가원을 도로 잘난척에게 돌려줬다. 절대로 도장을 찍어 주지 않겠다고 했다.

"선생님 말씀은 우리가 어떻게 되어도 좋다는 뜻인가요? 도장을 안 찍어 주시겠다니, 우리들 모두 대학에 가지 말라는 뜻인가요?"

잘난척이 또 따지기 시작했다.

"박하늘! 얘야, 난 그런 뜻으로 말하고 있는 게 아니잖니! 내 말은 그러니까 상장 몇 개 더 받으려고 전국을 순회하고 다닐 바에야 그 시간에 좋은 글을 한 편 더 쓰는 편이……."

"그깟 상장 몇 개라뇨? 선생님한테는 그깟 상장 몇 개겠지만 우리한텐 미래가 달린 일이라구요! 솔직히 말해서 선생님이 우리한테 뭐 가르쳐 준 거나 있나요? 우린 진실이나 아

폼이니 이따위 건 필요없다구요! 우리가 알고 싶은 건 백일
장에 나가서 어떻게 하면 상을 받을 수 있느냐는 거예요!"

"세상에! 박하늘, 애야, 너 정말 그렇게 생각하는 거냐? 그
런 거야?"

"그런 거냐구요? 물론 그래요. 우리가 알고 싶은 건, 우리
가 이 학교에서 배우고 싶은 건, 백일장에 나가 상을 받을 수
있는 방법! 그것뿐이라구요!"

잘난척은 도장을 찍듯 두 주먹으로 책상을 내리쳤다. 그러
고는 실기 대회 허가원을 든 채 밖으로 달려 나갔다. 그 뒤를
백지가 따라 나갔다. 한마디로 난리판이었다. 그 난리 속에
서도 왕밥통은 한뜻에게 무슨 말인가를 속삭이고 있었다.

"정말?"

한뜻이 놀라 소리쳤다.

"뭐가 정말인데?"

장식용이 예쁜 척, 어깨를 외로 틀며 한뜻에게 물었다.

"기숙사 사감 선생님 별명이 정말 '옷 벗고 있구나' 야?"

한뜻이 장식용에게 물었다.

"어, 그거? 그럼 정말이지. 그 사감 말이야, 진짜 변태래,
변태! 남자애들 방에 노크도 없이 그냥 막 들어가서는…….
아유, 몰라몰라몰라, 난 말 못 해!"

장식용이 두 발을 굴러 댔다. 장식용은 저렇게 발만 굴러

대면 예쁜 줄 안다.

"그렇담 할 수 없지. 내가 얘기해 주지. 인마, 너도 조심해. 아무 때나 옷 벗지 말라고. 그 사감 선생 말이야, 남자애들이 옷을 벗고 있으면 이런대. 어, 옷 벗고 있구나, 그러고는 나가지도 않고 그냥 방에 서 있다는 거야. 인마, 너도 몸 조심해!"

왕밥통이 음흉한 눈길로 한뜻의 몸을 위아래로 훑어봤다. 한뜻은 소름 끼친다는 듯 고개를 흔들며 양팔로 제 가슴을 가렸다.

"저런 가슴, 누가 훔쳐보기나 한대?"

나는 혼잣말을 했다. 혼잣말을 했는데, 한뜻이 내 말을 들었는지 성큼성큼 나에게로 걸어오는 것이 아닌가?

"뭐, 뭐, 뭐야, 너?"

내가 소리를 지르거나 말거나 한뜻은 내 옆으로 바짝 다가왔다. 내 귀에다 대고 그럴 수 없이 느끼한 목소리로 속삭였다.

"있지. 나, 발 아직도 안 씻었다."

그러고는 얼른 제 자리로 돌아가 버렸다.

발을 안 씻다니? 발? 무슨?

순간, 한뜻이 내 가슴을 발바닥으로 내리누르고 있던 장면이 생각나서 나는 나도 모르게 얼굴을 붉히고 말았다.

"빛나 너, 빨개졌다."

장식용이 재미있다는 듯이 킥킥거렸다.

"빨개지긴 누가!"

나는 빨개진 얼굴을 들키지 않으려고 얼른 고개를 숙였다. 머리카락으로 두 뺨을 가리고 한뜻이란 녀석을 훔쳐봤더니, 세상에 발을, 내 가슴을 내리눌렀던 발을, 나 보란 듯이 내 쪽을 향해 흔들어 보이고 있었다.

뭐 저런 녀석이!

한뜻, 이 구린 놈! 두고 봐라.

반드시, 반드시 쫓아내 버리겠어!

4. 거짓말쟁이들의 축제

"알립니다. 이번 주는 놀토! 놀토에 기숙사에 남을 학생들은 목요일까지 사유서를 제출해 주기 바랍니다. 다시 한 번 알립니다. 이번 주는 놀토! 놀토에 기숙사에 남을 학생들은…… 이번 주는 놀토…… "

이번 주는 놀토, 이번 주에도 역시 사감 할망구는 일주일 내내 스피커에 대고 했던 말을 하고 또 해 댔다. 다른 때 같았으면 욕을 퍼붓거나 스피커를 테이프로 칭칭 감아 버렸을 테지만, 나는 콧노래를 흥얼거렸다. 스피커에서 사감 할망구가 이번 주는 놀토, 이번 주는 놀토, 하고 떠들어 댈 때마다 나는 코러스를 넣듯이 이번 주는 놀토, 이번 주는 놀토, 하고 사감 할망구의 말을 따라 했을 정도다.

놀토에 사유서를 쓰지 않아도 된다니, 놀토에 집에 가지 않아도 갈 데가 있다니, 으하하하!

금요일 저녁, 기숙사를 나서며 나는 웃었다. 토요일마다 갈 곳이 생겼다. 이게 바로 내가 열 개의 백일장에 모두 나가겠다고 한 이유다. 내가 한 달 동안 무려 열 개의 백일장에 나가겠다고 했을 때, 잘난척을 비롯, 소설반 아이들 모두 내게 미쳤다고 했다. 상에 미친 인간.

푸하하하!

그래, 그래, 그렇게 생각하라고. 나는 상에 미친 여고생. 나는 대학에 가기 위해 최선을 다하는 여고생. 아이들이 나를 그렇게 생각하고 있다고 생각하자 말할 수 없이 흐뭇했다. 그러니까 모든 사람들의 눈에 나는, 걱정이라고는 대학 입시 밖에는 없는 대한민국의 평범한 여고생인 거다.

푸하하하!

이달의 마지막 백일장이 열리는 강원도로 가기 위해 갈아탄 기차 안에서도 나는 콧노래를 흥얼거렸다. 혼자 강원도로 내려간다는 쓸쓸함 따위, 전혀 느끼지 못했다. 소설반 아이들은 모두 내일 아침 일찍 부모님과 함께 백일장 장소에 나타날 것이다. 백일장 전날 기차를 타고 내려가 찜질방에서 하룻밤을 보내고 백일장 장소에 나타나는 아이는 나, 이빛나

밖에는 없다.

그러나 그렇다고 해도 나는 기쁘다. 사유서를 쓰지 않아도 되니까. 모두 떠나고 없는, 텅 빈 무덤 같은 기숙사에서 혼자 눈뜨지 않아도 되니까.

강원도에 도착하자 벌써 밤이었다. 사위는 어두웠고, 어둠 속에서 교회의 십자가들과 찜질방 간판의 24시라는 숫자들만이 빨갛게 빛나고 있었다. 나는 길 잃은 여행자가 북극성을 따라가듯 그 불빛을 따라 걸어갔다. 교회와 찜질방. 길 잃은 여행객이 하룻밤을 지내기에는 24시 찜질방 쪽이 조금 나았다.

금요일 밤, 강원도의 찜질방은 한산했다. 매트를 차지하기 위해 눈에 불을 켜지 않아도 되는 거였다. 그래도 앞일은 모르는 거였다. 나는 목욕을 하러 가기 전에 먼저 보석방 앞에 자리를 맡아 두었다. 거기라면 텔레비전과도 멀찍이 떨어져 있고, 막다른 구석이라 사람들의 왕래도 뜸해서 책을 읽기에는 딱이었다.

나는 보석방 앞에 놓인 매트 위에 《릴라는 말한다》[3], 《베를린에서 온 편지》, 《로테와 루이제》까지, 기숙사에서부터 들고 온 소설책들을 내려놓았다. 그래도 안심이 되지 않아 이불 대신 덮으려고 가져온 무릎 담요도 올려놨다.

'이 정도면 괜찮겠지.'

라고, 나는 생각했다. 그러나 괜찮지 않았다. 목욕을 하고 돌아와 보니, 내 자리에 누가 누워 있었다. 내 무릎 담요를 돌돌 말아 베개 대신 베고 누워, 내 소설, 그것도 내가 가장 사랑하는 아이가 등장하는 《릴라는 말한다》를 읽고 있었다.

나는 물이 뚝뚝 떨어지는 머리를 휘날리며 내 자리로 달려갔다.

"여긴 제 자리라구요! 남의 책을 마음대로 읽다니, 무슨 짓이에요?"

나는 내 매트 위에 누워 있는 남자에게서 《릴라는 말한다》를 낚아챘다. 남자의 얼굴을 가리고 있던 책이 내 손으로 옮겨 오고, 남의 책을 허락도 없이 맘대로 읽는 몰상식하고 무식한 놈의 얼굴이 책 뒤에서 튀어나왔다.

"또 너야?"

남의 책을 허락도 없이 맘대로 읽는 몰상식하고 무식한 놈은, 한뜻이었다.

"야, 이거 굉장하다. 내 그것이 보고 싶지 않냐니까? 얼만데? 네가 원하는 대로. 난 한 푼도 없어. 네가 한 푼도 없다는 걸 알아. 너에게 돈 받으려고 그런 말을 한 게 아니라구. 그럼 왜 그런 말을 하니? 그냥, 선물하려고."

한뜻이 《릴라는 말한다》의 주인공인 릴라와 시모의 말을 흉내 냈다. 그것도 굉장히 큰 목소리로. 특히 '내 그것'이라는 단어에 어찌나 힘을 주었는지, 옆자리에 누워 있던 할아버지는 괘씸하다는 눈으로 째려보기까지 했다.

"조용하지 못해! 뭐가 굉장하다는 거야!"

나는 《릴라는 말한다》로 한뜻의 머리를 후려쳤다. 그러고는 곧 후회했다. 세상에, 이 귀한 책으로 저런 몰상식하고 구린 놈의 머리를 후려치다니, 책이 아깝다, 책이 아까워. 나는 날숨을 몰아쉬며 내 무릎 담요와 소설책들을 가방에 챙겨 넣었다.

"야, 미안해. 장난 좀 친 걸 가지고. 이 무릎 담요랑 책들 보고 넌 줄 알았단 말이야. 지난번 찜질방에서 봤을 때도 너 이 무릎 담요 덮고 잤었잖아. 귀여운 퇴끼를 이렇게 으스러지게 껴안고."

"귀여운 퇴끼? 이건 토끼가 아니라 곰이라고!"

"엥? 이게 곰이었어?"

"그래, 이 멍청아! 곰이랑 토끼도 구분 못 하는 애하고는 상대하고 싶지 않거든? 자려거든 딴 데로 가 주실래요?"

나는 내 매트 옆에 나란히 자리를 차지하고 있는 한뜻의 매트를 발로 걷어찼다. 풀썩, 먼지가 날아올랐다. 옆자리에 누워 있던 할아버지가 벌떡 일어나 앉았다.

"보자 보자 하니까 어린 것들이!"

할아버지의 고함 소리가 턱없이 크게 울려 퍼졌다. 조금만 늑장을 부렸다간 강원도까지 와서 된통 망신을 당할 게 뻔했다. 나와 한뜻은 약속이나 한 듯 잽싸게 식당으로 줄행랑을 쳤다. 식당 기둥 뒤에 숨어 밖의 상황을 살폈더니, 할아버지는 아직도 분이 가시지 않는다는 얼굴로 "요즘 젊은 것들은……. 대가리에 피도 안 마른 것들이 연애질은……. 에이, 말세야, 말세……." 허공에다 대고 소리를 질러 대고 있었다.

그 바람에 나와 한뜻은 대가리에 피도 안 말랐는데 연애질이나 하는 요즘 젊은 것들이 되고 말았다. 그래서 이 요즘 젊은 것들은 할아버지가 하고 싶은 말을 다 퍼붓고 잠들 때까지 식당 기둥 뒤에 숨어 있어야 했다.

식당 기둥에 등을 기대고 나는 한숨을 내쉬었다.

"너, 배고프구나? 우리 저거라도 먹을까?"

내가 한숨을 내쉬자 한뜻은 내가 배고파서 그러는 줄 알았다. 한뜻이 식당 천장에 매달려 있는 육개장이며 미역국 사진을 가리켰다.

모든 근심과 걱정의 원인이 먹을 거에 있다고 생각하는 이 녀석, 이 한심한 녀석과 나란히 앉아 있어야 되다니, 나는 배가 고프기는커녕, 기차 안에서 먹었던 김밥까지 게워 낼 지경이었다.

"네가 지금 밥 타령할 때야?"

내가 묻자, 한뜻은 아주 당연하다는 듯이, "당근이지. 다 먹자고 하는 일인데. 아줌마, 여기 육개장 둘이요!"라고, 식당 아줌마를 향해 브이 자를 그려 보이는 것이었다.

　후루룹쩝쩝. 후루룹쩝쩝.

　한뜻은 참 게걸스럽게도 먹어 댔다. 이놈 옆에 있을 바에야 차라리 밖으로 나가 할아버지한테 욕을 처먹는 편이 낫지 않을까? 나는 한 손에는 육개장을, 한 손에는 젓가락을 들고 기둥 뒤에 숨어 할아버지의 동태를 살폈다.

　"쟤들 부모는 쟤들이 저러고 다니는 거 알기나 하겠냐고! 우리 때는 어디 눈이라도 제대로 맞춰 봤는 줄 알어? 사람들 눈이 무서워서 같이 걸어 다니지도 못했는데……."

　할아버지는 아직도, 계속하고 있었다.

　후루룹쩝쩝. 후루룹쩝쩝.

　참 게걸스럽게도 먹어 대며, 한뜻은 중간 중간 제 가족 이야기까지 해 댔다.

　"우리 아버지는 나한테 사투리도 못 쓰게 한다니까. 어디서 그런 말은 들었는지, 인생을 다르게 살고 싶으면 먼저 언어부터 바꿔야 한다나? 우리 아버진 평생 소만 키우고 사셨는데, 나한테는 소똥 안 묻히고 살게 해 주겠다는 거야. 난 사실 우리 학교가 있는 줄도 몰랐다니까. 너랑 나랑 처음 찜질방에서 만났던 날 말이야, 그날 처음 알았다니까."

"뭘?"

아니, 내가 왜 이 녀석한테 이런 걸 묻고 있지?

"내가 문화예술고 문창과 학생이 된다는 사실. 아버지 혼자 정말 감쪽같이 준비를 하셨더라니까. 그날 실은 내 생일이었거든. 아버지 말이 뭐 서울 구경을 시켜 준다나? 그런데 그게 다 속임수였던 거야. 서울역에 도착해서야 오늘부터 니는 여기서 살아라, 하는 거 있지? 친구들한테 인사도 안 하고 왔는데 어떻게 그럴 수 있냐고 내가 사정을 해도 그냥 막내 팔을 잡아끌더라니까. 우리 아버지 진짜 힘세거든. 그냥 꼼짝없이 그 찜질방으로 끌려갔다니까. 아버지 혼자 이것저것 알아 가지고 와서는, 아들아, 고마 니는 펜대 굴리는 사람이 되라이, 하고는 그 길로 나만 놔두고 가 버리셨다니까. 뭐, 나야, 원래 시인 되는 게 꿈이었으니까. 넌 어때? 어떻게 이 학교에 오게 됐니?"

한뜻이 갑자기 얼굴을 들이밀었다. 육개장이나 먹을 것이지, 웬 참견?

"흥, 남이사."

나는 얼른 고개를 돌려 버렸다. 후루룹쩝쩝, 후루룹쩝쩝, 한뜻보다 더 게걸스럽게 육개장을 먹기 시작했다. 아무거라도 입에 쑤셔 넣지 않으면, 그러면…… 눈물이 날 것 같았다. 왜 이 학교에 오게 되었느냐는 한뜻의 질문에 나도 모르게 그만, 그날의 일이 떠올라 버려서……. 쓰레기를 내다 버리듯 나를 기숙사에 처넣고 가 버린 그들의 그 태연한 얼굴이 자꾸 떠올라 버려서……. 나는 게걸스럽게 육개장을 먹어 대는 것으로 서둘러 내 안의 흐느낌을 지웠다. 에라, 문디……라면서도, 결국엔 자식의 장래밖에는 생각할 줄 모르는 아버지를 가진 녀석 따위에게 보여 줄 눈물, 나는 갖고 있지 않으니까.

후루룹쩝쩝, 후루룹쩝쩝.

"캬! 육개장은 이렇게 먹어야 제 맛이라니까!"

한뜻, 너란 인간은 정말…… 바보냐?

어떤 학교는 관광버스 가득 학생들을 싣고 왔다. 꺄악꺄악, 교복을 입은 여드름투성이들은 관광버스에서 내리자마자 괴성을 질러 댔다. 행사장 한쪽 구석에 돗자리를 펼쳐 놓고 벌써 도시락을 먹고 있는 팀도 있었다. 그 북새통 속에서도 단연 눈에 띄는 건, 문화예술고 문창과였다.

대회 시작 시간에 임박해서 낡은 봉고차 한 대가 굉장한 속도로 행사장 안으로 돌진해 들어왔다. 털털, 털털, 털털털 털털털— 크왕! 봉고차는 당장이라도 폭발할 듯 심하게 쿨

럭거리며, 빠른 속도로 달려왔다.

"뭐야, 저거? 브레이크 고장인가 봐!"

"피해!"

운동장을 가득 메운 인파는 두 갈래로 쫙 갈라졌다. 모세의 말 한마디에 반으로 쩍, 갈라진 홍해처럼 말이다.

"꺅!"

아이들은 비명을 지르고, 모성이 지극한 엄마들은 죽기 살기로 뛰어와 아들딸들을 껴안고 운동장을 굴렀다.

털털털 — 털 — 털 — 터———ㄹ.

마침내 미친 봉고차는 행사장 단상 앞에서 간신히 멈춰 섰다. 멈춰 선 고물 봉고차의 양 옆구리에는 '문화예술고등학교 문예창작학과'라는 현수막이 크게 나붙어 있었다.

"이 미친 인간들아!"

"저런 똥차를 끌고 오다니!"

봉고차 위로 욕지거리가 쏟아졌다. 그 쏟아지는 욕지거리를 뚫고, 문창과 아이들은 보무도 당당히 걸어 나왔다.

"레슨 선생은 어디 있는 거야! 가서 당장 찾아오지 못해!"

밖으로 나와서는, 뭘 잘했다고 큰소리였다. 봉고차를 둥글게 둘러싼 사람들은 아랑곳하지 않고, 나 잘났다고 큰소리부터 친 사람은 바로 잘난척 엄마였다. 잘난척은 평상시의 그 잘난 척하는 태도는 어디에 팔아먹었는지 제 엄마 앞에서는 그저 "네, 네." 그렇게 고분고분할 수가 없었다.

잘난척은 나와 한뜻을 보자마자 "야, 너희들, 레슨 선생님 봤어?"라고 물으며 걸어왔다. 잘난척이 우리에게 아는 척을 하자 모든 사람들의 시선이 일제히 우리에게 쏠렸다. "쟤들도 같은 학곤가 봐." 여기저기서 수군거리는 소리가 들려왔다. 순간, 몸속의 피들이 전부 얼굴로 몰려왔다. 나는 낯 뜨거워서 얼른 그 자리를 피해 달아났다. 운동장을 돌아 행사장 한쪽 구석에 마련된 천막 뒤로 숨었다. 잠시 후, 헉헉, 캑캑, 변비 걸린 돼지가 힘깨나 쓰는 소리가 들려와 쳐다봤더니, 한뜻이 따라와 있었다.

"엇? 이거, 도시락이네? 야, 너도 하나 빨리 챙겨."

한뜻이 천막 안에 있던 상자 속에서 도시락 두 개를 꺼내왔다. 이런 미친 놈, 훔친 도시락 따위 누가 먹는다고, 란 말은 내뱉지도 못했는데,

"이번 백일장 시제는 편지하고 또 뭐였죠?"

"우산하고 기차였나, 우산하고 차표였나, 저도 헷갈리는걸요."

하고, 사람들 말소리가 들려왔다.

아차, 했다가는 도시락 훔치다 현장에서 붙잡힌 절도범이 될 판이었다.

"이야, 돈가스도 들어 있는데?"

한뜻은 벌써 도시락 뚜껑을 열어 안에 든 내용물을 확인하고는 입이 귀에 가 걸려 있었다.

"도시락은 충분하겠지요?"

발자국 소리가 점점 더 가까워지고 있었다. 무신경한 한뜻은 시시각각 위험이 닥쳐오는 줄도 모르고 돈가스를 입에 쑤셔 넣고 우물거리고 있었다.

"지금 먹을 때냐!"

나는 한뜻의 뒤통수를 후려쳤다. 한뜻의 입에서 돈가스가 튀어나왔다.

"에이씨, 뭐야!"

한뜻이 뒤통수를 감싸 쥐며 일어섰다. 동시에 "거기, 너희들 뭐냐!"라는 소리가 들려왔고, 나는 또 달려야 했다.

"야, 이빛나, 같이 가!"

한뜻이 내 이름을 부르며 뒤쫓아 왔다. 이럴 때 이름을 부르면 어떡하겠다는 거야!

저 자식 죽이고 말 테다!

"한뜻, 너!"

나는 어느새 나를 앞질러 달려가고 있는 한뜻의 이름을 부르며 한뜻의 등짝에다 대고 주먹질을 해 댔다. 그러다 보니, 다시 단상 앞이었다.

"학생들은 지방까지 와서 고생을 하는데 레슨 선생이 코빼기도 안 보인다는 게 말이 돼?"

잘난척 엄마는 아직도 레슨 선생 타령이었다.

"너희들 레슨 선생님 못 봤어?"

잘난척 역시 아직도 레슨 선생 타령이었다.

"안녕하십니까! 그럼 제7회 퓨처크리에이티브라이팅 백일
장을 개최하겠습니다!"

사회자가 단상 위로 올라왔다.

와—!

여기저기서 박수가 터져 나오고, 잘난척과 잘난척 엄마의
목소리는 박수 소리에 묻혀 버렸다.

"자, 그럼 시제를 발표하겠습니다! 시제는!"

시제는, '편지, 우산, 차표'였다.

"잘 쓸 수 있지? 자신 있는 거지? 그렇지? 그렇지? 이건
장관상이란 말이야. 이번엔 꼭 장원을 해야 된다. 알고 있
지?"

옆에서 잘난척 엄마가 잘난척을 다그치고 있었다.

잘난척의 입술 사이에서 "응" 소리가 새어 나왔는데, 내
귀에는 그 "응" 소리가 마치 "끙" 소리처럼 들렸다.

끙? 끙이라고? 자신이 없나 보군.

타인의 아픔은 나의 기쁨, 타인의 좌절은 나의 성공……
강약약, 강약약…… 룰룰루, 룰룰루……. 잘난척의 "끙" 소

리를 듣자마자 내 입술은 나도 모르게 4분의 3박자 왈츠를 흥얼거리고 있었다.

나는 흥얼거리며 원고지를 무릎 위에 올려놓았다.

"젠장, 이러고 어떻게 글을 쓰란 말이야?"

"책상 없어요?"

원고지를 받아 든 아이들이 투덜거리기 시작했다. 그도 그럴 것이 행사장 내에는 책상은커녕 엉덩이 내려놓을 의자도 없었으니까. 아이들은 준비해 온 돗자리에 앉거나 흙바닥에 털퍼덕 주저앉아 무릎 위에 원고지를 올려놓고 있었다. 양반다리를 한 자세로 허리를 잔뜩 구부리고 글을 쓰려니 벌써부터 허리가 아파 오는 모양이었다.

두고 보렴, 좀 있으면 다리까지 저려 올 테니까.

나는 행사장을 가득 메운 아이들을 바라보았다.

자, 나를 봐, 이 철저한 준비성을. 나는 벌써 몇 주 전부터 이걸 준비했다고. 어떻게 준비했냐고? 작년에 이 백일장에 다녀온 학생들이 여기저기에 올려놓은 불만의 글을 미리 읽어 두었지. 그 아이들 모두 이걸 꼭 준비하라지 뭐야.

짜잔, 나는 나 보란 듯이 준비해 온 화판을 꺼냈다.

"우와, 좋겠다 좋겠다!"

내가 가방에서 딱딱한 화판을 꺼내자 장식용이 호들갑을 떨어 댔다.

그래, 그래 좀 더 호들갑을 떨라고. 네가 호들갑을 떨수록 내 주가는 올라가니까.

모든 아이들의 부러움을 한 몸에 받으며 나는 딱딱한 화판을 무릎 위에 올려놨다. 그리고 그 위에 원고지를 올려놨다. 흐물텅거리는 연습장이나 노트를 깔고 그 위에 원고지를 올려놔 봤자 그것들이 어디 책받침 노릇을 제대로 해 주기나 하겠어? 최소한 이 정도는 되어야지.

나는 화판 위에 원고지를 올려놓고, 룰룰루 룰룰루, 다시 왈츠를 흥얼거렸다.

"으, 조용히 좀 하라고!"

잘난척이 머리를 쥐어뜯으며 소리쳤다.

미쳤니? 내가 조용히 하게?

라고 반박하고 싶었지만, 잘난척 뒤에는 잘난척 엄마가 버티고 서 있었다. 이마며 눈가의 주름이 꼭 불독 같았다. 나는, 왈츠는 그만두었다.

"넌 왜 저런 것도 준비 못 했어?"

잘난척 엄마가 내 화판을 가리키며 잘난척을 다그쳐 댔다.

"엄마, 좀 조용히 하라구요!"

잘난척이 제 엄마에게 소리쳤다.

"뭐라고? 너 엄마한테 이게 무슨 버릇이야? 아냐 아냐, 지금은 내가 참아야지. 하여간 글이나 똑바로 써! 유세는…….

하여간 장원만 못 해 봐라!"

잘난척 엄마는 벽에 못을 때려 박듯 잘난척 머리통에 대고 쾅쾅쾅, 고함을 내지르고는 행사장 밖으로 나가 버렸다. 휴— 하고, 잘난척이 한숨을 내쉬는 소리가 들려왔다.

저런 엄마라면 나도 자주 한숨을 내쉬게 될 것 같았다.

휴—.

어느새 나도 잘난척을 따라 한숨을 내쉬고 있었다. 한숨? 뭐야, 내가 지금 쟤를, 박하늘을, 저 잘난척을 동정하고 있는 거야? 동정이라니? 이 내가? 내가 지금 남 동정할 때야?

나는 대회장에 있는 아이들을 둘러봤다. 모두 진지했다. 어떤 애는 한복판에 구멍을 낼 듯 원고지를 째려보고 있었고, 어떤 애는 입술을 질근질근 깨물고 있었고, 어떤 애는 하늘을 올려다보기까지 했다. 모두, 절박한 거다. 문예 특기생으로 대학에 가려면 백일장에서 상을 받아야만 한다. 그러나 상은 모두에게 다 허락되지는 않는다. 특수한, 몇몇의 아이들만이 상을 받게 되어 있다. 그런 사정은 인문계 아이들 역시 마찬가지다. 죽어라 공부하지만, 하루에도 몇십 개씩 영어 단어를 외우고 몇 시간씩 수학 문제를 풀지만, 특수한 몇몇의 아이들만이 우수한 성적을 거둔다. 그 몇몇의 아이들만이 원하는 대학에 간다. 과연 우리들 중 원하는 대학에 가는 아이는 몇이나 될까?

앗! 내가 지금 뭐 하는 거지? 글은 안 쓰고 이게 다 무슨 소리야?

나는 잡생각을 몰아내려고 머리를 세차게 내저었다. 편지, 우산, 차표, 편지, 우산, 차표…… 하고, 백일장 시제를 계속해서 되뇌는데, 왕밥통 영수가 벌떡 일어서는 것이었다.

"앗! 도시락 반찬이 뭔지 안 물어봤네. 가서 물어봐야지."

왕밥통은 원고지는 바닥에 내팽개치고 사회자에게 달려가려고 했다. 장식용이 들고 있던 손거울로 왕밥통의 등짝을 후려쳤다.

"뭐? 한다면 하는 인간이라고? 진짜진짜진짜! 뱃살 빼기 도전은 어떻게 된 거야? 거봐. 뱃살 빼기 같은 거 못 하지? 못 하지?"

장식용이 왕밥통의 허리에 두른 타이어 같은 배를 검지로 콕콕 찔러 댔다.

"도시락? 반찬? 앗! 그게 뭡니까? 먹는 겁니까?"

왕밥통은 다시 자리에 앉았다. 땅바닥에 내던졌던 원고지를 주워 무릎에 올려놨다.

"백일장엔 그저 극기가 최고이니라. 나무관세음보살."

왕밥통은, 글은 안 쓰고 염불만 외우고 있었다. 그 옆에서 장식용은 한 손에는 거울, 한 손에는 연필을 들고서 한 줄 쓰고 거울 한 번 보고, 한 줄 쓰고 거울 한 번 보고, 늘 하던 짓을 역시나 되풀이하고 있었다. 언젠가 내가 그건 뭐 하는 짓이냐?, 라고 물었더니, 장식용 왈, 글 쓰는 모습도 예쁜지 확인하는 기란다.

으으으, 모두 절박하다고? 저게 절박한 모습이냐? 앗! 내가 지금 뭘 하는 거지? 이게 다 무슨 쓸데없는 생각이냐? 나는 잡념을 몰아내려고 다시 한 번 고개를 세차게 내저었다. 그러고는 편지, 우산, 차표, 편지, 우산, 차표…… 하고, 백일장 시제를 계속해서 되뇌었다. 그러자 번쩍, 하고 전구가 켜지듯 좋은 생각이 떠올랐다.

역시 거짓말은 내가 최고지.

나는 뒤에 앉은 한뜻을 훔쳐봤다. 한뜻은…… 진실된 글, 읽는 것으로 끝나는 것이 아니라 읽고 삶의 변화를 가져다주는 그런 글을 쓰려고 여기 왔다는 한뜻은…… 끙끙거리고 있었다. 백지를 앞에 두고, 머리카락을 쥐어뜯고 있었다.

흥! 진실이라고? 진실된 글만 감동을 줄 수 있다고? 천만에! 너 따위는 절대로 흉내 낼 수 없는 진짜 거짓말을 해 주겠어. 거짓된 글도 얼마든지 감동적일 수 있다는 걸 보여 주고 말 거야!

나는 서둘러 원고지의 빈칸을 메워 나갔다.

☎ 뒤늦게 도착한 편지

문화예술고등학교 문예창작학과
2학년 2반 13번
이빛나

빛나야.

벌써 여름 방학이 다 되어 가는구나. 네가 고등학생이 된 게 바로 어제 일 같은데 벌써 여름이 다가오다니, 우리 빛나는 그 사이에 또 얼마나 컸을까? 아마도 우리 빛나가 여름 방학에 집에 오면 엄마가 빛나 옷을 몰래 빌려 입을지도 모르겠구나. 그게 대체 무슨 얘기냐고?

엄마 친구들 중에 결혼을 좀 일찍 한 친구들이 몇 명 있단다. 그 친구들 말이 딸이 대학교에 들어가면 딸이랑 옷도 같이 입는다잖아. 그런 말을 들을 때마다 엄마는 우리 빛나도 얼른 컸으면 좋겠다, 우리 빛나가 대학생이 되면 나도 우리 딸 옷 좀 빌려 입어야지, 그런 생각 했었거든. 그래도 우리 딸, 화 안 낼 거지?

기숙사 생활은 어떠니?

너를 기숙사에 두고 온 날, 엄만 참 많이 울었어. 우리 빛나보다도 엄마가 더 울었었잖아. 왜 우냐고, 엄마에게 호통치는 널 보았을 때, 기차 시간 늦겠다고 빨리 가라며 엄마에게 등 돌리고 기숙사로 들어가는 네 뒷모습을 보았을 때, 엄만, 정말 기뻤어. 우리 빛나가 이젠 어른이 다 되었구나, 생각했지. 혹여 엄마가 못 갈까 봐, 속으로 울음을 집어삼키며 먼저 등 돌리고 기숙사로 들어가는 너를 보면서, 이제는 우리 딸이 엄마 맘을 헤아릴 정도로 많이 컸다는 걸 알았지.

그런데 말이야, 그러지 마. 엄마 마음 빛나가 먼저 헤아리고 그러지 않았으면 좋겠어.

너, 생각나니?

입학식을 하루 앞두고 우린 백화점에 갔었지. 엄만 정말 비싸고 멋진 가방을 사 주고 싶었어. 엄마가 비싼 브랜드의 가방을 고를 때마다 너는 고개를 내저었지. 비싸다는 말 대신 촌스럽다, 색깔이 마음에 안 든다며 너는 세일 상품을 골랐어. 엄마는 정말 비싼 가방을 사 주고 싶었는데…….

그날 밤늦게 엄마는 네 방에 들어갔었지. 잠든 네 얼굴을 바라보며 네 새 책가방에 만년필과 한지로 만든 노트 한 권을 넣어 두었지. 그것만큼은 꼭 선물해 주고 싶었거든. 아침에 일어나 너는 또 화를 냈지. 만년필 상자를 열자마자 나한테 소릴 질렀어. 이런 거 필요 없다고 말이야.

네가 기숙사가 있는 고등학교에 진학한 뒤로, 혼자 있을 때면 엄마는 자꾸 그날 일을 떠올리곤 했어. 누구보다도 엄마의 마음을 먼저 헤아리는 우리 큰딸 얼굴을.

넌, 엄마가 모른다고 생각했니?

백화점에 갈 때마다 넌 그 만년필에 눈길을 주곤 했어. 내가 쳐다보면 언제 그랬냐는 듯이 고개를 돌리곤 했지. 갖고 싶은 게 있어도 엄마 주머니 사정 헤아리느라 조르지도 못하는 우리 큰딸.

있잖아, 빛나야.

엄마한테 무언가 조르고 떼쓰고 그래 줬으면 해. 우리 빛나가 조르고 떼쓰고 그러는 딸이 되려면 엄마부터 먼저 철부지가 되어야 할 것 같아. 그래서 말인데, 이달에는 주말에도 기숙사에 있어 주라. 이게 다 무슨 소리냐고?

엄마도 놀러 좀 가려고. 엄마 친구가 여행사에 다니게 됐는데, 세상에, 4박 5일 태국 여행을 단돈 십만 원에 갈 수 있다지 뭐야. 엄마도 이번 기회에 놀러 좀 가 보련다. 어때? 엄마도 한다면 하는 사람이지?

혹시 용돈 남은 거 있으면 엄마 여행 경비도 좀 보태 줘.

뭐? 정말 못 말리는 엄마라고?

그래, 오지랖 넓은 우리 딸, 철없는 엄마의 철없는 행동 좀 보고 따라 하라고 엄마도 이젠 철부지가 되어 보려고 해.

그리고 원피스 한 벌 같이 보낸다. 소재가 실크라고 너 또 투덜거리고 있지? 비싼 걸 왜 사서 보냈느냐고 보나마나 투덜거릴 게 뻔해. 투덜거리지 마. 너 좋으라고 비싼 옷 산 게 아니니까. 나중에 우리 빛나가 여름 방학에 입고 오면 엄마가 너보다 더 자주 빌려 입을 거니까. 실은 엄마가 입고 싶어서 사서 보낸 거니까.

빛나야, 그럼 주말엔 집 걱정은 말고 이 원피스 입고 시내에라 도 놀러가렴. 엄마는 태국에서 멋진 여행을 하고 올게.

그럼, 다녀와서 보자.

마음은 벌써 동남아 푸른 바다에 가 있는 엄마가

고등학교 1학년, 여름 방학이 다가올 무렵, 나는 엄마로부터 이 편지를 받았다. 엄마가 보낸 소포 속에는 실크 천의 원피스와 함께 이 편지가 있었다. 편지에는 주말에 집에 내려오지 말라고 씌어 있 었다. 주말을 엄마는 태국에서 보낸다고 했다.

그 주말을 나는 집에서 보내고 왔다. 엄마는 대학 병원 중환자 실에 누워 있었다. 대장암이라고 했다. 수술은 이미 끝나 있었다. 다행히 수술은 성공적이었고, 곧 완쾌될 거라고 담당 의사는 말했 다. 아직 마취가 풀리지 않아 엄마는 두 눈을 꼭 감고 있었다. 나 는 침대 옆에 주저앉아 엄마의 손을 꼭 붙들고 울었다. 그리고 엄 마가 깨어나기 전에 서둘러 기숙사로 돌아왔다.

"언니, 엄마 편지 못 받았어? 언니 걱정할까 봐 엄마가 일부러 태국에 간다고 거짓말까지 해 가면서 언니한테는 알리지 말라고 했단 말이야!"

여동생의 말이 내 등을 떠밀었다. 나는 엄마가 깨어나기 전에, 마취에서 깨어난 엄마가 걱정스런 얼굴로 내려다보고 있는 큰딸을 보기 전에, 괜히 먼 곳에 있는 나에게까지 걱정을 끼쳤다고 엄마가 미안해하기 전에, 서둘러 기차에 올라탔다.

기숙사에 도착해 보니 엄마가 보낸 소포가 와 있었다. 엄마가 보낸 소포는 토요일에 도착해 있었다. 나는 금요일 저녁에 기숙사를 떠나 집으로 가고 있었다.

뒤늦게 도착한 그 편지를 나는 지금도 내 책가방 속에 넣고 다닌다. 나, 엄마의 그 마음만은 언제나 제때에 알아주고 싶다.

"자, 그럼 이제 원고를 걷겠습니다!"

사회자가 단상에 올라가 마이크를 잡았다.

나, 간신히 제때에 맞춰 원고를 낼 수 있었다. 내가 제일 늦었는지 아이들은 벌써 도시락을 먹고 있었다. 주최 측에서 나눠 준 도시락이었다. 나는 가방에 든, 한뜻이 훔치듯 떠넘기는 바람에 가방에 숨긴 도시락을 떠올렸다.

"뭐야? 그냥 주는 거였어?"

하여간 한뜻이 문제였다. 나는 한 대 걷어차 줄 생각으로 한뜻을 찾았다. 한뜻은 아직도 무릎 위에 원고지를 올려놓고 있었다.

"너, 아직 쓰지도 못했어?"

나는 부러 더 큰 소리로 한뜻에게 말했다. 잔뜩 약을 올려 줄 생각이었다.

"혹시 돈 좀 있냐?"

한뜻이 갑자기 뜬금없는 소리를 했다. 원고지까지 내팽개치고 일어섰다.

"돈?"

"아무래도 안 되겠어. 차비 좀 빌려 주라. 집에 가 봐야 되겠어. 아버지랑 연락이 안 돼. 아무래도 무슨 일이 있나 봐."

한뜻이 애처럼 징징거렸다.

"지금 집에 간다고? 백일장은 어떡하고? 좀 있으면 결과도 발표할 텐데?"

나는 애 달래듯 한뜻에게 말했다.

"지금 백일장이 문제야? 집에 난리가 났을지도 모르는데…… 너, 차비 빌려 줄 거야, 말 거야?"

한뜻이 손바닥까지 내밀었다. 돈 맡겨 놓은 놈 같았다.

나는 한뜻의 손바닥과 도시락을 먹고 있는 소설반 아이들을 번갈아 바라봤다. 잠시 후, 결과가 발표되면 아이들은 모두 잘난척 엄마와 함께 봉고차를 탈 거다. 그런 뒤에는 모두 집으로 돌아가겠지. 한뜻도 없다면, 기숙사로 돌아가는 사람은 나뿐이다. 그리고 오늘은 토요일. 게다가 놀토. 놀토에 기숙사에 남아 있으려면 사유서를 작성…….

"야, 내가 너를 어떻게 믿고 돈을 빌려 주나?"

"그렇게 못 믿겠으면 따라오든가. 집에 가면 바로 줄게."

집? 너네 집에 가자고? 적을 알고 나를 알면 백전백승이라고 했나? 좋아. 이 녀석을 어떻게든 여름 방학 전에 내쫓으려면 적진으로 가서 한 방에 뻗게 할 만한 약점을 잡아 오는 거야. 게다가 장식용과 내기까지 했잖아? 내기에 졌다가는 이런 녀석 때문에 키플링 지갑을 날리게 된다고! 생각하고 말 것도 없잖아? 이건 정말 절호의 찬스 아니겠니?

내 입가에는 어느새 미소가 번지고 있었다. 한뜻은 내가 잔머리를 굴린 그 잠깐 사이에도 집으로 전화를 걸고 있었다. 벌써 저 혼자 교문 쪽으로 걸어가고 있었다. 게다가 원고까지 내팽개친 상태였다. 나는 한뜻이 앉아 있던 자리에 내버려져 있는 한뜻의 원고를 얼른 가방에 쑤셔 넣었다. 어차피 버린 거라면, 그 잘난 글, '진실한 글'이라는 게 대체 뭔지, 읽어라도 보고 싶었다.

나는 저만치 앞서 걸어가는 한뜻을 쫓아갔다.

"좋아! 그 대신 내 차비까지 네가 내야 돼?"

대답 대신 한뜻은 내 손을 잡았다. 뛰기 시작했다.

"야! 너희들! 너희들 어디 가!"

5. 밟아 주겠어!

등 뒤에서 아이들의 고함 소리가 들려왔다. 그러나 그 소리는 곧 한뜻의 숨소리에 묻혀 버렸다. 한뜻은 굉장한 속도로 버스 터미널을 향해 뛰었다. 한뜻의 숨소리가 내 귀에는 마치 절박한 외침 소리로 들려서 나는 감히 속도를 늦추지 못했다.

"너무 질주하지는 마."

라고 말하고 싶었지만, 한뜻의 숨소리가 모든 것을 삼켜 버렸다.

버스 안에서, 출발을 기다리며 한뜻은 떨고 있었다. 190센티미터의 장신의 사내아이가 그 긴 다리를 비좁은 좌석 틈

사이에 구겨 넣고 앞좌석에 이마를 기댄 채 떨고 있었다. 분명 한뜻의 심장에서 시작되었을 그 떨림은 한뜻의 머리와 다리를 통과해 시트 위에 내려놓은 손을 통해 나에게까지 전해져 왔다.

떨림도 전염되는 걸까? 감전된 듯, 온몸이 떨려 왔다. 동시에 왼쪽 가슴께가 묵직하게 저려 와서, 나는 심장을 움켜쥐었다.

이 아이, 지금 여기에, 이런 아픔을 느끼는 거야?

나는 손바닥으로 왼쪽 가슴께를 내리누르며 한뜻을 바라보았다. 한뜻의 넓은 등이 아직도 떨리고 있었다. 이마는 앞좌석에 기댄 채 부모에 대한 걱정으로 온몸을 떨어 대는 열여덟의 사내아이의 마음을 나는…… 솔직히 알 수 없었다.

어째서?

겨우 연락이 안 되는 것뿐이잖아? 설령 지금 당장 죽을지도 모르는 위급한 상태라 해도 그건 부모의 일일 뿐이잖아? 왜…… 이렇게까지 걱정할 수 있는 거지? 부모를 걱정한다는 건 대체 어떤 걸까? 어떻게 무작정 달려갈 수 있는 걸까?

나는, 달려갈 수 있을까? 그들이 내게 연락을 해 온다면, 아니 누군가 내게 전화를 걸어 와 그들에게 무슨 일이 생겼다고 하면 나는…… 달리지는 않을 것이다. 달려가는 대신 어쩌면 거울 앞으로 가 나를, 내 얼굴에 번진 미소를 천천히 감상할 것이다. 그들에게 닥친 불행에 대해 듣자마자 내 얼굴에 떠오를 것이 분명한 그 미소를.

"계속 안 받네. 집 아니면 축사에 있을 텐데……. 무슨 일이 있으면……."

한뜻은 금방이라도 울 것 같았다. 핸드폰을 움켜쥔 채 계속 버튼을 눌러 댔다. 에스오에스를 요청하듯 부모를 향해 끊임없이 신호를 보냈다. 배터리가 다할 때까지 한뜻은 손에서 핸드폰을 놓지 못했다.

그 절박함을 나는 이해할 수 없었다. 어째서? 이렇게까지? 이 정도로 부모 걱정을 할 수 있다는 건, 사랑받았다는 거겠지. 그래, 이 아인 부모의 사랑을 듬뿍 받으며 커 왔던 거야. 이 아이에게 무슨 일이 생긴다면, 이 아이의 부모 역시 이 아이처럼 온몸을 떨어 대며 이 아이를 향해 달려오겠지. 그곳이 어디라도……. 어떤 장애물이 있더라도…….

한뜻의 얼굴 위로 언젠가 찜질방에서 언뜻 본 우락부락한 아저씨의 얼굴이 겹쳐졌다.

"니 자나? 에라, 문디……."

한뜻이, 이 아이가 열에라도 시달린다면 그 아저씨는 겉으로는 우락부락한 척해도 펄펄 열이 나는 아들의 이마에 밤새 손을 올려놓고 있을 것이다. 밤새 내 이마를 짚어 주는, 그런 손바닥의 기억이…… 나에게는 없다.

"아무 일도 없겠지? 무슨 큰일이야 있겠어? 그렇지?"

한뜻은 제발 아무 일도 없을 거라고 말해 줘, 라는 눈빛으로 나를 바라봤다. 나는…… 부모 걱정이나 하는 녀석, 그러니까 부모 걱정을 할 수 있을 만큼 사랑받고 자란 녀석 따위, 위로해 주고 싶지 않았다. 어쩌면 교통사고라도 난 게 아닐까, 라고 말해 주고 싶었다. 그러나 왠지 그런 말은 튀어나오지 않았다.

"일은 무슨 일이 있어? 가 봤자 어디 오두막 같은 데서 늘어지게 자고 있는 거 아냐?"

나는 한껏 밝은 목소리로 답해 주었다.

"그래? 네 생각엔 그렇단 말이지?"

내 말에 한뜻은 금방 얼굴이 밝아졌다. 여자의 육감은 원래 대단한 건데 네가 그렇게 얘기하는 걸 보면 정말 별일 없을 것 같다는 둥, 너무 서둘렀다는 둥, 후회가 된다는 둥 혼잣말을 지껄여 대기 시작했다.

"후회된다니, 뭐가?"

내가 물었다.

"도시락이나 먹고 오는 건데……."

그리고 그 말줄임표 뒤에 따라붙은 말은, "쩝쩝"이었다.

"쩝쩝."

한뜻이 쩝쩝거렸다.

"쩝쩝?"

내가 왜 쩝쩝거리냐고 물었다.

"너무 배가 고파서. 쩝쩝! 먹는 시늉이라도 해야 배가 덜 고플 것 같아. 쩝쩝."

그래서 나는 도시락을 꺼냈다. 가방 속에 놔둔, 한뜻이 몰래 가져와서 나한테 준 도시락, 한뜻은 돈가스만 한 입 먹고 내려놔야 했던 바로 그 도시락을.

"혹시 이거, 나 주는 거야?"

아니, 너는 계속 쩝쩝거리게 놔두고 나 혼자 먹을 생각이다, 라고 말할 작정이었는데, 도시락을 내려다보는 한뜻의 눈빛은 거의…… 애절했다.

"에라, 문디야!"

나는 한뜻의 무릎 위에 도시락을 올려놨다. 그래, 너 다 처먹어라, 란 말은 안으로 삼키고 말이다.

"진짜 나 먹어? 나 진짜 먹는다?"

"그래, 다 먹어라, 다 먹어!"

그제야 한뜻은 내 핸드폰을 돌려줬다. 핸드폰 대신 젓가락을 들고, 한뜻은 돈가스를 향해 질주하기 시작했다. 그 옆에서 나는 "쩝쩝" 소리를 들으며 버스가 출발하기를 기다렸다. 운전수가 이쪽으로 걸어오는 것이 보였다. 그때, 손에 쥐고 있던 핸드폰이 부르르, 진저리를 쳐 댔다. 반장이 보낸 문자였다.

"야, 니들 어디야? 한뜻 전화는 왜 꺼져 있니? 한뜻 아버지가 여기 오셨는데 도시락을 트럭으로 한가득 싣고 왔다니까. 빛나 너도 빨리 와라. 왕밥통이 도시락 다 작살내기 전에."

순간, 온몸의 피가 거꾸로 솟구쳐 올랐다. 핸드폰 쥔 손이 부들부들 떨리기까지 했다.

아들은 아버지를 향해 달려가고 있다. 아버지는 아들을 향해 달려왔다. 아버지가 아들을 위해 마련한 도시락은 뒤늦게 도착했다. 나는 내가 써낸 〈뒤늦게 도착한 편지〉를 떠올렸다.

'기숙사에 도착해 보니 엄마가 보낸 소포가 와 있었다. 엄마가 보낸 소포는 토요일에 도착해 있었다. 나는 금요일 저녁에 기숙사를 떠나 집으로 가고 있었다. 뒤늦게 도착한 그 편지를 나는 지금도 내 책가방 속에 넣고 다닌다. 나, 엄마의 그 마음만은 언제나 제때에 알아주고 싶다……'

나는, 나 같은 건…… 이런 거짓말 속에서나 움켜쥘 수 있는 그 부모의 마음 같은 걸, 이 녀석은 어째서 이렇게 당연하게 누릴 수 있는 거지? 어째서? 왜 이 녀석한테는 이런 게 허락되는 거냐구!!!

나는 삭제 버튼을 눌렀다. 아들을 향해 뒤늦게 달려온 아

버지의 마음 따위, 저장해 놓을 공간 같은 거, 나한테 있을
리가 없잖아?

나는 자리에서 일어섰다.

"엉? 왜? 화장실 가려고? 야, 지금 이 버스 출발할 것 같
은데?"

한뜻은 돈가스 먹다 말고, 나와 운전수를 번갈아 바라봤
다. 버스 운전수가 이제 막 시동을 걸고 있었다.

"잘 다녀와! 아버지한테 내 안부 전하는 거 잊지 말고!"

나는 서둘러 버스에서 내렸다. 한뜻이 유리창에 대고 무어
라 소리쳤지만 내 귀에는 들리지 않았다. 심각한 얼굴을 하
고 나를 향해 연신 소리치는 한뜻을 향해 나는 웃으며 손을
흔들어 주었다.

"너 따위, 밟아 버릴 거야!"

👣👣

"앗! 축하합니다, 축하합니다. 이빛나, 당신의 앗! 아깝다
장려상, 축하합니다."

나, 폭죽 세례를 받았다. 레슨실 문을 열자마자 앗! 소리와
함께 왕밥통 영수가 앞으로 달려 나왔다.

"와! 좋겠다, 좋겠다! 빛나 너만 장려상이야."

장식용은 입술을 삐죽거리면서도 밝게 웃어 주었다.

"앗! 내가 받았지."

왕밥통 영수가 상장을 건네줬다. 나와 한뜻이 그렇게 가 버려서 왕밥통이 나 대신 상장을 받아 왔다고 했다. 제때 받지 못해 늦게 받은 상장이지만, 기뻤다. 하루 늦게 도착한 편지로 뒤늦게라도 상을 받게 됐으니까.

"고맙다, 너!"

"앗! 괜찮습니다. 뭘 이 정도 가지고. 사례는 떡볶이 한 접시면 충분하지요!"

왕밥통이 또 떡볶이 타령이었다.

"야, 또 떡볶이 타령이냐?"

장식용이 들고 있던 거울로 왕밥통의 옆구리를 찔렀다. 출렁, 왕밥통의 옆구리 살이 심하게 흔들거렸다.

"앗! 다이어트! 그랬지. 그래서 한 접시면 된다는 겁니다요."

왕밥통이 당장 떡볶이 한 접시를 내놓으라는 듯이 내 앞에 손바닥을 내밀었다.

"흥! 누가 너한테 고맙대? 너 말고 얘한테 고맙다고."

나는 상장에 입을 맞췄다. 장려상이라는 단어 밑에 금박으로 새겨져 있는 내 이름에.

역시 내 이름엔 금박이 어울린다니까. 봐, 번쩍번쩍 빛이

나잖아! 빛나, 이빛나, 그래, 그래, 다음에도 이렇게 계속 번쩍거려 다오!

자리에 앉아서도 나는 빛나는 내 이름을 계속 들여다봤다. 눈을 뗄 수가 없었다. 우히히히. 물론 잘난척이 가만 놔둘 리 없었다. 왜? 그야…… 잘난척은 남 잘되는 꼴, 남 좋아하는 꼴은 못 봐 주는 애니까.

……

어라?

……

가만 놔둘 리가…… 없는데?

……

이쯤에서 시비를 걸어 와야 말이 되는데? 엉? 뭐지?

잘난척에게서는 아무 반응이 없었다. 이상했다. 불안하기까지 했다. 잘난척이 시비를 걸어오지 않자 나는 도저히 참을 수가 없었다. 번쩍번쩍 빛을 발하는 내 이름에서 잠시 시선을 거두고 뒤를 돌아봤다. 잘난척은…… 입 다물고 있었다. 나하고 눈까지 마주쳤는데 가만있다니? 이럴 수가? 이 무슨 해괴한 일이란 말이냐?

그때 벌컥, 문이 열리고 레슨 선생인 백지가 들어왔다.

"선생님! 빛나, 상 탔어요! 제7회 퓨처크리에이티브라이팅 백일장 장려상이에요! 자장면 먹어요, 자장면!"

왕밥통 영수가 짱구 흉내를 냈다.

"자장면, 자장면!"

왕밥통의 자장면이라는 말에 교실 전체가 술렁거렸다. 딱 한 사람 잘난척만 빼고.

"자자, 조용히들 해라! 빛나야, 너 꼭 자장면을 먹어야겠니?"

백지가 물었다.

그야 당근이지. 그런데 백지는 내가 "네"라고 대답하기도 전에 "빛나한테는 축하할 일이지만, 나는 백일장에서 장려상 하나 받았다고 요란법석을 떨고 싶지는 않구나."라는, 말 같지도 않은 말을 해 대는 것이었다. 그 순간, 나는 잘난척의 입술이 위로 살짝 말려 올라가는 것을 놓치지 않고 봤다. 왜? 어째서? 둘이 만날 싸우기만 했잖아? 그런데 왜? 왜 지금 백지가 잘난척이 할 말을 대신 하는 거야?

혼란스러웠다. 잘난척과 백지가 짜고, 나를, 나의 행복을 짓밟으려 하고 있었다.

"백일장에서 좋은 성적을 거둔 것은 분명 축하할 일이다. 그러나 상에 연연하지는 말아야 돼. 너희들이 커서 등단을 하게 되고 작가가 되어도 마찬가지야. 상이 얼마나 많은 줄 아니? 365개도 더 넘어. 매일 하루에 한 번씩 상 주는 일이 있다는 얘기지. 그런데 말이야, 그 많은 상을, 하루에 한 번씩이나 주는 상을 나만 매일 못 받는다고 생각해 봐. 다른 사람은 다 상을 받는데 나만 못 받는다고 생각해 봐. 화나서, 성질나서, 어디 글 한 줄 쓸 수 있겠냐? 왜 나는 상을 안 주나? 오늘은 또 누가 무슨 상을 받았나? 그런 거에 신경 쓰다가는 화병 생겨서 못 산다. 그럼 울분에 지게 되는 거야. 울분에 지면, 다 지는 거란다. 자자, 백일장 얘기는 그만하고 이제 이 백지에 무엇이든 써 봐라!"

백지가 백지를 나눠 주기 시작했다. 잘난척은 백지의 말에 토도 달지 않았다. 내가, 전교생 앞에서 있는 칭찬, 없는 칭찬 다 받아도 모자람이 없는 일을 한 내가…… 칭찬은커녕 망신만 당하고 있으니, 좋아서 죽을 지경이겠지.

이런 젠장, 이란 말은 안으로 삼키고, 나는 백지에 뭔가를 쓸 참이었다. 그 뭔가는 물론 백지와 잘난척을 뭉개고, 까고, 짓이겨 줄 수 있는 그 무엇이었다. 그런데 벌컥, 문이 열리고, 누군가가 내가 할 말을 대신 해 주었다.

"뭐라고? 당신 지금 그걸 말이라고 하는 거야!"

잘난척 엄마였다.

잘난척 엄마는 도저히 따라 할 수 없는 속도로 자기 할 말만 해 댔다.

레슨 선생이라는 작자가 아이들 백일장에도 따라오지 않다니. 자기 할 일도 제대로 못 하는 주제에 감히 누굴 가르쳐? 상에 신경 쓰지 않으면 대체 뭘 신경 쓰라는 거냐. 아이들에게 상 받게 할 자신도 없으니까 그러는 거 아니냐.

"지금 이 애들한테는 글보다 대학 가는 게 더 중요하다는 걸 몰라요? 모르냐구요?"

잘난척 엄마가 따져 물었다.

"모르겠습니다, 저는 그런 거."

레슨 선생인 백지의 대답이었다. 그 뒤에 벌어진 일은 생각하고 싶지도 않다. 잘난척 엄마는 미친개처럼 짖어 댔고, 백지는 문을 닫아 버렸다.

"문 열어! 이 문 안 열어!"

잘난척 엄마는 문 밖에서도 짖어 댔다. 잘난척은 제 엄마가 문을 두드려 댈 때마다 감전된 듯 움찔거렸다. 한뜻은 그 뒤에서 벌어진 입을 다물지 못하고 있었다.

한뜻의 아빠라면 이런 짓 따위는 하지 않겠지.

벌어진 입을 다물지 못하는 한뜻의 얼굴을 보며, 나는 한뜻의 아버지 얼굴을 떠올렸다. 에라, 문디⋯⋯, 라면서도 이 세상에서 껴안을 것은 이것밖에는 없다는 듯이 한뜻을 꼭 끌어안던 아버지. 아들이 백일장에 참가한다는 말 한마디에 트럭 가득 도시락을 싣고 오는 아버지. 그런 아버지를, 그 품을, 늘 당연하게 제 몫으로 누려 온 녀석은 이만한 일에도 입을 다물 줄 모르는 거다. 자식의 입장 따위 전혀 고려하지 않는 부모가 있다는 사실만으로도 깜짝 놀라는 거다.

나는 가방 속에서 한뜻의 이름이 적혀 있는 원고지를 꺼냈다.

〈아내를 소 한 마리와 바꾼 사내의 편지〉, 한뜻이 거의 다 써 놓고도 제출하지 못한 원고의 제목이다. 한뜻이 연락이 되지 않는 아버지 때문에 운동장 바닥에 팽개쳐 버린 이 원고에는 한뜻이 주장하는 그 뭐냐, '진실'이라고 해도 좋을 그 무엇이 들어 있다. 사랑받고 자란 녀석의 그 '진실'이란 걸, 나는 밟아 줄 작정이다.

나는 지우개를 꺼냈다. 원고지 위에 씌어 있는 한뜻의 이름을 지웠다. 그리고 그 자리에 내 이름을 써넣었다. 부모가 자식을, 자식이 부모를 사랑하지 않을 수도, 죽이고 싶을 만큼 미워할 수도 있다는 '진실'은 알지도, 알려고도 하지 않는 녀석의 이름 같은 건 얼마든지, 몇 번이고 지워 줄 거다.

한뜻은 내가 제 원고에서 제 이름을 지우는 사이에도 벌어진 입을 다물지 못하고 있었다.

"안 열어? 이 문 열라구!"

잘난척 엄마는 계속 문을 두드려 댔다.

잘난척은 일어나 고개를 숙인 채 문 쪽으로 걸어갔다.

"죄송해요……."

잘난척은 백지에게 고개를 숙였다. 그러고는 문을 열었다.

열린 문으로 곧장 잘난척 엄마의 손이 미끄러져 들어왔다.
그 손이 잘난척의 팔목을 움켜쥐었다. 그대로 잘난척은 밖으
로 끌려 나갔다.

"어머머머, 옷 벗고 있구나, 라니요? 세상에 그게 말이 되
는 소리예요? 사감 선생이 왜 노크도 없이 남자애들 방에 들
어가요?"

"아니 땐 굴뚝에 연기 나는 거 봤어요? 그런 소문이 돌 정
도면 뭔가 있는 거라구요."

"이런 학교에 우리 애들 계속 보내도 되나 몰라."

열린 문으로 어머니들의 말소리가 들려왔다.

레슨 선생인 백지는 백지장처럼 하얗게 질린 채로 서 있다
갑자기 생각난 듯, 쾅 문을 닫아 버렸다.

"자자, 오늘은 어떤 것이든 좋다. 너희들 마음속에서 우러
나는 얘기라면 무엇이든 써 보렴."

백지의 말소리는 그러나 잘난척 엄마를 따라 교장실로 쫓
아 내려가는 어머니들의 구두 소리에 묻혀 버리고 말았다.

🐜🐜🐜

"박하늘, 정말 어떻게 되는 걸까?"

다시 찾아온 놀토의 저녁, 버스 정류장으로 걸어가며 한뜻

은 걱정스런 눈길로 학교를 뒤돌아봤다. 학교를 관두게 될지도 모른대, 라고, 아이들 사이에 떠도는 소문에 대해 말해 주려는데 버스가 왔다.

곧 버스가 왔고, 나는 놀토의 밤을 또다시 찜질방에서 보내기 위해 버스에 올라탔다. 한뜻도 나를 따라 버스에 올라탔다. 나는 뒷좌석에 자리를 잡았다. 한뜻도 내 옆에 자리를 잡았다.

"그런데 너, 정말 집에 안 가도 되는 거야?"

내가 묻자 한뜻은 "왔다 갔다 하면 내 몸 축난다고, 아버지가 그냥 여기 있으란다. 왜? 나 집에 갈까?"라며 한쪽 눈을 찡긋거렸다.

어련하시겠습니까, 라는 말은 안으로 삼키고, 나는 창밖으로 시선을 돌렸다.

나를 태운 버스는 찜질방이 있는 로데오 거리로 달려갔다. 버스 뒤로 빠르게 사라져 가는 거리의 풍경을 바라보자 여러 가지 생각이 나를 덮쳤다. 더 이상 이런 학교에 아이들을 보낼 수 없다고 말하는 어머니들, 학교를 관두게 될지도 모르는 잘난척…….

"아무리 부모라고 해도 너무한 거 아니냐? 단지 백일장에서 상을 받지 못했다는 이유만으로 학교를 그만두게 하다니…… 자식의 꿈 같은 건 아무래도 좋은 건가?"

한뜻이 물었다. 그것도 굉장히 진지한 표정으로. 도저히 이해할 수 없다는 듯이 말이다.

"너네 아빠 역시 마찬가지 아니니?"

내 말에 한뜻은 이런 어처구니없는 이야기는 처음 들어 본다는 얼굴로, "뭐가?"라고 대꾸했다.

"네가 그랬잖아. 너네 아버지 혼자 감쪽같이 준비를 했다고. 너는 네 친구들하고 작별 인사도 못 하고 우리 학교로 끌려왔다면서?"

"야! 그거야…… 내 꿈이 원래 시인이니까 그런 거지. 너, 몇 살이냐? 박하늘 엄마가 교실에까지 쳐들어와서 박하늘 끌고 나간 거랑 우리 아버지가 자식 꿈 이루어 주려고 나를 여기로 데려온 거랑 어떻게 같냐? 그거랑 이거랑은 완전히 다른 거지."

"왜 소린 지르고 그래? 네 입으로 네가 그랬잖아? 꼼짝없이 끌려왔다고?"

"어유, 이 인간 진짜 이해력 떨어지네. 그거야 그냥 해 본 소리지. 우리 아버지는 나를 사랑해서 그런 거고 박하늘 엄마는 그게 아니잖아."

쳇, 어련하시겠습니까, 라는 말은 안으로 삼키고, 나는 다시 획, 고개를 돌렸다. 부모가 자기를 사랑한다는 사실을 조금도 의심하지 않는 저 순진무구한 눈…… 그 눈을 계속 들여다보고 있다가는 당장이라도 먹을 걸 몽땅 게워 낼 것만 같았다.

나는 자꾸만 위로 치밀어 올라오는 욕지기 비슷한 감정을 안으로, 안으로 집어삼키며, 저 순진무구한 눈……, 의심이나 배신이라고는 모르는 저 투명한 눈을 뿌옇게 흐려 놓을 수만 있다면 내가 어떤 짓도 마다하지 않을 것임을 확신했다.

봐 주겠어. 똑똑히 이 두 눈으로.

네 믿음이 배반당한 뒤에도 네가 지금과 같은 눈빛으로 세상을 볼 수 있을지 말이야.

결국, 네 눈동자도 흙탕물처럼 흐려지고 말 거야.

♟♟♟♟

"육색과 근내 지방도에서 우수한 한우 고기, 소 조직의 발달 순서, 쇠고기의 지방색 판정 방법, 쇠고기의 등지방 두께 측정 방법, 사육 단계별 및 월령별 사료 급여? 이게 다 뭐야? 소 사진, 소 그림, 소 도표…… 전부 소잖아?"

한뜻이 찜질방 매트 위에 벌여 놓은 책들은 전부 소와 관련된 것들뿐이었다. 나는 한뜻의 매트 옆에 매트 하나를 가져다 붙이며 소 사진, 소 그림, 소 도표 등등을 들여다봤다.

"심하지? 우리 집엔 벽에 붙여 놓은 달력에까지 소 사진이 들어가 있다니까."

한뜻이 머리를 긁적이며 옆에 앉았다. 한뜻이 보고 있던 책에도 소 사진이 실려 있었다.

"이 사진은 뭐야? 무슨 부대 같기도 하고……."

"하하하. 네 눈엔 이게 부대로 보이나 보지? 이건 반추위에 살고 있는 미생물 사진이야. 소들은 풀을 먹어야 되새김질을 할 수 있거든. 소는 원래 섬유질을 자체적으로 소화시킬 수 없기 때문에 반추위에 살고 있는 미생물에 의존해 살아왔어. 그래서 이제는 반추 미생물의 도움 없이는 살아갈 수 없게 되었지. 소가 풀을 먹어야 반추 미생물이 살아갈 수 있고, 반추 미생물이 건강하게 살아가야 소는 되새김질을 할 수 있다는 얘기야. 그런데 문제는, 요새 소들한테 풀 뜯게 하기가 영 쉽지 않다는 거야."

한뜻은 말끝에 한숨을 매달았다.

"왜?"

"콩이나 옥수수, 볏짚, 이런 것들을 조사료라고 하는데 요새는 조사료 값이 너무 비싸. 우리 아부지 말로는 저질 볏짚도 구하기 힘들게 됐대. 그렇다고 풀을 안 먹일 수는 없고. 우리 아부지 걱정이 이만저만이 아니야. 사실 조사료는 되새김질하는 데는 꼭 필요하지만 소 몸무게 불리는 데는 별 상관 없거든. 몸무게만 불리는 데는 이런 농후 사료가 훨씬 낫거든. 그러다 보니 다들 풀은 안 먹이고 사료만 먹이게 되는 거야. 게다가 사료 값도 폭등을 해 버려서…… 생산비의 40퍼센트 이상이 사료 값으로 들어간다고 하면 너 믿겠냐?"

한뜻의 머릿속엔 온통, 소뿐이었다. 그러고 보니 전학 온 첫날 '진실'이란 주제로 써냈던 한뜻의 작문도 소에 대한 이야기였던 거다. 레슨 선생인 백지는 한뜻의 작문을 읽자마자 '이건 진실이 아니라 사실'이라고 했었는데, 이제야 이해가 간다. 600킬로그램 기준으로 1킬로그램에 팔천 원에서 팔천오백 원 어쩌고 하던 숫자들 모두 소와 관련된 수치들이었던 거다.

"그런데 이게 다 너랑 무슨 상관이야? 너네 아버지가 소를 키운다고는 하지만 너는 시인이 될 거잖아? 네가 소를 키울 것도 아니면서 이런 책들은 왜 읽고 있는 거야?"

"진짜 글을 쓰고 싶으니까. 내가 생각하는 진짜 글은 말이야, 전에도 얘기했지만 단지 읽는 것만으로 끝나는 것이 아니라 읽고 삶의 변화를 가져다주는 그런 글이어야 해. 그러려면 내가 사랑하는 사람들이 무슨 생각을 하고, 어떻게 살고 있는지부터 먼저 알아야 된다고 생각해. 난, 우리 아버지를 사랑해. 누가 알아주지 않아도 묵묵히 땀과 정성으로 소를 키우며 사는 우리 아버지의 삶을 사랑해. 그래서 아버지

가 사랑하는 걸, 나도 더 잘 알고 싶은 거야. 이런 얘기, 재미
없지?

멋쩍은 듯, 한뜻은 머리를 긁적거렸다.

"뭐, 그럭저럭."

한뜻의 진실한 글 같은 거, 어차피 관심 없으니까.

"그런데 나한테 꼭 하고 싶다는 말이 뭐야?"

한뜻이 두 눈을 반짝반짝, 늘 그렇듯이 의심이라고는 조금
도 모른다는 얼굴로 물었다. 한뜻이 백일장 도중에 원고를
팽개치고 버스 터미널로 달려갔을 때부터 나는 이 순간을 기
다려 왔다. 꼭 하고 싶은 말이 있다고, 놀토를 찜질방에서 함
께 보내고 싶다고 말했을 때, 한뜻은 조금의 망설임도 없이
그러자고 했다.

나는…… 한뜻의 눈을…… 저 순진무구한 눈을 빤히 들
여다봤다. 그러자 190센티미터 장신의 사내아이는 얼굴을
붉혔다. 그 붉어진 얼굴 가까이 뜨거운 숨을 내뿜으며 다가
가, 나는 빨개진 귀에 대고 속삭였다.

"네가 좋아."

6. 첫 키스는 새빨간 거짓말처럼

"옆에 있어 줄게……."

누굴까? 이 부드러운 목소리는 어디서 들려오는 걸까?

밤새 내 곁을 맴돌던 목소리를 향해 나는 돌아누웠다.

"옆에 있어 줄게……."

밤새 내 곁을 맴돌던 목소리를 향해 팔을 뻗었다. 손끝에 와 닿는…… 부드러운…… 부드러운?

깜짝 놀라 눈떴을 때, 나는 찜질방 상의를 덮고 있었다.

누가 이런 걸?

그 순간 지난밤의 일이 떠올랐다.

"맞다!"

한뜻은 여전히 지난밤과 똑같은 모습으로 누워 있었다. 내 쪽을 향해 온몸을 잔뜩 웅크린 채로 잠들어 있었다.

나는 밤새 내 몸을 덮고 있던 찜질방 상의를 내려다봤다. 한뜻은 찜질방 상의를 내게 덮어 주고 저는 땀에 젖은 교복 상의를 입은 채였다.

"옆에……."

한뜻의 입술 사이로 한숨처럼 잠꼬대가 흘러나왔다. 밤새 내 곁을 맴돌던 그 부드러운 목소리……는, 그 목소리는 내게 비밀 하나를 털어놓던 순간의 바로 그 목소리, 한뜻의 것이었다.

"네가 좋아."

라고, 내가 속삭였을 때, 한뜻은 질끈, 눈을 감았다. 그런 반응은 예상 밖이었다. 한뜻이 별안간 다시 눈떴을 때, 그래서 난, 깜짝 놀라고 말았다. 뒤로 물러설 틈도 없이 한뜻은 커다란 두 눈을 내 눈에 들이댔다. 내 눈에서 무언가…… 꼭 찾아낼 게 있다는 듯이, 한뜻은 내 눈을 들여다봤다. 나는 한뜻이 내 눈에서 무언가를 찾아낼 때까지 한뜻의 두 눈을 들여다봐야 했다. 그렇게 가까이에서 들여다본 한뜻의 눈은, 그 눈은 금방이라도 눈물이 뚝뚝 떨어질 것 같은…… 어디선가 본 듯한 눈이어서, 나는 이 눈을 어디서 봤더라, 어디서 봤더라, 속으로 혼잣말을 하며 한뜻의 눈을 더 가까이에서 더 빤히 들여다봤다.

그리고 물기를 잔뜩 머금은 그 두 눈이 반짝, 하고 빛나던 순간, 나는 말했다.

"너, 내가 진심이라는 걸 믿니? 믿는다면, 너도 네 비밀을 하나 말해 줘. 난 벌써 내 비밀을 너한테 말했으니까. 이 자리에서 처음 널 보았을 때부터 널 여기에 담게 됐다는 내 비밀, 너한테만 털어놨으니까."

나는 내 오른손으로 한뜻의 오른손을 끌어당겨 내 왼쪽 가슴 위에 올려놓았다.

"난…… 내 비밀은, 그러니까 내 말은! 나도 너한테 내 비밀 하나를 털어놓고 싶다는 거야!"

한뜻은 내 심장 위에 놓여 있던 손으로 이번엔 내 오른손을 꼭 쥐었다. 내 손을 제 왼쪽 가슴 위에 올려놓았다. 한뜻의 심장이 내 손바닥 밑에 있었다. 그 심장이, 너무 뜨거워서 델 듯했다. 그러니까 그건, 이제부터 한뜻의 입에서 나올 비밀이라는 건, 진짜라는 소리였다.

"난, 나란 놈은……."

한뜻은 훅, 숨을 들이마셨다.

"내가 엄마를 죽였어."

내뱉듯, 어금니를 악문 채 한뜻은 비밀 하나를 털어놓았다. 그때, 손바닥 밑에 있는 한뜻의 심장이 만져졌다. 그 심장은 몸부림치고 있었다.

"우리 애를 부탁해요…… 라고, 엄마가 말하는 걸 들었어. 그게, 그 말이…… 내가 세상에 태어나서 처음 들은 말이었어. 처음이자 마지막으로 들어본 엄마의 목소리였지……."

한뜻은 그다음 말을 잇지 못했다. 내 손바닥 밑에서 한뜻의 심장이 부풀어 오르고 있었다. 그 심장을 가득 채운 것은 과거의 기억이었다. 나도 알고 있다. 그것이 어떤 것인지. 과거로 채워진 심장엔 현재도, 미래도 담지 못한다. 그 심장은 과거의 어느 한순간에 멈춰 있다. 지치지도 않고 몇 번이고 되풀이해서 과거의 어느 한순간만을 길어 올린다.

"…… 그랬다고 해. 그게 엄마의 마지막 말이었대. 외할머니가 분만실로 들어갔을 땐, 이미 어떻게 손쓸 방도라곤 없었다는 거야. 나를 낳자마자 우리 엄마는…… 우리 애를 부탁한다는 말을 하고는 곧장 숨을 거두셨대. 외할머니, 외삼촌, 동네 사람들…… 모두 내 머리를 만져 주며 말하곤 했지. 네 엄마는 숨을 거두면서도 네 걱정만 했단다……. 그러곤 다들 약속이나 한 듯이 아버지 얘기를 해 댔지. 네 엄마가 숨을 거둘 때도 네 아버지는 외양간에 있었다고. 네 아버지

143

란 작자는 소밖에 모르는 인간이라고, 아버지 등에 대고 손가락질을 해 댔지."

"너희 아빤, 아내가 애를 낳는데 병원에도 같이 가 주지 않았다는 거야? 왜?"

내 말에 한뜻의 심장이 또 한 번 부풀어 올랐다.

"자라면서 나도 혼자 정말 많이 생각했어. 아버진 대체 왜 그랬을까. 사람들이 아버지 등 뒤에서 아내를 소하고 바꾼 인간이라고 수군거릴 때마다 왜? 왜? 왜? 대체 왜 그랬냐고 따져 묻고 싶었지."

"물어보긴 했어? 왜 그랬냐고?"

"응. 딱 한 번. 누렁이라는 소가 죽을 때."

한뜻은 시선을 돌려 창밖을 내다봤다. 벌써 사위는 어둠에 잠겨 있었다. 어둠 속에서 한뜻은 과거의 기억을 길어 올리기 시작했다.

"나한테 누렁이는 그냥 소가 아니었어. 누렁인, 내 동생이었지. 그리고 내 한풀이 대상이기도 했고. 내가 태어날 때, 그 녀석도 같이 태어났어. 그날, 아버진 혼자 축사에서 누렁이를 받았대. 아버지 말로는 누렁이란 녀석, 다리부터 나왔다는 거야. 다들 힘들다고 그랬대. 아버진 축사에 남아야 했지. 병원에서 아무래도 제왕절개 수술을 해야겠다고 연락이 왔을 때, 아버진 다리부터 나오기 시작한 누렁이를 받고 있었다는 거야. 아버지가 달려갔을 땐, 이미 엄마는 숨을 거두고 말았고. 사람들이 아버지 등 뒤에서 아내를 소하고 바꾼 인간이라고 수군거릴 때마다 난, 누렁이한테 달려갔어. 네가 우리 엄말 죽였어! 네 녀석만 아니었어도 우리 엄만 안 죽었어! 누렁일 때리고 걷어찼지. 그때마다 누렁인⋯⋯ 물끄러미 쳐다보기만 했어. 그런데, 나란 놈은!"

한뜻은 소리치며 나를 돌아다봤다. 두 주먹을 불끈 쥐고 있지만, 금방이라도 눈물이 뚝뚝 떨어질 것 같은 눈을 하고 있었다.

"나란 놈은⋯⋯ 누렁이도 나 때문에 죽었어! 그날도 난 풀을 뜯긴다고 누렁이를 들로 끌고 나갔어. 아버지가 누렁이만큼은 제대로 된 한우로 키워 보겠다고 할 때마다 나는 누렁이를 끌고 나가 괴롭혔어. 이놈 때문에 엄마가 죽었는데 무슨 소리냐고 생각했지. 내가 건드린 벌집 때문에 누렁이가 벌에 쏘이고 말았어. 나, 그날 처음으로 아버지한테 맞았어. 나를 때리면서 아버지가 그러더라.

못난 녀석.

그래서 내가 그랬지. 일부러 그랬다고. 이 녀석이 우리 엄마를 죽게 했는데 아버진 이 녀석이 밉지도 않느냐고 따졌지. 아버지한테 대체 이 녀석이 뭐냐고. 사람들이 아버지 등 뒤에서 수군거리는 거 모르냐고 소리쳤지. 아내를 소하고 바

145

꾼 인간이라고 떠드는 거 모르냐고.

그런데도 아버진 누렁이 곁을 떠나지 않았어. 밤새 누렁이 옆에 자리를 잡고 있었지. 정말이지 그 순간엔 축사에 불이라도 질러 버리고 싶더라. 축사로 쫓아갔지. 아버지한테 소리쳤어. 아버지한테는 나보다, 죽은 엄마보다 이깟 소가 더 중하냐고. 누렁이가 아버지한테 뭐냐고 울면서 물었지.

우리 아버지가 뭐랬는지 알아? 뭐긴 뭐냐. 소지, 그러더라고. 소고 사람이고 아플 땐, 옆에 있어 줘야지 그럼 어쩌겠냐고. 죽은 네 엄마보다 이 소가 더 중해서 병원에 안 갔던 것도 아니고, 소 한 마리 더 장만해 보겠다고 돈 욕심에 그랬던 것도 아니었대. 다 죽어 가는 데 어떻게 할 수가 없어서 그냥 그럴 수밖에 없었다는 거야. 엄마가 날 낳으러 병원에 갈 때는, 엄마는 멀쩡했으니까 혼자 보낸 거고, 누렁이 엄마는 당장이라도 죽을 것 같으니까 옆에 있었던 거라잖아. 중하고 안 중하고 그런 게 아니라 곧 죽을 것 같은 걸 혼자 놔두고 갈 수가 없어서 그렇게 됐다는 거야.

그러니까 이 녀석만 그때 태어나지 않았어도 엄만 안 죽었을 거 아니냐고, 난 또, 말도 안 되는 소릴 했어. 그날, 처음으로 아버지가 나한테 묻더라고. 너 정말 그렇게 생각하느냐고. 그럼 넌 그런 생각은 안 해 봤냐고. 그때 너만 태어나지 않았으면 엄만 안 죽었을 거 아니냐고. 내가, 이 애비가 너

태어나던 날 엄마 옆에 있어 줬더라면 그랬더라면 정말 엄마가 숨을 거두지 않았을 거 같으냐고. 아버지가 묻는데, 나 대신, 나 대신…… 누렁이가 음매— 하고 길게 울음소리를 뽑아냈어. 그게 누렁이 마지막이었지. 그저 음매—— 하고, 한숨 소리 같은 신음을 토해 내고는 그것마저도 힘에 버거웠는지 곧바로 쓰러져 버렸어. 죽을 때도 누렁인 그저 하염없는 눈빛으로 내 얼굴을 올려다보기만 했어…….

　난, 누렁이가 죽은 것보다도 아버지가 한 말에 더 충격을 먹었지. 그날 너만 태어나지 않았으면 네 엄만 안 죽었을지도 모른다는 생각 안 해 봤냐는 말, 그 말이 귓속에서 계속 맴도는데……. 죽겠더라. 실은 태어나서 지금까지 수천 번, 수만 번도 더 했던 생각이니까. 네가 우리 엄마를 죽였다고 누렁이를 발로 걷어찰 때마다 실은 날 걷어차고 있었던 거였으니까. 아버진, 내 맘을 벌써 다 알고 계셨던 거야. 사람들이 아내를 소하고 바꾼 인간이라고 아버지 등 뒤에서 수군거릴 때마다 아버진 그래도 다행이라고 생각하셨던 거야. 그 대신에 당신 아들이 제 엄마 죽이고 태어난 놈이라는 소리는 듣지 않았으니까."

　거기까지 말하고 한뜻은 휴— 한숨을 내쉬었다.

　"아버지가 나한테 누렁이 눈을 감겨 주라고 하셨어. 사람이고 짐승이고, 애고 어른이고, 아플 땐 그저 누가 옆에 있어 주길 바라는 거라면서. 그때, 엄마가 숨을 거둘 땐 옆에 있어 주지 못했으니까 그런 실수는 다시 하고 싶지 않다고. 엄마 옆에 있어 주지 못했기 때문에, 그 뒤부터 아버진 그게 누구 든, 짐승이든 사람이든 지금 아버지와 함께하는 모든 것들 옆에 있어 주겠다고 결심하셨대. 똑같은 후회는 하고 싶지 않으니까.

빛나 너, 저기 저 별들 보이니?"

달빛 사이로 한뜻의 손가락이 보였다. 한뜻의 손가락은 밤 하늘의 별들을 가리키고 있었다. 그러나 내 눈에는 한뜻이 가리키는 별들이 잘 보이지 않았다.

"여기선 잘 보이지 않지만 우리 집 축사에 누우면 밤하늘 가득 별들이 떠 있어. 그날, 아버진 별들을 가리키며 내게 말 씀하셨지. 저 별들 모두 우리 황소들이라고. 언제고 아픈 소 가 생기면 아버진 늘 그 곁을 지켰고, 그러다 앓던 소가 죽고 나면 꼭 밤하늘을 올려다보셨대. 그럼 저 위에 별 하나가, 다 른 별보다 더 눈부시게 빛나는 별 하나가 더 생겨 있더래. 그 별들이 아버지 눈에는 꼭 엄마처럼 느껴지더라는 거야. 죽은 엄마가 죽은 소들을 하늘로 불러 올려서 엄마하고 같이 아버 지를 내려다보는 것 같더래. 그래서 아버지도 그러겠다고 약 속했대. 죽어서도 두 눈을 반짝거리며 아버지를 지켜 주는 저 별들처럼 아버지도 그러겠다고, 두 번 다시 똑같은 실수

148

는 하지 않겠다고. 그게 누구든, 사람이든 짐승이든 아플 땐, 아버지를 필요로 할 땐, 절대 혼자 두지 않겠다고.

그러곤 내 손을 꼭 잡으셨지. 한뜻 너도 이제는 지금 네 옆에 있는 것들을 지켜 주라고. 네가 할 수 있는 것으로 너와 함께 있는 것들을 지켜 주라고. 네가 할 수 없는 것 때문에 괴로워하지는 말라고. 그게 저 위에 있는 저 황소별들이 너를 지켜 주는 이유라고. 그 말은 그러니까 내가 태어나지 않았더라면 엄마가 죽지 않았을지도 모른다는 그런 생각은 하지 말라는 뜻이었을 거야."

그렇게 말하면서 한뜻은 두 손으로 내 두 손을 꼭 쥐었다.

"빛나 네 비밀, 나한테 말해 줘서 고맙다. 다른 건 몰라도 네가 원할 땐 언제든 네 옆에 있어 줄게."

별빛 사이로 한뜻의 목소리가 들려왔다.

네가 원할 땐 언제든 네 옆에 있어 줄게.

그 말에 내 가슴 밑바닥에 웅크리고 있던 어린 계집애가 눈을 떴다. 한뜻의 그 말에 나 대신 그 어린 계집애가 고개를 끄덕거리고 있었다. 그 어린 계집애가 벌떡 일어나, 외로웠다고, 혼자 있을 때면 무서웠다고, 열이 펄펄 끓는 밤이면 정말이지 누구라도 좋으니까 옆에 있어 주길 바랐다고 소리치려 했다.

정말…… 정말, 내가 원할 땐 언제든 내 옆에 있어 줄 거니? 정말?

이라고, 내 안에 웅크리고 있던 어린 계집애가 참아 왔던 말을 내뱉을까 봐, 나는 얼른 입술을 틀어막았다. 내 앞에 있는 한뜻의 입술로.

매달릴 팔과 어깨를 찾아, 나는 미친 듯이 두 손을 뻗었다. 네가 원할 땐 언제든 네 옆에 있어 줄게……. 따뜻함을 느끼고 싶어 한뜻의 입술에 입 맞췄다.

한뜻의 입술이 담요처럼……, 나를, 그 어린 빛나를 덮어 주었다.

한뜻은 여전히 지난밤과 똑같은 모습으로 누워 있었다. 내 쪽을 향해 온몸을 잔뜩 웅크린 채로. 그러나 지난밤의 그 별빛은 이미 사라지고 없었다. 하품을 하며 깨어난 사람들이 하나둘씩 일어나 앉기 시작했다.

나는 한뜻을 내려다봤다. 한뜻은 여전히 지난밤과 똑같은 모습으로 내 쪽을 향해 손 하나를 내밀고 있었다. 그 손……을…… 향해 나는 나도 모르게 손을 내밀려 하고 있었다. 그 순간, 누군가의 목소리가 울려 퍼졌다.

"사랑받지 못한 애들의 특성이지. 애정 결핍증이야!"

아버지의 목소리 위로 지난밤의 내 모습이 겹쳐졌다. 내 곁에 있어 줄 거라는 말 한마디에 마치 정에 굶주린 애완견처럼…… 온기를 찾아 매달리던 내 모습이.

"정에 굶주린 고아들은 그렇다는구나. 낯선 사람한테도 선뜻 달려와 안긴다는 거야."

자고 있는 한뜻의 얼굴 위로 한 남자의 얼굴이 겹쳐졌다. 한번 웃어 주자 달려와 무릎 위에 앉았다는 고아의 얘기를 아무렇지 않게 해 대던 아빠라는 남자의 얼굴이.

어쩌면 한뜻도, 이 아이도 웃으며, 아무렇지도 않게 나에 대해 떠들고 다닐지도 모른다. 말 한마디에 울며 자기 목에 매달린, 사랑받지 못하고 자란 여자애에 대해서.

나는 한뜻이 잠결에도 내 쪽을 향해 내밀고 있는 손을 내려다봤다.

그 손으로 네가 움켜쥘 수 있는 마음 같은 건, 절대로 없을 거야!

나는 한뜻이 덮어 준 찜질방 상의를 바닥에 내던졌다. 그대로 가방을 챙겨 찜질방을 빠져나왔다.

일요일 오전의 버스 정류장에 서서 나는 하늘을 올려다보았다.

"저 위에 별 하나가, 다른 별보다 더 눈부시게 빛나는 별 하나가 생겨 있더래. 죽어서도 두 눈을 반짝거리며 우리를 지켜 주는……."

한뜻의 그 별들은 그러나 내가 올려다보는 하늘엔, 있지
않았다. 내가 올려다보는 하늘은 언제나처럼 쿡쿡, 송곳으로
찌르듯 아프기만 했다.

나는 버스 정류장의 텅 빈 벤치에 앉아 가방 속에 몰래 숨
겨 두었던 원고를 꺼냈다.

머리 위로 햇빛이 쏟아져 들어왔습니다. 플라스틱 지붕을 뚫고
내려온 햇빛은 곧장 누렁이에게로 다가가 누렁이의 넓은 등을 어
루만졌지요. 어디선가 음매— 소 울음소리가 들려오고, 누렁이의
몸이 뒤척인다 싶더니 털썩, 하는 소리와 함께 먼지가 하얗게 피어
올랐어요. 누렁이가 눈을 감는 순간 피어오른 먼지는 플라스틱 지
붕을 뚫고 내려온 햇빛을 따라 위로, 위로 올라갔습니다.

"얘야! 저길 보렴. 앓던 소가 죽고 나면, 그럼 저 위에 별 하나
가, 다른 별보다 더 눈부시게 빛나는 별 하나가 생긴단다. 밤이 되
면 하늘로 올라간 황소들이 두 눈을 빛내며 우리를 지켜 주지."

아버지의 말씀처럼 그 순간, 누렁이의 영혼이 플라스틱 지붕을
뚫고 햇빛을 따라 저 하늘로, 우리의 눈길이 가닿지 않는 곳으로
날아가고 있었지요.

한뜻이 〈아내를 소 한 마리와 바꾼 사내의 편지〉라는 제목

으로 백일장에서 썼던 원고이다. 원고의 제목은 한뜻이 백일장에서 썼던 그대로이지만 제목 밑에 있는 글쓴이의 이름도, 글의 내용도 한뜻의 원고와는 다르다. 한뜻이 운동장 바닥에 버린 원고는 내 손에서 새롭게 태어났다. 한뜻은 고향 이야기를 썼다. 아무도 귀 기울여 주지 않는 농민들의 삶에 대해 이야기했다. 나는 한뜻의 고향 이야기, 한뜻의 고향 사람들의 이야기를 훔쳐 '부모에게 상처받은 한 아이'를 창조해 냈다. 나는 이 아이를 창조해 내기 위해 진실의 힘 대신 거짓과 상징의 힘을 빌려 왔다.

나는 이 원고를 이빛나라는 이름으로 청소년 공모전에 제출할 생각이다.

나는 한뜻의 원고를 고친 내 글을 서류 봉투에 담았다. 이미 보내는 사람 주소에 내 주소와 내 이름을 적어 놓은 서류 봉투에.

만약 내가 이 원고로 청소년 공모전에서 입상하게 된다면, 한뜻은 어떤 표정을 지을까? 그때도…… 내가 "네가 좋아." 라고 고백했을 때처럼, 나를 그런 눈으로 봐 줄까? 세상에서 가장 값진 보석을 발견한 듯한 눈으로 나를, 자기 앞의 세상을 바라볼 수 있을까?

나는 한뜻의 알맹이를 훔쳐 새롭게 꾸며 쓴 내 원고를 서류 봉투에 담고 풀칠했다.

한뜻, 너도 이젠 세상이 무엇인지 알게 될 거야.

지난밤의 키스처럼 새빨간 거짓말이라는 걸 말이야.

나는 한뜻을 한 방에 나가떨어지게 만들 새빨간 거짓말을 가방에 꾸려 넣고 서둘러 버스에 올라탔다.

7. 어머, 옷 벗고 있구나?

🧘

놀토의 저녁, 나는 이번에도 역시 사유서 대신 찜질방에서의 하룻밤을 선택했다.

언제나처럼 샤워를 끝내고 찜질방으로 올라갔다. 매트 하나를 들고 빈자리를 찾아 주위를 둘러보다 나는 하마터면 비명을 내지를 뻔했다.

한뜻이 거기, 둘이 함께 밤하늘을 올려다보던 창 밑에 앉아 있었다.

"빛나 너, 저기 저 별들 보이니?"

달빛 사이로 손가락 하나를 치켜들고 밤하늘의 별들을 가리키던 그 모습 그대로, 그때와 똑같은 눈빛으로 한뜻은 그날의 하늘을 올려다보고 있었다.

네가 원할 땐 언제든 네 옆에 있어 줄게.

사람들의 웅성거림 속에서 한뜻의 목소리가 들려왔다.

사랑받지 못한 애들의 특성이지.

사람들의 웅성거림 속에서 또 다른 목소리가 들려왔다.

머릿속에서 서로 다른 두 개의 목소리가 울려 퍼졌다.

나는 세차게 고개를 내저었다. 손으로 귀를 막았다. 그래도 두 개의 목소리는 싸움을 멈추지 않았다.

"이제 그만!"

나는 손으로 귀를 막은 채 소리쳤다. 사람들이 일제히 나를 쳐다봤다. 나는 거기, 둘이 함께 밤하늘을 올려다보던 창밑을 바라봤다. 한뜻은 없었다. 방금 전까지만 해도 저기 앉아 있었는데……. 나는 멍하니 찜질방 한쪽을 바라보다 "쟤, 뭐냐?"라는 소리에 퍼뜩 정신이 들었다. 처음부터 한뜻은 거기, 없었던 거였다.

나는 "쟤, 뭐냐?"라는 소리를 피해 밖으로 달려 나왔다.

도망치듯 찜질방을 빠져나와 로데오 거리를 헤매었다. 대체 난 뭘 기대했던 걸까? 상처받을 걸 뻔히 알면서도 또 누군가에게 마음을 열려고 했던 거다. 내 모습이 너무 창피했다. 어쩔 수 없이 난 정말 애정 결핍인 걸까, 라는 생각을 하며 버스 정류장으로 걸어가는데, 누군가 버스에서 뛰어내리는 것이 보였다. 하나로 묶어 돌돌 말아 올린 머리에 복숭아 뼈까지 내려오는 검정 치마…… 사감 할망구였다.

나는 혹시나 사감 할망구에게 들킬까 얼른 전봇대 뒤로 숨었다.

이 시간에 사감 할망구가 여긴 왜?

사감 할망구는 버스 정류장을 지나쳐 모텔촌 입구로 들어서고 있었다. 사감 할망구의 머리 위로 모텔 간판들이 만개한 꽃처럼 불을 밝히고 있었다.

뭐지? 내가 지금 뭘 보고 있는 거냐?

나는 전봇대에 찰싹 달라붙었다. 몸통 위로 머리만 내놓은 거북이 꼴을 하고 더 더 길게 목을 늘였다. 호텔 방콕, 싸이판 모텔, 모텔 러브러브, 호텔 위드…….

"아니 땐 굴뚝에 연기 나는 거 봤어요? 그런 소문이 돌 정도면 뭔가 있는 거라구요."

사감 할망구에 대해 이러쿵저러쿵 입방아를 찧어 대던 아줌마들의 말이 뇌리를 스치고 지나갔다.

"저, 저…… 저 할망구가……."

사감 할망구가…… 쑥, 한 번에 모텔 안으로 미끄러져 들어갔다.

"정말?"

장식용이 놀라 소리쳤다.

"그럼 정말이지, 양말이겠냐. 어제는 무용과 남자애들이 집단으로 당했다던데 뭐. 어융, 나도 조심해야징."

왕밥통이 양팔로 제 가슴을 가리며 어깨를 떨어 댔다. 출렁, 뱃살이 심하게 출렁거렸다.

"야, 너! 그만 출렁거려! 아유, 징그러 징그러. 왜 변태 할 망구까지 설치고 난리야?"

장식용이 호들갑을 떨어 댔다.

"무용과 애들 말이, 진짜 난리도 아니래. 무용과 남자애들이 연습만 시작했다 하면 유리창에 달라붙어서 떨어지질 않는단다, 그 할망구."

반장도 거들었다. 그건 반장 네 얘기 아니냐, 라는 말은 안으로 삼키고, 나는 듣고만 있었다.

"야, 한뜻! 너는 안 당했냐?"

왕밥통이 한뜻을 불렀다. 한뜻은…… 세상에, 독서를 하고 있었다. 독서 삼매경에 빠져 자기를 부르는 줄도 몰랐다.

"어? 저 녀석 봐라. 왜 아무 말도 안 하지? 저 녀석 저거 쇼크가 너무 큰 거 아냐?"

"어유, 뭐야뭐야! 그 말은 한뜻도 이미 당했다는 거야? 야, 한뜻, 너도 옷 갈아입고 있을 때 사감 할망구가 들어와서 빤히 쳐다보고 있었어?"

장식용이 한뜻의 몸을 위아래로 훑어봤다. 그러고는 갑자기 빨개졌다. 장식용, 너, 뭐냐.

한뜻은 대꾸도 안 했다. 무슨 책인지 되게 심각하게 읽고 있었다.

"요새 무용과 남자애들, 연습할 때 쫄바지도 안 입잖아. 아이, 짜증나."

반장이 말했다. 무용과 남자애들이 쫄바지 입고 연습할 때마다 저녁 급식도 빠지고 훔쳐보던 반장이니 그 실망이 오죽 컸을까? 짐작이 가고도 남았다.

"어유, 이게 다 그 변태 할망구 때문이야."

장식용도 같이 투덜거렸다. 대체 뭐가 변태 할망구 때문이라는 거냐, 너희들. 머릿속엔 온통 쫄바지 입은 무용과 남자애들뿐이면서.

변태 할망구…… 어느새 내 머릿속엔 만개한 꽃처럼 울긋불긋 피어 있던 모텔 간판들이 들어차기 시작했다. 호텔 방콕, 싸이판 모텔, 모텔 러브러브, 호텔 위드……. 그리고 그 안으로 쑥― 미끄러져 들어가던 사감 할망구!

"이게 말이 되냐고!"

나는 나도 모르게 고개를 내저었다.

아이들의 시선이 일제히 나에게로 집중됐다. 그 눈들은 뭐냐 너?, 라고 묻고 있었다.

"그러니까 그게…… 아니야, 그럴 리가 없어. 너희들은 그게 말이 된다고 생각하니?"

나는 횡설수설하고 말았다.

이제는 멀찍이 떨어져 있던 잘난척과 한뜻까지 나를 쳐다봤다.

"그러니까 말이 안 되잖아! 토요일 밤에 로데오 거리에서 사감 할망구를 봤는데, 그 할망구가 세상에, 모텔로 들어가더라니까? 그 얼굴에 모텔이라니 말이 되니?"

내 입에서 모텔이라는 말이 나오자마자 장식용은 꺄악, 왕밥통은 앗, 반장은 주님을 외쳤다. 제각각 괴성을 내지른 뒤, 아이들은 나를 둘러쌌다. 이빛나, 너 사감 할망구가 들어간 모텔이 어디 있는지 아느냐, 정말로 본 거 맞느냐, 네 눈으로 틀림없이 확인한 거 맞느냐 등등의 질문을 퍼부어 댔다.

"정말이라니까. 내가 이 두 눈으로 똑똑히 봤어. 분명히 사감 할망구였다니까."

나는 딱 잘라 말했다.

"사감 할망구 진짜 웃긴다. 얌전한 얼굴을 해 가지고 모텔이나 들락거리고."

160

"이 학교 정말 왜 그래? 이런 학교 계속 다녀야 하는 거야?"

아이들이 웅성거리기 시작했다.

"우리한테는 놀토 때마다 사유서까지 쓰게 하고 자기는 모텔이나 들락거려? 진짜 위선자 아니니?"

내 입에서 나도 모르게 '위선자'라는 말이 튀어나왔다. 내내 참고 있던 말이었다.

"야! 이빛나!"

한뜻이 내 이름을 불렀다. 다짜고짜 내 팔목을 움켜잡았다. 굉장한 기세로 나를 운동장 한구석으로 끌고 갔다.

"한뜻 너, 이거 못 놔?"

"못 놓겠다!"

"정말 왜 이래?

"빛나야!"

한뜻이 내 이름을 불렀다. 그럴 수 없이 진지한 표정을 하고 내게 물었다.

"사감 선생님이 모텔로 들어가는 거……, 정말…… 봤어?"

한뜻의 목소리는 부드러웠고, 그 눈빛은 상냥했다. 그러나 부드러운 목소리와 상냥한 눈빛 뒤에 한뜻이 숨기고 있는 것은 '나에 대한 의심'이었다.

"뭐야, 너? 지금, 내 말을 못 믿겠다는 거야?"

나는 주먹을 움켜쥐었다. 놀토의 저녁, 한순간이나마 어쩌면…… 어쩌면…… 우리가 함께 있었던 바로 그 자리에 한뜻이 앉아 있을지도 모른다는 기대를 품었던 내 꼴이 너무 우스웠다.

"사감 선생님이 모텔에 들어갔다는 거, 혹시 거짓말 아니지?"

한뜻이 물었다. 여전히 다정한 눈빛을 하고서 말이다.

"거짓말? 거짓말이라고? 그렇게 내 말을 못 믿겠으면 확인시켜 주면 될 거 아니야!"

"야, 이빛나! 왜 이렇게 화를 내? 네 말을 못 믿는다고 한 건 아니잖아?"

"그럼 뭐야? 여기까지 사람을 끌고 와서 거짓말 아니냐니? 내 말은 믿지 못하겠다는 거잖아? 내 말이 맞으면 어떡할래? 내 말이 진짜면 어떡할 거냐고!"

내 말에 한뜻은 선뜻 대답하지 못했다.

"쟤들 저긴다!"

"야, 너희들! 거기서 뭐 하는 거야?"

어느새 아이들이 몰려오고 있었다.

"난…… 그러니까 내 말은…… 아니다."

한뜻은 무언가 굉장히 중요한 할 말이 있다는 듯이 나를 쳐다보다 한숨을 내쉬었다. 그러고는 아이들이 오기 전에 서둘러 교실로 돌아갔다.

⚓⚓⚓

나는 한뜻을 뒤에 매달고 버스 정류장으로 갔다. 모텔로 들어가던 사감 할망구를 목격했던 바로 그 자리, 로데오 거리 앞 버스 정류장으로.

"꼭 이렇게까지 해야겠어?"

한뜻이 난감한 표정을 지었다.

"당연하지."

나는 전봇대 뒤에 신문지를 깔고 앉았다. 한뜻도 신문지를 깔고 앉았다. 나란히. 둘 다 똑같이 야구 모자를 푹 눌러쓰고 말이다. 사감 할망구가 모텔에 들어가는 현장을 붙잡으려면 별수 없었다. 진을 치고 기다리는 수밖에.

쳇, 누가 보면 사귀는 줄 알겠네.

나는 한뜻에게 등을 돌리고 앉아 가능한 앞만 바라봤다. 한뜻과는 눈도 마주치고 싶지 않았다.

그런데 한뜻은 안 그랬다. 신문지를 깔고 앉자마자 나만 쳐다봤다. 한뜻이 나만 쳐다보는지 어떻게 안 보고도 알 수 있냐고? 그야, 잘난척과 한방을 쓰면서부터 등짝에도 눈이 튀어나오게 되었으니까. 한뜻은 계속 나만, 그러니까 내 등 짝만 쳐다봤다. 그러다 결심한 듯 입을 열었다. 차라리 열지 말지.

"빛나 너, 아직도 나한테 화났냐? 그만 화 풀어. 네가 거짓 말 했다고는 생각하지 않아. 단지, 제대로 알아보지도 않고 의심부터 하는 건 정말 나쁘다는 거야. 네 말 한마디 때문에 지금 사감 선생님이 얼마나 난처해졌는지는 네가 더 잘 알고 있을 거야. 빛나 너, 이거 하나만 약속해라."

완전히 훈계조였다. 나는 대꾸도 안 했다. 내가 왜 너랑 약 속 같은 걸 하냐?

내가 아무 말 않자 한뜻은 일어나 내 앞을 가로막고 섰다. 올려다보니 무지 컸다.

"목 아프거든. 할 말 있으면 빨리 해."

"이거 하나만 약속해라. 만약 네 말이 틀렸다면, 해명한다 고. 네가 잘못 봤다고 말이야."

왜 내가 해명까지 해야 되는데? 나는 거들었을 뿐이잖아? 사감 할망구에 대해서 이러쿵저러쿵 떠들어 댄 건 나만이 아 니잖아? 아줌마들한테까지 변태라는 소리를 듣고 있는 할망 구 따위, 내가 왜 신경 써야 되는데?

"싫다면?"

나는 잔뜩 인상을 찌푸렸다. 한뜻은 그 큰 눈을 진짜 크게 부릅떴다. 나는 한뜻보다 더 더 크게 두 눈을 부릅떠 주려고 했는데, 한뜻이 해를 등지고 서 있어서 도저히 눈을 부릅뜰 수가 없었다. 저녁 햇살이 너무 눈부셔서 그만 고개를 숙이고 말았다. 그랬더니 이 녀석, 내가 항복한 줄 알고 내 어깨를 두드리는 것이었다.

"믿는다!"

뭐라고 떠드는 거냐고 소리쳐 주려는데, 하나로 묶어 돌돌 말아 올린 머리에 복숭아 뼈까지 내려오는 검정 치마…… 사감 할망구가 버스에서 내리고 있었다.

"돌아보지 마. 그대로 서 있어!"

나는 한뜻의 가슴에 머리를 묻었다.

"뭐야, 너?"

한뜻의 목소리가 너무 컸다. 신호등에 서 있던 사감 할망구가 고개를 옆으로 돌렸다. 자칫하다가는 들키고 말 것 같았다. 나는 한뜻의 가슴에 얼굴을 묻은 채로 잽싸게 두 손을 올려 한뜻의 얼굴을 어루만졌다. 손바닥으로라도 녀석의 얼굴을 가려 주려고 말이다.

"조용히 해. 저기 사감 할망구가 쳐다보고 있잖아."

한뜻은 그제야 말귀를 알아들었다.

"그런 거였어? 그런 거면 이편이 훨씬 더 그럴듯하지 않냐?"

한뜻이 두 팔로 내 허리를 감싸 안았다. 그 바람에 한뜻과 한 몸이나 된 듯이 엉겨 버리고 말았다. 한뜻의 가슴이 내 뺨 밑에서 부풀어 오르고 있었다. "네가 좋아."라고, 귀에 대고 속삭였을 때, 내 손바닥 밑에서 부풀어 오르던 그날의 한뜻 이 생각나서 나는 나도 모르게 얼굴을 붉혔다.

휘유— .

누군가 휘파람을 불었다.

신호등에 초록불이 들어오자 사감 할망구는 못 볼 걸 봤다 는 표정을 하고는 서둘러 길을 건너갔다.

"뛰어!"

나는 뜨겁게 달아오른 뺨을 들키지 않으려고 서둘러 사감 할망구를 뒤쫓아갔다. 내 뒤를 한뜻이 쫓아왔다.

사감 할망구는 이제 막 모텔촌으로 들어서고 있었다. 호텔 방콕, 싸이판 모텔, 모텔 러브러브, 호텔 위드……. 그리고 그 안으로 쑥— 사감 할망구는 미끄러져 들어갔다.

"봤지?"

나는 날숨을 몰아쉬며 손가락으로 사감 할망구를 가리켰 다. 한뜻의 두 눈은 놀라움과 경악으로 크게 부릅떠져 있었 다.

"뭐? 혹시 거짓말 아니냐고? 이젠 내 말 믿겠냐?"

나는 양손을 허리에 짚고 서서 여봐란 듯이 가슴을 쑥 내밀었다.

"이건 아니지. 끝까지 가 봐야지."

한뜻이 내 팔목을 움켜잡았다. 나는 거의 질질 끌려가다시
피 모텔촌 안으로 들어섰다. 사감 할망구가 러브러브 모텔의
주차장으로 들어가고 있었다.

모텔 주차장에까지 들어갔는데 뭘 더 끝까지 본다는 거
냐?

봤지? 내 말이 틀림없지? 낄낄낄.

나는 팔목을 붙잡힌 채로 끌려가면서도 미소를 짓지 않을
수가 없었다.

한뜻이 걸음을 빨리했다. 나도 덩달아 빨리 걸었다. 끝을
보고 싶기는 나도 마찬가지였다. 그래야 한뜻의 코를 납작하
게 만들어 줄 수 있으니까.

모텔 러브러브의 주차장이 맞긴 맞는데, 주차장 옆으로 사
람 한 명이 드나들 수 있을까 말까 한 작은 골목이 나 있었
다. 사감 할망구는 그 골목 안으로 들어갔다. 우리는 모텔 러
브러브의 주차장 벽에 찰싹 달라붙어 점점 더 작아져 가는
사감 할망구의 뒤통수를 보고 있어야 했다. 이윽고 사감 할
망구의 뒤통수가 작은 골목 안쪽으로 완전히 사라져 버렸다.

"지금이야!"

한뜻과 나는 서둘러 골목 안으로 들어갔다.

꼬불꼬불, 참 작은 길이 길게도 이어져 있었다.

그 길 끝에 허름한 집이 하나, 골목을 막고 서 있었다. 길은 막다른 길이었고, 사감 할망구가 들어간 곳은 그 집이 틀림없었다. 집 문 옆에 낡은 나무 간판이 하나 기우뚱하게 걸려 있었다.

"미혼모의 집?"

부은 얼굴의 소녀와 눈이 마주쳤다. 아주 잠깐이지만 소녀의 두 눈은 뜻밖에 나타난 침입자들에 대한 호기심으로 반짝거렸다. 그러나 그것은 정말 일순간이었다. 소녀는 곧 시선을 피했고, 황급히 복도 안쪽으로 걸어가 버렸다. 나쁜 짓을 하다 들킨 사람 같았다.

"저기요……."

내가 부르자 소녀는 걸음을 더 빨리했다. 한뜻과 나는 서둘러 소녀를 쫓아갔다. 우리가 뒤쫓자 소녀는 꺅, 비명을 내질렀고, 울음을 터트렸다.

"저기, 그러니까 우린 말이죠……. 이상하게 들릴지 모르겠는데요……."

한뜻은 울고 있는 소녀에게 설명하려고 애썼다. 그러나 소녀는 들으려고도 하지 않았다. 우는 모습을 들킨 것이 창피한지 고개를 푹 숙인 채 방으로 뛰어 들어갔다.

"저기요! 저기요, 이게 아닌데⋯⋯."

어느새 복도로 나 있는 여러 개의 문들이 열려 있었다. 열린 문틈으로 부은 얼굴의 소녀들이 보였다.

한뜻을 본 소녀들은 동시에 비명을 내질렀고, 비명 사이로 하나로 묶어 돌돌 말아 올린 검은 머리가 튀어나왔다. 사감 할망구였다.

"너희들⋯⋯ 대체⋯⋯."

사감 할망구의 그다음 말은 안 들어도 뻔했다. 대체 여기서 뭘 하는 거냐. 대체 여긴 왜 왔느냐는 거겠지만, 대꾸할 말이 있을 리가 없었다. 이럴 땐 줄행랑이 최고지, 나는 잽싸게 현관을 향해 뛰었다.

"이빛나! 뭐냐, 너?"

두 발짝도 못 가서 한뜻에게 목덜미를 잡혔다. 나는 한뜻에게 목덜미를 잡힌 채로 사감 할망구의 눈치를 살폈다.

"너희들⋯⋯ 사유서도 내지 않았잖아? 집에 간다고 하지 않았니? 응? 세상에, 부모님한테 연락은 드린 거야? 내 말 듣고 있니, 응?"

사감 할망구는 우릴 보자마자 또 사유서 타령이었다. 게다가 그 잔소리라니! 그 야구 모자는 뭐냐. 날라리들이나 쓰고 다니는 그런 모자는 대체 어디서 구한 거냐. 학생이 이런 꼴로 밤거리를 쏘다니다니 등등 사감의 잔소리는 끝이 없었다. 나와 한뜻은 사감 할망구의 잔소리 세례를 받으며 복도 끝쪽에 있는 방 안으로 끌려 들어갔다.

뭐라고 핑계를 대야 하나?

집에 간다고 거짓말까지 해 놓고 대체 왜 여기에 있는 거냐고 물으면 뭐라고 거짓말을 하지?

나는 위기를 모면하기 위해 필사적으로 머리를 굴리고 있었다. 아니, 아예 머리를 쥐어짜고 있었다. 그때, 문이 열리고, 한 소녀가 얼굴을 내밀었다.

"저기…… 애기가……."

소녀는 안으로 들어오려다 나와 한뜻을 보고는 뒤로 물러섰다.

"이따가 다시 올게요."

소녀는 서둘러 문을 닫으려 했는데, 그 바람에 소녀가 안고 있던 아기가 자지러지게 울기 시작했다. 아기의 울음소리를 듣자마자 사감 할망구가 달려 나가 아기를 안았다.

"혜진이가 아까부터 계속 울어서…… 젖도 안 먹어요……."

소녀가 울먹거렸다.

"그럼 진작 왔어야지. 저런, 저런! 우리 혜진이가 왜 화가 났나? 응?"

사감 할망구는 아기를 안고 들어와 먼저 기저귀부터 풀었
다. 포동포동한 엉덩이와 꼬물거리는 두 다리가 기저귀 속에
서 튀어나왔다. 아기의 엉덩이는 정말 찹쌀떡 같았다. 누르
면 쏙, 들어갈 것 같은, 말랑말랑한 살을 보고 있으려니 만져
보고 싶다, 안아 보고 싶다……. 말로 표현할 수 없는 야릇
한 감정이 솟아올랐다.

"세상에! 우리 혜진이가 화가 날 만도 했네. 그렇지, 응?
엉덩이가 다 짓물렀네. 아유, 속상해. 엄마가 우리 혜진이 엉
덩이 다 짓무른 것도 모르고 젖만 줬어?"

사감 할망구가 아기의 엉덩이를 받쳐 들고 물티슈로 닦기
시작했다. 아기의 엉덩이에 빨갛게 땀띠가 나 있었다. 아기
의 엄마는 사감 할망구가 아기의 엉덩이를 물티슈로 닦아 내
는 것을 넋 놓고 바라봤다.

"안 되겠다. 어디 땀띠분이 있나 찾아보고 올게."

사감 할망구가 밖으로 나가자, 아기 엄마는 아기의 엉덩이
에 난 땀띠를 살피고는 와락, 울음을 터트렸다.

"몰랐어. 정말 몰랐다고…… 땀띠 정도는 알았어야 하는
건데……."

아기 엄마의 울음에 나는 정말 당황했다. 이럴 땐 대체 무
슨 말을 해 줘야 하는 거지? 당황스럽기는 한뜻도 마찬가지

인 듯했다. 천장만 올려다보고 있었다. 나는 어떻게든, 무슨 말로든 아기 엄마를 달래 주고 싶었다.

"저기요……."

나는 무릎걸음으로 아기 엄마의 옆으로 갔다. 아기 엄마가 다짜고짜 내게 물었다. 코에 콧물까지 매달고서 말이다.

"그렇지 않니? 엄마라면 당연히 아기가 뭘 필요로 하는지 알아야 되는 거 아니니?"

"그거야 그렇지."

"그치? 네가 생각해도 엄마는 당연히 그래야 되는 거지? 텄어. 난 텄다고! 애기 엉덩이에 땀띠가 난 것도 모르고 젖만 먹이려고 들었거든? 이런 엄마가 있을 수 있다고 생각하니?"

"그야……."

"그치? 너도 잘 모르겠지? 나도 그래. 정말 모르겠어. 으왕!"

아기 엄마는 다시 울음을 터트렸다. 아기를 잘 키울 수 있을 것 같지가 않다는 거였다. 원래 계획은 아기를 낳자마자 아기를 좋은 부모에게 입양시킬 예정이었는데 아기를 보자마자 마음이 싹 달라졌다는 거였다. 절대로 아기를 남에게 줄 수 없었다는 거였다.

"그런데…… 그런데 난, 우리 혜진이 엉덩이에 땀띠가 난 줄도 몰랐다고. 이런 엄마랑 살게 되면 불행해질 게 뻔하잖아!"

아기 엄마는 울음 끝에 차라리 아기를 입양시키는 편이 나을지도 모르겠다고 했다. 그 말을 듣자, 온몸의 피가 머리로 솟구쳐 올라왔다. 머리카락까지 쭈뼛거렸다.

"그럼 이 애를 버리겠다는 거야! 네가 그러고도 엄마야? 어떻게 자식을 버릴 수가 있어!"

나도 모르게 앙칼진 말이 튀어나오고 말았다. 아기 엄마는 놀라 울음을 멈췄고, 바닥에 누워 있던 아기는 울음을 터트렸다.

"빛나 너, 왜 그래? 애기 놀라잖아!"

한뜻이 아기를 안아 들었다. 아기 엄마는 거친 숨을 몰아쉬며 나를 노려봤다. 두 눈이 붉게 충혈되어 있었다. 아기 엄마가 어금니를 악물고 소리쳤다.

"그러고도 엄마냐고? 어떻게 자식을 버릴 수 있냐고? 내가 왜 너한테 이런 말을 들어야 해? 너 따위가 뭘 알아? 네가 아기를 낳아 봤니? 네가 내 처지가 되어 봤어? 한 번 실수로 모든 걸 다 포기해야만 되는 상황을 네가 이해할 수나 있어? 아무것도 모르면서 왜 그렇게 쉽게 말하는 거야!"

아기 엄마의 입술이 파르르, 떨리고 있었다. 아기 엄마라는 말이 조금도 어울리지 않는 내 또래의 소녀는 원망이 가득한 눈으로 나를 노려봤다. 나는…… 내 또래의 아기 엄마를, 아니 어린 엄마의 얼굴 뒤에 있는 그 누구, 다름 아닌 '나의 친엄마'를 향해 소리쳤다.

"이해할 수 있냐고? 아니, 절대로 이해할 수 없어! 자식을 버린 엄마 따위, 절대로 이해하고 싶지 않아! 버려지는 아이의 마음 같은 건, 생각해 본 적이나 있는 거야? 엄마에게 버려진다는 게 뭔지 알아? 그건, 다른 아이들이 엄마 손을 잡고 놀이터에 나올 때 먼발치에서 나도 저런 엄마가 있었으면 좋겠다고 부러워만 해야 하는 거야! 백점짜리 시험지를 받아도 달려가서 자랑할 사람이 없다는 거야. 친구와 싸워도 역성을 들어 줄 사람이 아무도 없다는 거야! 첫 생리를 시작한 날에도 혼자 마트에 가서 생리대를 사야 한다는 거야! 인생의 가장 중요한 순간에 함께해 줄 사람이 없다는 거라구! 그건…… 늘 외롭고…… 늘 사랑받고 싶어서……."

더는…… 말을 잇지 못했다. 눈앞이 뿌옇게 흐려져서, 손으로 지그시 눈을 눌렀더니 물기가 배어 나왔다.

"네가…… 그걸 어떻게 알아?"

아기 엄마가 물었다. 나는 입술을 깨물었다. 자꾸만 눈앞이 뿌옇게 흐려져서 몇 번씩이나 손등으로 눈가를 훔쳐 닦으며 나는 가까스로 대답할 수 있었다.

"난…… 나도 버려졌으니까!"

나는 길게 숨을 들이마셨다. 그리고 내 앞의 아기 엄마를 똑바로 바라봤다.

"네 딸한테 너도 그런 걸 주고 싶지는 않겠지?"

아기 엄마는 내 말에 대답하지 않았다. 대답 대신 아기를 품에 안고 어르고 있는 한뜻에게로 가서 자신의 아기를 건네받았다. 한 손으로는 아기의 등을, 나머지 한 손으로는 아기의 땀띠 난 엉덩이를 받쳐 들었다.

그사이에 사감 할망구가 땀띠분을 가지고 왔다.

"세상에! 땀띠분이 바닥이 난 거 있지? 마트까지 달려가서 사 왔다니까. 우리 혜진이 안 울었어? 응?"

사감 할망구가 새로 산 땀띠분을 바닥에 내려놨다. 그러고는 아기 엄마에게서 아기를 안아 들려고 했다.

"아니요, 선생님! 제가 해 볼게요."

사감 할망구가 아기를 안아 들려고 하자 아기 엄마가 고개를 내저었다.

"선생님이 발라 준다니까."

"아니요, 제가 해 볼래요."

사감 할망구는 결국 아기 엄마의 고집에 지고 말았다. 아기 엄마는 사감 할망구가 사 온 땀띠분과 아기를 안고 밖으로 나갔다. 복도로 나가며, 아기 엄마가 나를 돌아봤다.

"아무것도 모르면서 쉽게 말한 쪽은 오히려 나였던 것 같

아. 미안. 그리고 고마워."

그 말에 또 눈앞이 뿌옇게 흐려지고 말았다. 눈물을 닦으려고 손을 들어 올리는데, 어느새 한뜻의 커다란 두 손이 먼저 내 눈물을 닦아 주고 있었다.

"자, 그럼 이제 우리 얘기를 좀 해 볼까? 너희들 대체 여기서 뭘 하고 있는 거냐? 집에 간다고 했잖아? 응?"

사감 할망구가 이마에 잔뜩 주름을 잡고 말했다.

"집에 간다는 거 다 거짓말이었습니다."

한뜻이 사감 할망구 앞에 무릎을 꿇었다. 이런 젠장, 이란 말은 안으로 삼키고 나는 한뜻을 째려봤다.

남은 어떻게든 살아 보려고 머리를 쥐어짜고 있었더니, 죄다 실토를 하겠다는 거냐, 너?

그다음 말은 더 가관이었다.

"선생님 뒤를 밟았습니다."

실토할 게 따로 있지 선생을 믿지 못해 선생 뒤를 캐고 다녔다는 걸 실토하냐?

나는 어처구니가 없어서 입을 다물 수가 없었다. 한뜻은 죄다, 그러니까 학생들이 사감 선생을 변태 할망구로 부른다는 것에서부터 사감 선생이 모텔에 들락거린다는 소문까지 퍼져 어머니들이 사감 선생을 학교에서 내쫓을 생각이라는 것까지 죄다 고해바쳤다. 나는 정신이 혼미했다. 사감 선생이 모텔에 들락거린다는 소문은 바로 여기 앉아 있는 이빛나가 퍼뜨렸습니다, 라고 일러바치지 않은 것만도 다행이었다.

게다가 이 녀석, 모두 고해바친 뒤에는 결정타를 날렸다.

"그런데 선생님! 뭐 하나 여쭤보겠습니다. 실수로 노크도 안 하고 남자애들 방문을 열었다 이겁니다. 그럴 수 있습니다. 그런데 옷을 갈아입고 있었다 이거죠. 그러면 그냥 나가야지 왜 안 나가고 어, 옷 벗고 있구나, 라면서 빤히 쳐다보셨던 겁니까? 선생님, 정말 변탭니까?"

대놓고 변태라고 묻다니, 나는 너무 놀라 방바닥에 쿵, 머리를 박고 말았다.

"변태? 그런 거였어? 응? 아, 이제 알겠구나. 그런 거였구나!"

사감 할망구는, 웃었다. 뭐가 그렇게 재미있는지 박장대소를 했다. 나는 그 모습에 또 한 번 놀라 또 쿵, 방바닥에 머리를 찧었다.

한뜻은 묻고 싶은 건 다 물어봤다. 놀토 때마다 여기 오신 거냐. 여긴 왜 오시는 거냐까지.

"여기 왜 오느냐고? 날 보러 오는 거지. 아까 그 아이들 봤니? 너희들 또래의 아이들도 있어. 그런데 엄마란다……. 나도, 저만할 때 엄마였어."

너무 놀라 컥, 숨이 막혔다.

"죄송해요."

한뜻이 사감 할망구에게 머리를 조아렸다.

"죄송하긴 뭐가…… 너, 다리 아프지 않아? 아프지? 편하게 앉아, 응?"

사감 할망구는 아무렇지도 않게 자기 이야기를 털어놓았다. 너무 빨리 어른이 되고 싶었고, 성숙한 여인 흉내를 냈고, 가짜 여대생 노릇을 하다 만난 대학생과 연애를 했다고. 덜컥, 아이가 생기자 그 대학생은 줄행랑을 쳤고, 배는 점점 불러 왔다고. 부모에게도 말할 수가 없어 이곳에서 몰래 사내아이를 낳았다고. 사내아이를 낳고는 아무 일도 없었다는 듯이 집으로 돌아가 고등학교를 졸업하고, 대학교를 졸업했다고.

"그런데…… 그런데 말이야, 아무렇지 않은 게 아니었어. 그 애가, 내 아들이, 어디에든 있는 거야. 그 애가 한 살이었을 땐, 한 살짜리 남자애만 보면 모두 그 애 같았어. 그 애가 열 살 땐 세상의 모든 열 살짜리 남자애들이 모두 다 내 아들 같은 거야. 저 애가 혹시 내 아들이 아닐까? 공원에서도, 길을 가다가도 뒤돌아봤단다. 실수로 남자애들 방에 들어갔을

178

때 왜 나오지 않고 쳐다보고 있었냐고? 그러게 말이야. 나, 진짜 변탠가? 내가 낳은 그 애도 지금은 너희 또래란다. 내 아들도 지금은 저렇게 컸을 텐데……. 내 아들도 이제는 저렇게 가슴이 떡 벌어졌겠구나……. 나도 모르게 우리 학교 남자애들 모습에서 내 아들을 보고 있었던 거야……. 우리 아들도 너처럼 키가 클까?"

사감 할망구가 한뜻을 빤히 쳐다봤다. 어, 옷 벗고 있구나, 라고 말해 놓고는 나가지도 않고 옷 갈아입는 남자애들을 쳐다봤다더니, 바로 저런 눈길이었을까?

사감 할망구는 여기 아닌 저기, 다시 되돌아갈 수도, 돌이킬 수도 없는 저 먼 곳, 과거라는 블랙홀 속에서 헤매고 있었다.

"제가 아들 할게요!"

한뜻이 덥석, 사감 할망구의 손을 부여잡았다. 그 바람에 저 깜깜한 블랙홀 속에서 헤매던 사감 할망구는 다시 제자리로 되돌아왔다.

"아들? 네가? 됐네요. 난 아들 말고 실은 딸이 하나 있었으면 좋겠어. 빛나 같은 딸이면 더 좋지. 빛나 엄만 정말 좋겠다……. 빛나도 엄마가 자랑스럽지? 빛나 엄만, 안 버렸잖아. 재혼해서도 자식만 생각하시잖아."

사감 할망구가 내 손을 잡고 내 손등을 투덕투덕, 두드려 주었다.

　나는…… 차마 말할 수 없었다.

　빛나 엄만, 안 버렸잖아.

　사감 할망구의 말이 머릿속에서 맴맴, 맴을 돌았다.

　나는…… 실은 버려졌어요, 라는 말은 안으로 삼키고, 고개를 끄덕거렸다.

　내가 써낸 수많은 사유서들, 작문 시간마다 제출했던 엄마에 대한 이야기들…… 모두 거짓말이었다고, 나는 차마 말할 수 없었다.

　밖은 어두웠다. 내 마음도 어둡기는 마찬가지였다. 밝은 것이라곤, 만개한 꽃처럼 불을 밝히고 있는 모텔 간판들뿐이었다. 나는 호텔 방콕, 싸이판 모텔, 모텔 러브러브, 호텔 위드……를 뒤로하고 앞서 걷기 시작했다.

　부은 눈의 소녀들과 '혜진'이라는 이름의 아기와 그 아이의 어린 엄마와 아무렇지도 않은 게 아니었다는 사감 할망구의 말이 머릿속에서 떠나지 않았다. 아이들 앞에서 사감 할망구를 '위선자'로 몰아세우던 내 모습도 떠올랐다. 이제 어쩐다? 아기를 안고 밖으로 나가면서 어린 엄마는 내게 그렇게 말했었다. 아무것도 모르면서 쉽게 말한 쪽은 오히려 나였던 것 같다고. 미안하다고.

과연, 나는 그 어린 엄마처럼 내 잘못을 인정할 수 있을까?

과연, 나는 사감 할망구에게 용서를 구할 수 있을까? 당신을 모텔이나 들락거리는 변태 할망구로 몰아세운 사람이 바로 저였답니다. 라고 고백할 수 있을까?

과연, 나는 모든 아이들 앞에서 실은 내가 잘못 본 거였다고 밝힐 수 있을까? 사감 할망구가 모텔이나 들락거린 것이 아니라 실은 내가 집에 가지 않고 찜질방에서 놀토를 보내왔던 거라고 털어놓을 수 있을까?

나는 이런저런 생각을 했고, 계속 한숨을 내쉬었다.

"야! 그렇게 해서 어디 땅이 꺼지겠냐? 뭐가 그렇게 복잡해? 이야— 달 죽인다!"

한뜻이 손으로 달을 가리켰다. 나는 한뜻이 가리키는 달을 올려다봤다. 그사이에 한뜻이 내 옆으로 와서 내 손을 꼭 쥐었다. 커다랗고 따뜻했다. 순간, 이 손을 이렇게 계속 잡고 걸었으면 좋겠다, 라고 생각했다.

"이빛나! 약속, 지킬 거지?"

한뜻이 내 손을 꼭 쥔 채 내 눈을 들여다봤다.

"약속?"

그제야 나는 한뜻의 말을 이해했다. 한뜻이 말한 약속이란, 만약 내 말이 틀렸다면, 해명한다고, 내가 잘못 봤다고 아이들에게 말하라는 것이리라. 나는 그럴 수 없이 다정한 눈빛으로 나를 내려다보는 한뜻의 두 눈을 올려다봤다.

만약에, 내가 약속을 지키지 않는다면 이 아이는 그때도 이런 눈빛으로 나를 봐 줄까? 나는 한뜻에게 묻고 싶었다. 만약에, 내가 너를 속였어도 너는 나를 이해해 주겠니? 너라면 그럴 수 있겠니? 실은, 나는 사감 할망구만 속인 게 아니야. 아이들만 속인 게 아니야. 나는 놀토 때마다 사감 할망구를 속였고, 아이들에게도 늘 거짓말만 했어. 게다가 난, 너도 속였어. 네 글을 훔치고 네 글을 공모전에까지 제출했단 말이야. 만약에 지금 내가 모든 걸 다 털어놓는다면, 너라면 나를 용서하겠니? 응? 네가 용서해 준다면 나는 지금이라도 당장 우체국에 달려갈 거야.

나는 길게 숨을 들이마셨다.

"너한테…… 할 얘기가 있어."

그러나 한뜻은 내 말을 못 들었는지, 내 손을 잡아끌며 달리기 시작했다.

"버스 왔다! 복잡하게 생각할 거 하나도 없다니까! 아저씨! 아저씨, 잠깐만요!"

한뜻이 먼저 버스에 올라탔고, 나는 한뜻이 잡아끄는 대로 자리에 가서 앉았다. 자리에 앉자마자 한뜻은 다시 내 손을 꼭 쥐었다.

"어차피 사감 선생님한테 들킨 거, 오늘은 그냥 기숙사로 돌아가자! 가서 푹 자는 거야. 복잡하게 생각할 것 없다고! 아이들한테는 내가 잘못 봤나 봐, 하면 그걸로 끝나는 거 아냐? 물론, 사감 선생님한테도 용서를 빌어야겠지. 뭐, 그거야 네가 어련히 잘 알아서 하겠냐만. 난, 잘못한 걸 알면서도 반성을 하기는커녕 끝까지 이런저런 핑계만 늘어놓는 사람은 정말 정 떨어지더라. 너도 그렇지?"

"어? 그야……."

나는 뒷말을 잇지 못했다. 만약, 용서를 구하겠다고 이런 저런 이야기를 털어놨다가는 그야말로 반성을 하기는커녕 끝까지 이런저런 핑계만 늘어놓는 사람이 될 게 뻔하니까. 한뜻이 내 손을 꼭 쥐고 있는 동안에도 나는 몇 번이나 "너라면 용서해 주겠니?"라고 묻고 싶었다. 그러나 끝내 묻지 못했다.

"머리 위로 햇빛이 쏟아져 들어왔습니다. 플라스틱 지붕을 뚫고 내려온 햇빛은 곧장 누렁이에게로 다가가 누렁이의 넓은 등을 어루만졌지요. 햇빛이 누렁이의 등을 어루만져? 진짜로 그랬을까? 그렇지, 이런 게 바로 문학적 상징이란다. 너희도 알겠지만 누렁이의 등을 쓰다듬었다는 그 햇빛은 바로 죽은 엄마의 사랑을 상징하는 거잖니. 엄마의 영혼이 내려왔다, 엄마는 죽어서도 우리를 지켜 줬다, 이런 말은 하지도 않잖아. 그런데도 우린 다 알게 되잖니. 아, 이 아이의 엄마가 죽어서도 이 아이를, 이 남자를 지켜 주고 있구나. 이런게 바로 상징이야, 상징!"

레슨 시간 내내, 백지는 흥분해서 내 글을 낭독 또 낭독했다. 그도 그럴 것이 문화예술고등학교 문예창작학과가 생긴 이래로 이런 일은 처음이니까. 이런 일이란, 바로 내가, 이빛나가 제9회 청소년 공모전에서 소설 부문 장원을 했다는 거다. 올해 아이들이 거둔 모든 수상 실적 중에서, 단연 최고다. 당연히 백지도 우쭐할 수밖에.

"누렁이가 눈을 감는 순간 피어오른 먼지는 플라스틱 지붕을 뚫고 내려온 햇빛을 따라 위로, 위로 올라갔습니다. 먼지가 위로 올라갔다? 그것도 햇빛을 따라? 이건 상징이지, 문학적 상징. 그래서 문학이 위대한 거야. 봐라, 이 문장을 봐라. 햇빛을 따라 위로 올라갔다는 이 먼지는 바로 누렁이의 영혼을 상징하고 있잖니. 그런데 누렁이의 영혼이란 건 말이야, 바로 이 아이의 영혼이지. 바로 이거야, 빛나는 이 한 문장으로 이 아이가 자기 자신과 화해하게 되었음을 보여 주고 있잖니. 그러니까 이 소설은 스스로 상처를 만들고 그 상처 때문에 괴로워하고 상처를 극복해 나가는 바로 우리 자신들의 이야기지. 아— 내면의 상처여!"

또 한 번 쩌르르르, 등 뒤로 엄청난 기운이 느껴졌다. 한뜻이 나를 향해 픽큐를 날리고 있을 것이다. 나는 안 보고도 알 수 있었다. 왜? 그야…… 언제부턴가 뒤통수뿐만 아니라 등에도 눈이 튀어나오게 되었으니까.

백지가 내 글, 아니 한뜻의 글이었으나 이빛나의 글이 되어 버린 〈아내를 소 한 마리와 바꾼 사내〉를 읽는 내내, 나는 앞만 바라봤다. 한뜻 쪽으로는 눈길조차 주지 않았다. 그런데도 한뜻이 어떤 눈으로, 어떤 표정으로 나를, 내 뒤통수를 노려보고 있을지 상상할 수 있었다.

마침내, 백지가 낭독을 끝냈다.

여기저기서 박수가 터져 나왔다. 나를, 내 글을, 나의 문학적 상징을 향해 쏟아지는 박수갈채 속에서 나는 한뜻을 향해 뒤돌아섰다.

한뜻이 그럴 수 없이 차가운 눈으로 나를 노려보고 있었다. 내게는 무척이나 익숙한 눈빛이었다. 내 말은 들어 준 적도 없는 사람들의 눈빛. 내가 무슨 말을 해도 절대로 믿어 주지 않던 사람들의 눈빛. 그 눈에다 대고 나는 차마 말할 수 없었다. 내가 원한 건 실은 이게 아니었다고, 정말 후회했다고는 말할 수 없었다. 몇 번씩이나 너에게 털어놓고 용서를 구하려고 했지만, 용기가 나지 않았다고는 차마 말할 수 없었다. 왜냐하면…… 내가 어떤 말을 해도 믿어 주지 않을 테니까. 너를 속인 것도, 네 글을 훔친 것도 모두 후회하고, 또 후회해서 우체국에까지 달려갔었다고…… 말해 봤자, 결국…… 너에게는 '핑계'일 뿐이니까.

급식 시간이 되자 한뜻이 나를 불러 세웠다. 운동장 한쪽 구석으로 나를 끌고 갔다.

"네가 어떻게 이럴 수가 있냐?"

"……."

"너란 애는 정말이지……, 너야말로 위선자 아니야?"

"……."

내가 아무 말이 없자, 한뜻은 내 팔목을 움켜쥔 채로 들고 있던 책을 내 눈앞에다 흔들어 댔다.

《베를린에서 온 편지》⁴였다.

"먼젓번 백일장에서 장려상 받은 네 작품, 그 작품도 실은 너, 이 책 읽고 베껴 쓴 거지? 내 말이 틀려? 아니야?"

한뜻이 물었다.

어째서? 왜 네가 《베를린에서 온 편지》를 들고 있는 거야?

나는 한뜻을 노려봤다. 한뜻이 들고 있는 《베를린에서 온

186

편지》도 노려봤다.

"너 찜질방에서 그날 이 책 읽고 있었잖아. 백일장에 가기 전날, 네가 읽고 있던 책, 이거 아니야? 장려상 받은 네 작품, 하루 뒤늦게 도착한 편지, 그거 이거 베낀 거잖아!"

한뜻이 내 팔목을 더 세게 움켜쥐었다.

그러니까 한뜻…… 너란 녀석은 처음부터 내 말은 믿지도 않았다는 거잖아? 다정한 눈빛을 하고서 실은 내 약점이나 캐고 있었다는 거니?

"그래서?"

나는 한뜻의 손을 뿌리쳤다.

"남의 글을 표절해 놓고 정말 아무렇지도 않은 거야?"

한뜻이 나를 내려다봤다. 금방이라도 눈물이 뚝뚝, 떨어질 것 같은 예의 그 순진한 눈빛을 하고서 말이다. 이젠 안 속아. 그런 눈빛에 내가 속을 줄 알고!

나는 주먹을 움켜쥐었다.

순진한 얼굴을 하고서 남의 뒤나 캐다니!

"이 비열한 자식! 남의 뒤는 왜 캐고 다니는 거야? 내가 남의 글을 베끼든 말든 네가 무슨 상관이야!"

"무슨 상관이냐고? 내가 왜 상관이 없어! 빛나 너, 그거…… 비밀이라고 했었잖아. 나를 좋아한다고 했었잖아? 그런데 어떻게 그런 짓을 했니? 어떻게 남의 글을 훔칠 수……. 너, 늘 이런 식으로 글을 써 온 거야? 그런 거니?"

한뜻은 내게 묻고 있었다. 그럴 수 없이 진지한 얼굴로, 걷어차 주고 싶을 만큼 애절하게 내게 진심을 호소하고 있었다. 그 순간의 한뜻의 눈빛이 너무나도 맑아서 나는, 나는 두 주먹을 움켜쥐었다.

너도 별수 없잖아. 별수 없이 너도 경쟁 사회에서 살아가야만 하는, 우리와 똑같은 별 볼일 없는 밀실의 쥐잖아? 아닌 척, 세상에서 가장 순진한 척, 그렇게 맑은 눈빛을 하고 있으면서도 너도 결국은 남의 뒤나 캐고 다니는 녀석이잖아? 그런데 왜? 왜 그렇게 당당한 거야? 사랑받고 자란 아이는 모두 너처럼 그렇게 당당한 거니?

"남의 글? 남의 글을 뭐? 내가 어떻게 했다는 건데? 내가 남의 글을 훔치기라도 했다는 거야? 증거 있어?"

"뭐라구? 너란 아이…… 정말 질렸어!"

🐜🐜🐜🐜🐜🐜🐜🐜

레슨 선생이 백지를 나눠 줬다. 언제나처럼 말이다.

"자, 이 백지에 무엇이든 써 봐라."

백지는 1학기 마지막 레슨 시간에까지 백지만 들고 나타나 똑같은 말을 했다.

그다음 말은 안 들어도 뻔했다. 마음속 저 깊은 곳에서부터 문장을 끌어내라, 겠지.

"마음속 저 깊은 곳에서부터 진실한 문장을 끌어내 보도록!"

레슨 선생이 말했다. 오늘은 그나마 문장 앞에 '진실한'이란 수식어가 붙었다. 아마 여름 방학이 끝나고 2학기 첫 레슨 시간엔 '참된 문장'일 거다.

나는 레슨 선생이 백지를 나눠 주자마자 큼지막하게 제목을 썼다.

"살인자?"

옆자리에 앉은 반장이 내 왼쪽 옆구리를 콕콕 찔렀다.

"우와! 너, 사람도 죽였어?"

반장은 내가 백지에 큼지막하게 써 놓은 제목을 보고는 감탄사를 연발했다.

"오늘 한 명 죽이려고."

"설마, 나는 아니겠지?"

반장이 손으로 제 목을 치는 시늉을 했다. 나는 곁눈질로 한뜻을 가리켰다. 반장은 그제야 알아들었다는 듯이 "흐응" 콧소리를 내고는 자기 몫의 백지를 향해 몸을 날렸다.

나는 내 앞의 백지를 내려다봤다.

살인자.

나는 살인자가 되려 한다. 누군가의 비밀에 살을 붙이고 붙여 그 누군가를 '살인자'로 만들어 버리는 '살인자'가 되려 한다.

글은 칼보다 강하다.

나는 펜을 들었다.

쿡쿡, 반장이 또 옆구리를 찔렀다.

"왜?"

내가 인상을 쓰자 반장은 나보다 더 인상을 쓰며 쪽지 하나를 건네줬다.

"초반부터 태클 들어오는데? 죽이려면 잘 죽여라."

반장은 쪽지를 건네주며 곁눈질로 한뜻을 가리켰다. 반장의 어깨 너머로 이쪽을 바라보고 있는 한뜻이 보였다. 한뜻의 눈은 델 듯 뜨거웠다. 그 눈빛이 너무 뜨거워서, 나는 그만 고개를 숙이고 말았다. 떨리는 손으로 한뜻의 쪽지를 펼쳤다.

믿는다.

나는 빛나 널 믿고,

글 쓰는 자의 양심을 믿고,

글이란 진실해야 한다는 내 믿음을 믿는다.

나는 뒤돌아봤다. 한뜻은 여전히 같은 눈빛으로, 내 어깨를 두드리며 "믿는다."라고 말하던 그 순간의 눈빛으로, 나를 바라보고 있었다. 그 눈빛에서 의심이라고는 찾아볼 수 없었다. 나는 한뜻의 쪽지를 몇 번씩이나 들여다봤다. 믿는다, 라니? 아마도…… 내게 모든 걸 다 털어놓으라는 뜻일 거다. 사감 할망구 일에서부터 〈아내를 소 한 마리와 바꾼 사내의 편지〉까지, 내가 저지른 잘못을 죄다 털어놓으라는 뜻일 거다. 이 시간이 여름 방학 전, 마지막 작문 시간이니까.

내가 아무 말 없이 쳐다보기만 하자 한뜻은 나를 향해 엄지를 치켜들기까지 했다. 그러나 한뜻의 그 모습은 "너란 아이…… 정말 질렸어!"라고 말하며, 등을 돌려 버린 한뜻의 뒷모습에 지워져 버리고 말았다.

'정말이지…… 정말이지 너란 인간은!'

나는 펜을 들었다. 어차피 의심받고, 사랑받지 못하고, 용서받지 못한다면, 차라리 이편이 훨씬 더 깨끗하다. 비굴하게 용서를 구하고도 손가락질을 받을 바에야 차라리 내 쪽에서 당당히 무시해 버리는 거다. 나는 한뜻의 그 치켜든 엄지와 믿는다는 말에 마침표를 찍는 것으로 첫 문장을 시작했다.

☎살인자. 나는 내 어미를 죽인 자. 나는 내 어미의 배를 찢고

세상에 나온 자. 세상에 나와 내가 거둔 최초의 승리는 내 어미의 죽음! 나는 내 어미의 자궁에서 흘러내린 피로 세상에 깃발을 꽂았느니, 너희는 내게로 와서 내 승리에 경배하라!

이 아이를 부탁해요.

라고, 나의 어미는 나의 탯줄을 끊으며 말했다.

세상에 나와 내가 최초로 배운 말은 살인자! 어미를 죽이고 태어난 살인자.

나는 내 최초의 말로 내 영혼을 붉게 물들였으니, 너희는 내게로 와서 내 영혼에 입 맞춰라!

나는 나의 펜으로 한뜻의 눈빛을 도려냈다. 나는 나의 펜으로 한뜻의 '믿는다'는 말을 도려냈다. 이래도? 이래도? 이래도 너는 나를 믿는다고 말할 거니? 이래도 너는 세상이 따듯하다고 말할 거니? 이래도 너는 글이란 진실한 거라고 주장할 거니? 응? 이래도? 이래도!

종이 울리고, 반장이 백지를 걷어 갔다. 한뜻의 백지를 걸으며 반장은 한뜻의 옆구리를 콕콕 찔렀다.

"여기 이 살인자, 너 아냐?"

반장은 한뜻에게 내가 제출한 백지를 보여 주고 있었다. 커다란 글씨로 '살인자'라고 씌어 있는 백지를.

"살인자, 나는 내 어미를 죽인 자…… 이 아이를 부탁해요?"

한뜻이 내 백지를 움켜쥐었다.

"이빛나, 너…… 너란 애는……."

한뜻은 그다음 말을 잇지 못했다. 나는 보란 듯이 한뜻을 노려봤다. 그런 나를, 한뜻은 바라보았다. 뚫어지게. 내 눈에서 기필코 무언가를 찾아내겠다는 듯이. 최소한 죄의식이라도. 그러나 나는 죄의식을 느끼는 내 모습 같은 건, 절대로보여 주고 싶지 않았다. 한뜻에게만큼은. 사랑받고 자랐기 때문에 세상은 아름답다고 믿는 녀석에게 보여 줄 죄의식 따위, 나는 갖고 있지 않았다. 왜 거짓말을 할 수밖에 없는지, 절대로 알 수도, 알 필요도 없는 세상에서 사는 녀석에게 보여 줄 양심 따위, 나는 갖고 있지 않았다.

나는 한뜻이 보는 앞에서 한뜻이 보낸 쪽지를 구겼다. 믿는다, 라는 그 말을 휴지통을 향해 던졌다. 보기 좋게 명중이었다.

"정말…… 불쌍하다."

내 눈을 똑바로 들여다보며 한뜻이 말했다. 그 말을 끝으로 한뜻은 레슨실을 박차고 나갔다.

"휘유—."

반장이 휘파람을 불었다.

"어유, 몰라몰라몰라!"

장식용이 발을 동동 굴렀다. 나는 자리에서 일어나 장식용에게 걸어갔다. 장식용의 귀에 대고 속삭였다.

"내가 이겼지?"

여름 방학이 사흘 앞으로 바짝 다가와 있었다.

8. 넌, 가짜야!

🪁

여름 방학이 시작되었다. 기숙사는 텅 비어 버렸다. 언제나처럼 나는 기숙사에 혼자 남아 내 몫으로 남겨진 고요와 싸웠다. 늘 아이들로 웅성거리던 학교였기에 아이들이 빠져나가 버리고 나면, 그 뒤에 찾아오는 고요는 감당하기 힘들 정도다. 입술을 깨물어야 할 만큼.

해 질 무렵이면 나는 운동장을 달리곤 했다. 그러다 달빛마저 희미해지면 다시 기숙사로 돌아오곤 했다. 그럴 때면 자주 기숙사를 올려다봤다. 사춘기 이후로 집보다 더 많은 시간을 보냈던 기숙사, 거의 대부분의 아이들이 집에 가고 텅 비어 있던 기숙사, 방학 내내 나 혼자 머물곤 했던 기숙사…….

올해도 역시 여름 방학이 시작되자 기숙사에 있던 아이들까지 집으로 돌아갔다. 아이들은 어쩌다 레슨이 있는 날에만 학교에 왔다. 일주일에 한 번 학교에 나와 글을 쓰거나 남이 쓴 글에 토를 달았다. 그러고는 집으로 돌아갔다. 집으로 돌아가는 아이들을 배웅하는 건, 언제나 내 몫이었다. 왜? 그야 나는 기숙사에 남아 있어야 했으니까.

기숙사로 돌아가 아무도 없는 텅 빈 침대에 누워 있으면, 가끔씩 영천에서 문자 메시지가 날아오곤 했다. 여름 방학 내내 얼굴을 볼 수 없었던 반장에게서 온 문자 메시지였다. 반장은 어머니가 늦둥이를 낳아 방학 내내 어머니 대신 집안 살림을 해야 했다.

"이 녀석이 내가 엄만 줄 알아. 내 젖도 빨려고 한다니까. 그랬다간 진짜 가출할 거야."

반장은 가끔씩 내게 전화를 걸어 투덜대곤 했다.

이메일도 한 통 받았다.

제목도, 안부를 묻는 인사말도 없던 그 이메일은 한뜻이 보낸 거였다.

내 안엔 지금 말이 가득하다.

그러나 그 말을 김지하 시인의 시로 대신한다.

어디에 와 있는 것이냐

나는 살아 있는 것이냐

무딘 느낌과 예리한 어둠이 맞서

섞이지 않는다 부딪히지도 않는다

또다시 시퍼런 새벽이 온다

－〈산정리 일기〉[5] 중에서

방학이 거의 끝나갈 무렵, 한뜻은 내게 김지하 시인의 시 한 편을 보내왔다. 무슨 뜻일까. 나는 살아 있는 것이냐……, 우리에게, 아니 나에게 받은 상처 때문에 죽음과도 같은 나날을 보내고 있다는 걸까? 내게 무슨 말을 하고 싶었던 걸까?

한뜻은 여름 방학을 얼마 남겨 두고 자취를 감췄다. 방학 중에 있는 레슨에도 나오지 않았다. 나는 아무도 모르게 한뜻의 빈자리에 가서 앉곤 했다. 그리고 한뜻을 '살인자'로 만들어 버린 그날로, 그 순간으로 몇 번씩이나 되돌아가 보곤 했다.

나는 한뜻의 눈을 똑바로 바라본다.

'갑을고시원 같은 밀실에서 살아가다 보면 사람의 귀가 자라난 쥐가 되지. 기숙사에서 살아가다 보면 뒤통수나 등에서도 눈이 튀어나오게 돼. 결국 모두 같은 얘기야. 살려면, 별

수 없다는 거지. 이게 바로 문학적 상징이라고!'

나는 한뜻의 눈빛이 어떻게 변하는지, 얼마나 흐려지는지, 이 두 눈으로 똑똑히 봐 주겠다고 결심한다.

한뜻은 두 주먹을 불끈 쥐고 있다. 한뜻의 입술이 벌어지고 외침처럼 마지막 말이 터져 나온다.

"정말…… 불쌍하다……."

그리고 그 장면에서 나는 다시 현실로 돌아와 후회를 하곤 했다.

그러나 그 눈, 그 눈만은 주먹을 쥐고 있지 않았기 때문이다. 금방이라도 눈물이 뚝뚝 떨어질 것만 같은 눈으로 한뜻은 나를 보고 있었다. 그 눈에서 당장이라도 눈물이 떨어질 것 같아 나는…… 내가 먼저 고개를 돌려 버리고 말았지만, 그러나…… 그 눈빛만은 시간이 흘러도 뇌리에서 떠나지 않았다.

한뜻은 왜 내게 아무것도 따지지 않은 걸까?

어째서 내 멱살을 잡고 욕하지 않은 걸까?

한뜻의 빈자리에 앉아 자주 묻곤 했지만, 답은 떠오르지 않았다.

그 뒤로 한뜻을 본 사람은 아무도 없다. 아마도…… 한뜻을 볼 일은 앞으로도 없을 것이다.

여름 방학 내내 얼굴을 볼 수 없던 또 다른 아이는 바로 잘난척이었다. 잘난척은…… 레슨실에서 어머니에게 끌려 나간 뒤로는 레슨에 나오지 않았다. 여름 방학 내내 우리는 잘난척의 얼굴을 볼 수 없었다. 아이들 모두 잘난척은 이제 학교를 그만두었을 거야, 라고 말했다.

그렇게 여름 방학이 흘러갔다.

2학기가 시작되었다.

"좋은 시절 다 지나갔네."

종례가 끝나자마자 장식용이 투덜거렸다. 투덜거리기는 반장도 마찬가지였다.

"이제 그 어린 것도 못 보게 생겼네. 내가 젖먹이까지 떼어 놓고 와서 공부를 해야 되냐?"

이쯤 되면 앗! 소리가 튀어나와야 되는데, 잠잠했다. 왕밥통이 안 보였다.

"왕밥통 어디 갔냐? 혹시…… 꺅! 삼초빽이다!"

장식용이 왕밥통네 떡볶이집을 향해 뛰어나갔다.

"잘하면 떡볶이가 왕창이다!"

장식용의 뒤를 이어 반장도 달려 나갔다. 반장의 뒤를 이어 혼자 먹는 저녁을 끔찍하게 싫어하는 나도 쫓아 나갔다.

"뭐든 시켜! 오늘은 내가 쏜다!"

반장이 큰소리 탕탕 쳤다.

우와! 너 어디서 은행 털었냐? 무슨 좋은 일이라도? 왜 네가 떡볶이를?

아이들의 질문이 쏟아졌다.

"키플링 지갑이 공짜로 생겼는데 떡볶이 한 접시 못 사냐?"

반장의 키플링 지갑이라는 말에 장식용은 "끙" 소리를 냈다. 여름 방학 전에 한뜻이 학교를 관둘 것이다, 아니다, 로 우리는 내기를 했고, 장식용이 졌다. 내기에 진 장식용은 2학기 개학 첫날인 오늘, 키플링 지갑 세 개를 사 와야 했다. 왕밥통과 반장과 나는 똑같은 모양의 키플링 지갑을 전리품인 양 들고 있는 것이다. 우리들의 전리품을 바라보며 장식용은 연신 "끙" 소리를 내고 있었다. 그러거나 말거나 반장이 소리쳤다.

"아줌마! 여기 떡볶이 다 주세요!"

"떡볶이? 없어!"

떡볶이집 주인 아줌마, 그러니까 왕밥통네 엄마가 딱 잘라 말했다.

없다니? 떡볶이집에 떡볶이가 없다니?

놀라, 주방으로 쫓아가 보니…… 왕밥통이 떡볶이를 철판에서 덜지도 않고 주걱으로 마구마구 입에 쑤셔 넣고 있었다.

"뭐? 나도 한다면 하는 인간이라고? 참 잘한다, 잘해!"

장식용이 주방으로 쫓아 들어갔다. 여러 용도로 사용되는 제 손거울로 왕밥통의 옆구리를 콕콕 찔러 댔다. 그 바람에 왕밥통은 들고 있던 주걱을 떡볶이 철판 안에 떨어뜨리고 말았다.

"너, 너, 정말!"

왕밥통의 얼굴이 일그러졌다. 그 기세에 눌려 장식용은 뒤로 주춤 물러섰다.

"정말 뭐?"

장식용이 기어 들어가는 목소리로 물었다.

"정말……, 정말 사 주면 될 거 아냐! 삼초빽 그거 사 준다, 사 줘!"

"꺅!"

장식용은 좋아서 날뛰고, 왕밥통은 철판 안에 떨어져 있던 주걱을 다시 움켜잡았다. 남아 있던 떡볶이를 향해 돌진했다.

"젠장, 공짜였는데……."

떡볶이 철판에 머리를 박고 있는 왕밥통의 등짝을 째려보며 반장이 쩝쩝, 입맛을 다셨다.

"걱정 마. 아줌마! 여기 순대 다 주세요!"

이번엔 내가 큰소리 탕탕 쳤다. 내기에 이겼는데 순대 한 접시쯤이야.

"순대? 없어!"

"그럼 튀김 주세요."

"튀김? 없어!"

"라면은요?"

"라면? 없어!"

"그럼 뭐가 있어요?"

"아무것도 없어!"

왕밥통네 떡볶이집은 왕밥통이 제일 좋아하는 떡볶이 말고는 되는 게 없었다. 고로, 우리는 굶어야 했다. 왜? 학교 앞에 분식집이라고는 왕밥통네 떡볶이집 하나니까. 학교에서 주는 저녁 급식은 이미 끝났으니까.

그리하여 우리는 쫄쫄 굶은 채 교문을 향해 거의 기어가고 있었다. 쩌릿쩌릿, 왼쪽 옆구리께로 통증이 전해져 왔다.

배고픔의 고통이 이런 거구나.

가만히 왼쪽 옆구리를 어루만졌더니, 덜덜덜 손까지 떨리기 시작했다. 진동으로 설정해 놓은 핸드폰이 떨어 대고 있던 거였다. 발신인은 백지였다.

젠장, 대머리 선생의 문자를 받다니, 재수 옴 붙었군.

문자를 확인했더니, 과연 재수 옴 붙어 버리고 말았다.

"레슨 시간에 박하늘도 데려와라. 한방 쓰는 친구니까 꼭 부탁한다?"

정말이지 핸드폰을 박살내 버리고 싶었다. 내가 왜? 어째서 한방을 쓴다는 이유만으로 잘난 척이나 하는 잘난척을 데려와야 된단 말인가? 잘난 척뿐인가? 작문 시간마다 나를 못 잡아먹어서 안달을 하는 애한테 왜 내가?

"앗! 당첨되셨습니다!"

왕밥통이었다. 저만 혼자 배가 터지게 먹고 와서는 약까지 올렸다.

"너, 거기 안 서!"

왕밥통을 겨냥해 운동화를 벗어 던졌다. 안 맞았다. 아이들 역시 잽싸게 운동장을 가로질러 갔다. 혹시나 내가 같이 가자고 할까 봐 뒤도 안 돌아보고 뛰어갔다.

"얍삽한 것들. 2학기 첫날부터 이게 뭐람……."

나는 투덜거리며 기숙사로 걸어갔다. 잘난척은 여름 방학에도 레슨 시간에 얼굴 한번 내밀지 않았다. 이제 와서 같이 레슨에 들어가자고 해 봤자, 안 갈 게 뻔했다. 네가 무슨 상관이냐고 무시나 하지 않으면 다행일 텐데 뭐 하러 이런 수고를 해야 한단 말인가?

아이들 모두 잘난척은 이제 학교를 그만뒀을 거라고 떠들어 댔었다. 그런데 그 예상을 깨고 잘난척은 학교에 왔다.

2학기가 시작되는 첫날, 바로 오늘, 우리는 잘난척의 모습을 교실에서 다시 볼 수 있었다. 그러나 잘난척은 하루 종일, 그 누구와도, 한마디도, 하지 않았다. 쉬는 시간엔 혼자 창턱에 앉아 교문을 바라봤다. 종례가 끝나자 곧장 기숙사로 가 버렸다.

나는 잘난척을 찾으러 기숙사로 가면서도 쉽게 마음을 정하지 못했다. 과연 이래도 되는 것인지, 자신이 없었다.

혹시…… 지금 잘난척은 이 기숙사로 도망쳐 온 게 아닐까? 내가 괜한 짓을 하는 거 아냐?

나는 진작 기숙사로 들어와 내 방, 아니 잘난척과 내가 같이 쓰고 있는 방 앞에 와 있었다. 그러나 문을 열지는 못했다.

지금 잘난척에겐 이 기숙사만이 유일한 쉼터가 아닐까?

나는 문손잡이를 잡은 채로 섣불리 안으로 들어서지 못하고 있었다. 휴— 숨을 내쉬고, 손잡이를 돌렸다. 문은 잠겨 있었다. 열쇠를 꺼내려고 주머니에 손을 집어넣는데 안쪽에서 무언가가 바닥으로 떨어져 내리는 소리가 들려왔다.

철컥, 문이 열리고 나는 보았다.

바닥에 떨어져 있는 칼……, 그 칼날에 붉은 피가 묻어 있는 칼……을…… 내려다보다…… 나는 그 칼을 지나가 또

보……고 말았다.

침대 밖으로 떨어져 내린 가는 팔목을.

레슨은 중단되었다.

"진짜 이래도 되는 거냐? 선생이면 뭐든 멋대로 해도 돼?"

"완전히 우릴 무시하는 거라고."

"자기 맘대로 레슨을 안 하면 우린 어떡하라는 거니?"

"청년문학상 백일장도 얼마 안 남았잖아. 이런 큰 대회를 앞두고 레슨을 안 하면 어쩌겠다는 거야?"

"이번 백일장은 대통령상이라면서? 정말 어쩌자는 거야?"

"아무리 실기 선생이래도 이건 너무 무책임한 거 아니니?"

더 이상 레슨이 없는 레슨실에 모여 아이들은 대책……이라기보다는 백지의 욕을 해 댔다. 아무 설명도 없이 레슨을 중단해 버린 무책임한 선생. 그것이 아이들이 백지에게 화를 내는 이유였다.

그게 아니야!

라고, 나는 소리치지 못했다.

아이들이 백지의 욕을 해 대는 동안, 나는 몇 번씩이나 어금니를 악물어야 했다. 조금만 방심했다가는 레슨 선생과의 약속을 지키지 못할 것만 같았다.

　그날,

　똑똑.

　잘난척의 팔목에서 떨어져 내린 핏방울이 노크하듯 방바닥을 두드려 대고 있었다.

　그 소리가 지금은 내 심장을 두드리고 있다.

　"이 일은, 빛나 너하고 나만 알자. 널 믿는다."

　백지는 잘난척을 업고 나갔다. 스스로 동맥을 끊은 잘난척을.

　방에 남아, 나는 침대에서 문까지 이어져 있는 붉은 점들을 내려다봤다. 그 붉은 점들은 잘난척의 피였다. 잘난척의 피…….

　"저는 인정할 수 없습니다. 글이란 각자의 개성이 묻어 있는 거잖아요. 다른 아이들의 글은 읽지도 않고 단지 선생님 취향에 맞는다고 해서 빛나의 글만 읽어야 된다니! 왜 우리가 이런 수업을 받아야 되나요?"

　"쳇! 열심히 해 보시지. 이런다고 뭐가 될 것 같아?"

　언제나 강한 척, 잘난 척만 하던 그 잘난척의 몸에서 나온 피……는, 문까지 점점이 이어져 있는 그 피는, 똑같았다.

　"잘 쓸 수 있지? 자신 있는 거지? 그렇지? 그렇지? 이건 장관상이란 말이야. 이번엔 꼭 장원을 해야 된다. 알고 있지?"

엄마의 다그치는 소리에 잔뜩 주눅 들어 있는 아이, 혹여 대학에 가지 못할까 봐 언제나 불안해하는 아이…… 나와 똑같은 십대일 뿐인 여자아이…… 내 것과 똑같이 붉은색인 잘난척의 피는…… 가까스로 출구를 향해 이어져 있는 그 붉은색의 피는…… 내게 잘난척이 아닌 '박하늘'을 보여 주고 있었다.

그제야 나는 잘난척이 왜 그렇게 나를 싫어했는지, 왜 그렇게 내게 시비를 걸었는지 알 것도 같았다. 작문 시간마다 내가 써냈던 그 수많은 글들, 그 글들 속에 묘사된 내 엄마의 모습…… 비록 재혼을 했다지만 언제나 딸의 편을 들어 주는 엄마, 대학보다는 진정으로 딸이 원하는 것을 더 중요하게 생각해 주는 엄마…… 내가 가짜로 꾸며 낸 내 엄마의 모습과 자신의 엄마를 끊임없이 비교했을 잘난척…….

"흑."

나는 입을 틀어막았다.

"이 일은, 빛나 너하고 나만 알자. 널 믿는다."

혹여 울음소리가 새어 나갈까 입을 틀어막고 천장을 올려다봤다. 천장 한쪽 구석에 매달려 있는 스피커에 테이프가 붙어 있었다.

"잘 쓸 수 있지? 자신 있는 거지? 그렇지? 그렇지?"

잘난척은 누군가의 입을 틀어막듯, 스피커를 비닐 테이프로 감아 버리고, 그리고…… 칼로 동맥을 끊었다.

그 일을…… 비밀로 남겨 둔 채 레슨 선생은 사라졌다.

그 비밀을…… 지키며 나는 남아 있다.

"대체 학교에선 뭐 하는 거야?"

"어디 레슨 선생뿐이냐? 사감 선생 일만 해도 그렇잖아?"

"맞아! 그 일도 그냥 어물쩍 넘어갔잖아?"

"우리한테는 치마가 짧다, 염색을 했네, 못 잡아먹어서 안달이면서 자기는 모텔이나 들락거린다는 게 말이 되니?"

"어유, 이런 학교 정말 계속 다녀야 돼?"

아이들의 화제는 이제 백지에서 사감 선생님에게로 옮겨 갔다.

"무책임한 레슨 선생에 변태 할망구라니!"

장식용이 혀를 내둘렀다.

변태 할망구……는, 오해야.

라고, 나는 말하고 싶었다. 아이들에게 실은 그게 아니라고 외치고 싶었다.

그러나 어떻게?

도저히 사실을 털어놓을 수 없었다.

사감 선생님은 모텔이나 들락거리는 여자가 아니라는 사실을 밝히기 위해서는 먼저, 그건 거짓말이었다고, 확인도

해 보지 않고 섣불리 그런 말을 내뱉은 나에게 잘못이 있다고 털어놔야만 한다.

그러면 아이들은 꼬치꼬치 캐물을 것이다.

그런데 너는 사감 선생이 모텔에 가는 걸 어떻게 본 거야?

너는 그 저녁에 모텔들이 밀집해 있는 곳엔 왜 간 거니? 그것도 토요일 저녁에?

놀토에 너 집에 안 갔어? 넌 집에 왜 안 갔는데? 그럼 넌 그날 대체 어디서 잔 거야?

아이들의 질문에 답하려면…… 모두 털어놔야만 한다. 모두.

"학교는 대체 무슨 생각인 거야? 그런 변태 할망구한테 계속 기숙사를 맡기겠다는 거야?"

여기저기서 변태 할망구는 학교에서 쫓아내야 한다는 말이 터져 나오기 시작했다.

"그만!"

쾅, 소리와 함께 레슨실 문이 열렸다. 뜻밖에도 거기, 한뜻이 서 있었다. 한뜻은 무서운 기세로 레슨실 안으로 들어와 주먹으로 책상을 내리쳤다. 아이들 모두 한뜻을 쳐다봤다. 한뜻의 뜻밖의 등장에 아이들은 놀라 입을 다물지 못했다. 한뜻은 아이들의 시선을 온몸에 받으며 나를 쳐다봤다. 그 눈은 나에게 말하고 있었다.

어서 말해. 진실을 밝혀! 사감 선생님의 일은 모두 너의 잘못이었다고 털어놓으란 말이야!

한뜻의 두 눈은 진심을 담고 있었다.

그 눈을…… 나는, 외면했다.

한뜻과 아이들의 시선을 피해 나는 밖으로 뛰쳐나갔다. 레슨실을 빠져나와 서둘러 계단을 향해 뛰어갔다. 그러나 곧 뒤쫓아 나온 한뜻에게 어깨를 붙잡히고 말았다.

"이빛나! 넌 가짜야!"

♟♟♟♟

가짜라는 말에, 나는 얼어붙어 버렸다.

"왜 사실을 밝히지 못하는 거야? 사감 선생님 일은 네 오해였다고 왜 말하지 않는 거야? 잘못을 인정하는 게 그렇게도 어렵니?"

한뜻이 내 어깨를 흔들어 댔다. 나는…… 대답할 수 없었다.

"지금 당장 교실로 들어가! 아이들 앞에서 당당히 말해. 그건 네 오해였다고. 네가 잘못 알았다고 말하란 말이야!"

한뜻이 손 하나를 높이 치켜들었다. 한뜻의 그 손은 화살표가 되어 레슨실을 가리키고 있었다.

나는…… 잘못을 인정하지 않으려는 게 아니야.

나는…….

"뭐라고 말 좀 해 봐! 정말, 정말 이대로…… 이렇게 가짜로 살겠다는 거야?"

어깨를 붙잡은 한뜻의 손이 살 속으로 파고 들어왔다. 사감 선생님의 일로 한뜻과 했던 약속이 뇌리를 스치고 지나갔다. 이거 하나만 약속해라. 만약 네 말이 틀렸다면, 해명한다고……. 그 약속을, 나는 지키지 못하고 있었다.

"지금이 기회야! 사감 선생님 일도, 백일장에서 받은 장려상에 대한 일도, 공모전에 대해서도, 모두 털어놔 버려! 남의 글을 베껴 쓰고 받은 상 따위 돌려줘 버리란 말이야! 인정해 버려! 내 실력은 여기까지다. 여기까지가 내 한계다. 왜 인정하지 않는 거니? 사람은 누구나 잘못을 해. 잘못할 수 있어! 중요한 건 잘못을 인정하고 바로잡는 거야! 그래야 내일은 지금보다는 훨씬 나아질 거 아니야? 가서 다 인정해 버려!"

무얼 인정하란 말이니? 사감 선생님의 일도, 백일장에서 받은 장려상도, 공모전에서의 장원도, 모두…… 나의 거짓말이었다고? 실은 남의 글을 베껴 쓰고, 남의 글을 훔쳤다고? 왜 그런 거짓말을 한 거니……라고, 물으면 나는 또 뭐라고 대답해야 되는데? 또 무슨 거짓말로 얼버무려야 되는데? 하나의 거짓말이 또 하나의 거짓말을 낳고, 그 거짓말들을 지켜 내기 위해 계속해서 거짓말을 해야만 하는 사정을 네가 알기나 해? 내가 낳은 그 수많은 거짓말들 속에 갇혀서 이제는 거짓말이 아니면 정말 아무것도 할 수 없게 되었는데, 나에게 지금 뭐라고 하는 거니? 이걸 다 어떻게 해명하란 말이니? 어디서부터 털어놔야 하니? 어디서부터 어떻게 바로잡아야 될지…… 난, 나로서는 도저히…… 용기가 나지 않는단 말이야!

"이빛나! 너한테 글은 뭐니? 글은 왜 쓰니? 단 한 번이라도 진짜 글을 써 보긴 한 거니?"

한뜻이 내 어깨를 흔들어 댔다.

나한테 글이 뭐냐고? 진짜 글을 써 보긴 했냐고?

나는 한뜻의 눈을 올려다봤다. 전학 온 첫날, 한뜻이 했던 말들이 머릿속에 울려 퍼졌다.

"문학만이 우리 사회를, 거짓이 판치는 이 사회를 정화시킬 수 있다고 믿습니다. 저는! 글을 쓸 것입니다. 진실된 글, 읽는 것으로 끝나는 것이 아니라 읽고 삶의 변화를 가져다주는 그런 글을 쓰려고 이곳에 왔습니다."

늘 당당하게 진실만을 말하는 눈. 그 눈이 본 것만을 거짓말하지 않고 들려주겠다는 각오를 가진 아이, 거짓말 같은 건 해 본 적도 없을 것 같은 아이, 아니 거짓말 같은 건 할 필요도 없었던 아이…… 그러니까 너 따위가 뭘 안다는 거야?

나는 한뜻의 손을 뿌리쳤다.

"쳇! 꽁지 내리고 도망갈 땐 언제고 왜 다시 왔어? 넌, 여기 더 이상 볼일 없잖아?"

"꽁지 내리고 도망가? 누가? 이 한뜻이? 볼일이 없다고? 내가? 아니거든. 나 여기 볼일 정말 많거든? 내가 방학 동안 보낸 편지 못 받았냐? 나한텐, 싸우지 않는 건 살아 있는 게 아니야! 그래서 왔어. 그러니까 고백해! 모두 밝히란 말이야!"

한뜻이 레슨실을 가리켰다.

"고백? 왜 내가 고백을 해야 하는데? 왜 나만 그래야 하는데? 거짓말은 나만 했는 줄 알아? 아이들 모두 너를 속였다고! 넌, 우리 소설반 아이들이 너를 속였다는 생각은 못 해 봤니? 아이들 모두 짜고 너를 놀렸다는 생각은 안 해 봤어?"

"그게…… 그게, 무슨 말이야?"

한뜻이 뒤로 주춤 물러섰다.

"무슨 말이냐고? 우리 모두 널 두고 내기를 했었어. 네가 이 학교에서 얼마나 버티는지. 나도, 반장도, 왕밥통도 여름방학 전에 네가 학교를 그만둔다에 키플링 지갑을 걸었었다고!"

"거짓말! 그럴 리가 없어! 방학 동안 장식용은 내게 몇 번씩이나 전화를 걸어 왔다고. 무슨 일이 있어도 학교는 관두지 말라고."

"흥! 넌 장식용이 왜 그랬을 거라고 생각하는데? 진심으로 너를 걱정해서? 정신 차려! 장식용이 너한테 학교를 관두지 말라고 한 건, 순전히 키플링 지갑 때문이야. 내 말을 못 믿겠으면 네 눈으로 직접 가서 확인해 봐. 반장도, 왕밥통도, 내 것과 똑같은 지갑을 갖고 있을 테니까. 이게 바로 내기에 진 장식용이 우리한테 사다 준 그 지갑이라고!"

나는 한뜻의 눈에 대고 장식용이 사다 준 지갑을 흔들어 댔다. 한뜻을 학교에서 몰아내고 전리품으로 얻은 바로 그 지갑을.

그러고 나서 나는 곧바로 계단을 향해 돌아섰다.

"또 도망치는 거냐?"

한뜻의 말이 등을 후려쳤다.

"그래서? 너만 잘못한 게 아니라 다른 애들도 모두 잘못했다고 해서 뭐가 달라지는데? 등 돌리고 도망가 버리면 다 끝난다고 생각해? 잘못도 인정하지 못하면서 앞으로 나갈 수 있다고 생각하는 거야? 계속 그렇게 남의 글이나 표절하면서 살 거야? 남 핑계나 대면서 살 거야? 그런 식으로 언제까지 버틸 수 있다고 생각하는데? 언제까지 그렇게 도망만 치면서 살 거니? 언제까지?"

언제까지? 언제까지냐고?

나는 내 앞에 놓여 있는 계단을 내려다봤다. 아래로, 아래로, 끝없이 이어져 있는 계단을 향해 나는 뛰었다. 언제까지 이렇게 버틸 거냐고? 더는 버틸 수 없을 때까지. 더는 떨어질 데라곤 없이 땅바닥에 곤두박질칠 때까지…… 더는 거짓말할 필요도 없을 때까지…….

"이빛나! 당장 돌아와! 지금이 기회라고!"

나는 아래로, 아래로 뛰어 내려갔다.

진실을 밝힐 기회 따위, 영영 다시 오지 않아도 상관없어!

어떤 학교는 관광버스 가득 학생들을 싣고 왔다. 꺄악꺄악, 교복을 입은 여드름투성이들은 관광버스에서 내리자마자 괴성을 질러 댔다. 행사장 한쪽 구석에 돗자리를 펼쳐 놓고 벌써 도시락을 먹고 있는 팀도 있었다. 그 북새통 속에서도 단연 눈에 띄는 건, 문화예술고등학교 문예창작학과였다.

대회 시작 시간에 임박해서 스포츠카 한 대가 굉장한 속도로 행사장 안으로 돌진해 들어왔다. 뿌왕! 달려오는 스포츠카는 당장이라도 하늘로 비상할 듯 심하게 가볍게, 심하게 빠른 속도로 달려왔다.

"뭐야, 저거? 브레이크 고장인가 봐!"

"피해!"

운동장을 가득 메운 인파는 두 갈래로 쫙 갈라졌다. 모세의 말 한마디에 반으로 쩍, 갈라진 홍해처럼 말이다.

"꺅!"

아이들은 비명을 지르고, 모성이 지극한 엄마들은 죽기 살기로 뛰어와 아들딸들을 껴안고 운동장을 굴렀다.

뿌왕! 뿌부브─ 와─ 아─ ㅇ.

마침내 질주를 마친 스포츠카는 행사장 단상 앞에서 간신히 멈춰 섰다. 멈춰 선 스포츠카의 양 옆구리에는 '문화예술고 문예창작학과' 라는 현수막이 크게 나붙어 있었다.

"우와! 끝내준다!"

"저거 포드 사에서 이번에 새로 개발한 최신식 스포츠카 맞지?!"

스포츠카 위로 찬사가 쏟아졌다. 그 쏟아지는 찬사를 뚫고, 왕밥통이, 아니 왕밥통 아빠가 튀어나왔다. 한눈에 봐도 왕밥통 아빠였다. 완전 붕어빵이었다.

"으잉? 저거 왕밥통…… 아니, 왕밥통 아빠 아냐?"

반장이 제일 먼저 왕밥통을 알아봤다.

"어유, 뭐야뭐야뭐야? 왜 저렇게 똑같이 생긴 거야? 저 차랑 저 몸매가 어울리냐구!"

장식용이 호들갑을 떨어 댔다. 호들갑을 떨어 대기는 다른 아이들도 마찬가지였다. 저런 차는 갑부들만 타고 다니는 거 아니냐, 저런 스포츠카 한 대가 웬만한 아파트 한 채 값이다 등등 아이들은 왕밥통 아빠는 뒷전이고 왕밥통 아빠가 타고 나타난 차에만 지극히 커다란 관심을 보였다.

"김 비서! 김 비서!"

왕밥통만큼 뚱뚱하고, 왕밥통만큼 무진장 많이 먹게 생긴 왕밥통 아빠는 밖으로 나오자마자 큰 소리였다. 스포츠카를 둥글게 둘러싼 사람들은 아랑곳하지 않고 김 비서 타령이었다.

그러자 정말 김 비서가 나타났다.

"앗! 회장님, 부르셨습니까?"

언제 쫓아왔는지, 왕밥통 아빠가 타고 나타난 스포츠카 뒤로 검은색 벤츠 한 대가 서 있었다. 김 비서는 이제 막 그 벤츠에서 달려 나와 왕밥통 아빠한테 굽신거리고 있었다.

"뭐야? 빈 손이잖아? 그걸 가져오란 말이다! 그걸! 지금 당장!"

왕밥통 아빠는 계속 큰 소리였다.

"그거요? 앗! 그거!"

김 비서가 검은색 벤츠로 달려갔다.

"어린애처럼 보채지 좀 말아요. 여기 가져왔다니까요!"

김 비서가 벤츠 문을 열기도 전에 안에서 왕밥통 엄마가 튀어나왔다. 왕밥통 엄마는 은쟁반에 은그릇을 받쳐 들고 왕밥통 아빠한테 걸어갔다.

"으잉? 너 저 옷 봤어? 샤넬이잖아, 샤넬."

"떡볶이집 아줌마가 웬일이냐?"

아이들은 왕밥통네 엄마, 아니 우리 학교 앞 떡볶이집 아줌마의 놀라운 변신에 입을 다물지 못했다. 떡볶이집 아줌마가 머리에서 발끝까지 전부 명품으로 휘감고 있었다.

"그러나저러나 우리 영수는 어디 있담? 영수야! 영수야! 우리 아들, 어디 있니?"

왕밥통 엄마가 왕밥통을 찾아 두리번거리기 시작했다. 우리도 함께 두리번거렸다. 왜? 그야 왕밥통이 안 보이니까.

"저기 있다!"

누군가 소리쳤다. 목소리가 들려오는 쪽을 바라봤더니, 영수가 행사장 밖으로 뛰어나가고 있었다.

"영수야!"

왕밥통 엄마가 은쟁반에 은그릇을 받쳐 든 채로 영수를 쫓아갔다.

"김 비서! 당장 잡아와, 당장!"

김 비서가 은쟁반에 은그릇을 받쳐 든 왕밥통네 엄마를 뒤쫓아갔다. 잠시 후, 왕밥통은 김 비서에게 붙잡혀 아빠 앞에 끌려왔다.

"우리 후계자! 앞으로 나오거라. 여보! 그거 이리 줘요, 빨리. 영수야, 우리 아들! 여기 네가 세상에서 제일 좋아하는 걸 가져왔다. 짜잔!!"

왕밥통 아빠가 왕밥통 엄마가 은쟁반에 받쳐 들고 온 은그릇의 뚜껑을 열었다.

"저게 뭐냐? 뭔데 저렇게 난리법석이냐?"

"혹시 글 잘 써지게 해 주는 마약 같은 거 아닐까?"

아이들은 호기심과 기대로 두 눈을 빛내며 은그릇을 들여다봤다. 은그릇 안에 든 건, 그건…… 떡볶이였다.

"영수야, 왜 그러니? 넌 이걸 먹어야 뭐든 잘하잖아. 어서 하나 먹어!"

왕밥통 엄마가 거의 애원조로 말했다.

왕밥통은 입을 꾹 다물고 열지 않았다.

"영수! 우리 푸른 식품 후계자! 어서 먹어라. 먹고 힘내서 대통령상을 받는 거다!"

왕밥통 아빠가 직접 은쟁반에 받쳐 들고 온 떡볶이를 왕밥통 얼굴에 들이밀었다.

왕밥통은 꿈쩍도 하지 않았다. 장식용의 눈치만 살폈다.

"야! 너희들 생각은 어떠냐?"

장식용이 옆구리를 콕콕 찔렀다.

"뭐가?"

반장과 내가 동시에 대답했다.

"만약 너희들이 나라면 삼초빽 하나 가질래, 명품으로 온몸에 도배를 할래?"

너무나 멍청한 장식용의 너무나 멍청한 질문에 반장과 나는 혀를 찼다.

"넌 그걸 말이라고 하냐? 당연히 명품으로 온몸에 도배를 해야지."

"그지그지? 꺅! 명품이다! 샤넬, 구찌, 페라가모!"

장식용이 왕밥통 아빠 앞으로 뛰어갔다.

"아버님! 제가 한번 해 보겠습니다."

장식용은 왕밥통 엄마가 받쳐 들고 있던 은쟁반을 낚아채어 왕밥통한테 갔다. 김 비서가 대령하고 있던 포크로 떡볶이 하나를 쿡, 찍어 왕밥통에게 내밀었다.

"자, 아—해 봐! 아—."

장식용은 떡볶이뿐만 아니라 제 입술도 왕밥통 얼굴 쪽으로 내밀고 있었다. 왕밥통은 장식용이 떡볶이, 아니 입술을 내밀자마자 헤—하고, 입을 벌리다 못해 아예 옆으로 활짝 찢어 놓고 있었다. 왕밥통의 그 찢어진 입술 사이로 장식용은 참 열심히 떡볶이를 밀어 넣었다. 그 모습을 왕밥통 아빠는 참 대견하다는 듯이 지켜보고 있었다.

"어머머, 이슬이도 참! 어쩜 이렇게 다정할까? 이슬아, 아줌마가 왜 학교 앞에서 떡볶이집을 하는 줄 아니? 우리 영수가 어찌나 떡볶이를 좋아하는지 학교 끝나면 곧장 떡볶이집으로 가서 하루 종일 있다 오는 거 있지? 엄마인 나보다 떡볶이집 주인 여자가 우리 귀한 아들 얼굴을 더 많이 보잖아. 그래서 내가 아예 떡볶이집을 개업해 버렸잖니. 우리 떡볶이집 옆으로 다른 떡볶이집이 생기면 안 되니까 학교 앞 건물들까지 아예 몽땅 사 버렸다니까! 그렇죠, 여보?"

그제야 우리는 비로소 비밀 하나를 알게 되었다. 학교 앞에 분식집이라고는 아예 없는 이유, 떡볶이집이라고는 왕밥통네 떡볶이집 하나뿐이었던 이유가 왕밥통 때문이었다니!

"야! 빛나야! 우리 학교 앞에 있는 건물이 대체 몇 개냐?"

이번엔 반장이 내 옆구리를 콕콕 찔러 댔다

"열 개는 넘지 않을까?"

"그 건물 값을 다 합치면 대체 얼마라는 거냐?"

반장이 왕밥통을 보며 쩝쩝, 입맛을 다셨다. 그러자 장식용이 여봐란 듯이 반장을 향해 브이 자를 그려 보였다. 너무나 영악한 장식용의 너무나 영악한 행동이었다.

"젠장, 떡볶이는 나도 먹여 줄 수 있었는데……."

반장이 또 뒷북을 쳤다.

"안녕하십니까! 그럼 제1회 청년문학상을 개최하겠습니다!"

사회자가 단상 위로 올라왔다.

와ㅡ.

여기저기서 박수가 터져 나왔다.

왕밥통은 허겁지겁 떡볶이 한 그릇을 비웠고, 왕밥통네 아빠와 엄마는 은쟁반에 빈 그릇을 받쳐 들고 운동장 구석으로 퇴장했다.

아이들 모두 주최 측이 나눠 준 원고지를 들고 행사장 이곳저곳에 자리를 잡고 앉았다. 장식용은 왕밥통 옆에 찰싹 달라붙었다. 장식용 눈에는 왕밥통이 루이뷔똥 핸드백, 샤넬 원피스, 구찌 구두로 보이는 모양이었다.

그러거나 말거나.

나는 잡념을 몰아내려고 세차게 고개를 내저었다.

"알, 기계, 태양, 알, 기계, 태양……."

시제를 되풀이하며, 내 앞에 놓인 원고지를 내려다봤다. 원고지 위로 검은 그림자들이 어른거렸다. 머리 위의 나뭇가지들이 흔들릴 때마다 원고지 위의 그림자들은 기묘한 형상으로 변해 갔다. 잔뜩 얼굴을 찡그리고 우는 얼굴 같은…… 그림자들을 내려다보고 있자니, 어린 계집애의 얼굴이 하나 그 그림자들 위로 겹쳐졌다. 눈앞에서 쾅, 하고 닫혀 버린 문을 바라보다, 그 문을 두드리다, 나중에는 훌쩍거리며 일기장에 무언가를 쓰던 어린 계집애, 아무도 축하해 주지 않는 생일을 맞을 때마다 자기 앞으로 생일 축하 카드를 보내곤 하던 아이, 조금 더 자라 십대가 되어서는 빛나라는 이름은 나 같은 거에겐 절대로 어울리지 않는다고 생각하게 된 아이……

"이번엔 진짜를 써라. 가짜 말고 진짜, 여기서 꿈틀거리는 거!"

커다란 그림자가 빛을 가로막고 섰다. 한뜻이었다. 한뜻은 내 원고지 위에 어른거리던 그림자들을 모두 제 그림자로 집어삼키고 서서 나를 내려다봤다. 제 심장을 움켜쥐며 한뜻이 소리쳤다.

"네 진심이 담긴 글을 써! 만약 이번에도 가짜 따위를 쓴다면, 널 용서하지 않을 거다. 또 한 번 우리들의 원고지를 농락한다면, 너의 표절 사실, 내 글을 훔친 일, 내가 다 폭로해 버리겠어."

한뜻은 〈아내를 소 한 마리와 바꾼 사내의 편지〉라고, 큼지막하게 제목이 씌어 있는 원고지 한 뭉치를 들고 서 있었다.

"심사위원들이 너와 나, 둘 모두를 불러 놓고 이 원고에 대해 묻는다면, 어떻게 될까? 반추위가 뭔지도 잘 모르는 네가 과연 제대로 대답할 수나 있을까? 내가 이 글을 들고 나타나 이 글이 내 거라고 주장한다면 심사위원들도 의심하지 않겠니? 농촌의 현실이 어떤지, 한우 농가의 현실이 어떤 건지, 전혀 알지 못하는 네가 어떻게 이런 글을 쓸 수 있었는지."

나는 한뜻을 올려다봤다. 빛을 등지고 서 있어서 한뜻은 마치 빛에 휘감겨 있는 것처럼 보였다. 언제나 빛에 감싸여 있는 너 따위가, 너 따위가…….

"너 따위…… 죽어 버려!"

나는 들고 있던 샤프를 집어 던졌다. 샤프 끝이 한뜻의 볼을 스치고 지나갔다. 한뜻의 볼에 작은 생채기가 생겼다.

"단 한 번의 기회야! 너한테 주는 마지막 기회라고."

한뜻이 바닥에 떨어진 샤프를 주워 내 원고지 위에 올려놨다.

"너까짓 게…… 너까짓 게 대체 뭐야!"

나는 샤프를 집어 던졌다.

처음, 일기장에 글을 써 내려가던 그 어느 때처럼 종이 위로 뚝뚝, 눈물이 떨어져 내렸다.

9. 나스카부비새

☎ 나스카부비새의 관

문화예술고등학교 문예창작학과

2학년 2반 13번

이빛나

죽이고 싶다. 벌써부터 살의가 꿈틀거린다.

그렇다. 이것은 본성, 나스카부비새의 본성이다!

알에서 깨어나자마자 한배에서 나온 동생을 사정없이 부리로 쪼아 죽이는 나스카부비새! 그 새가 내 안에 살고 있다.

잠에서 깨어날 때마다, 나는 침대 시트를 움켜쥔다. 새를 내 안에 가둬 두려고 발버둥친다.

가만 있어!

절대로, 절대로 그것만은 안 돼!

그러나 새는, 내 안의 나스카부비새는 벌써 날갯짓을 시작했다. 푸드덕푸드덕, 새는 그 뾰족한 부리로 내 가슴을 쩍, 두 쪽으로 갈라 놓고, 세상 밖으로 나왔다. 푸드덕푸드덕, 내 가슴을 뚫고 나온 새의 두 눈이 증오로 빛나고 있다. 새는 내 방, 그 두꺼운 알을 깨고 나와 거실로 날아간다. 거실 소파와 텔레비전 리모컨을 독차지하고 있는 여동생을 향해 곧장 날아간다. 여동생의 가슴에 부리를 박는다. 컥, 외마디 비명과 함께 여동생의 가슴에서 검붉은 피가 솟구친다.

얼마의 시간이 흘렀을까.

새가, 내 가슴을 뚫고 나온 새가, 내 가슴속에서 살며 나의 증오를 받아 마시며 자라온 새가 머리를 쳐든다. 그 부리에서 여동생의 피가 흘러내린다.

안 돼!

내가 고개를 내젓는 그 잠깐 사이에 새는, 내 안에 살고 있던 나스카부비새는 벌써 여동생의 심장을 꺼냈다.

아니야! 아니야!

나는 침대 시트를 더 꼭 움켜쥔다. 내 침대 시트는 이미 땀에 흥

건히 젖어 있다. 나는 날숨을 몰아쉬며 일어나 앉는다.

허억허억.

머릿속을 가득 채우고 있는 어떤 영상, 내 증오로 키워 낸 새가 여동생의 심장을 물어뜯는 영상을 몰아내려고 세차게 고개를 내젓는다.

벌써 날은 밝았고, 거실에선 어린 여동생의 노랫소리가 들려온다. 나는 방문을 열고 거실로 나간다. 거실 소파와 텔레비전 리모컨을 독차지하고 있던 여동생은 거실로 나오는 나를 무심히 쳐다본다. 아무런 감정도 섞이지 않은 눈빛이다.

난, 난 가구가 아니야! 제발 그런 눈으로 쳐다보지 말란 말이야!

나는 어린 여동생의 뒤통수를 내려다보며 입술을 깨물고 서 있다. 어느새 거실로 나온 새엄마가 나를, 어린 여동생을 잡아먹을 듯 노려보고 있는 나를, 엿보고 있다.

"너는 진짜 교육을 받아야만 해!"

새엄마가 내 귀에 속삭인다.

"진짜 교육이라니요?"

내 말에 대답도 해 주지 않고 새엄마는 주방으로 들어가 버린다. 뒤이어 콧노래 소리가 들려온다. 새엄마의 노랫소리가 신호라도 되는 듯 안방에서 아빠가 거실로 나온다. 거실 소파에 누워 있던 여동생이 리모컨을 집어 던진다. 아빠에게 달려온다. 아빠의 목에 매달린다. 주방에선 보글보글, 찌개 끓는 소리가 들려오고, 아빠는 자신의 목에 매달린 어린 여동생의 머리를 쓰다듬으며 주방을 향해 소리친다.

"당신 요리 솜씨는 정말 끝내준다니까! 으, 이 냄새!"

모든 것이 완벽하다. 아파트 분양 광고에 등장하는 행복한 가정. 나는 멀찍이 비켜서서 아빠와 새엄마와 그들의 사랑하는 딸을 바라본다. 그들이 만들어 놓은 행복한 가정 속으로 선뜻 들어갈 수가 없다.

"이빛나! 넌 뭐 하니? 밥 안 먹어?"

나만 빼고 벌써 아침밥을 먹기 시작한 가족들, 아빠는 내 빈자리를 보고는 얼굴을 찡그린다. 빨리 와서 눈앞의 빈자리를 채우라고 소리친다. 나는 마지못해 내 자리에 가서 앉는다.

그 자리마저도 얼마 안 가 없어져 버리고 말았다.

언제나 반 박자씩 늦게 채워지곤 하던 식탁 앞의 내 자리는 새봄이 되기 전에 치워졌다.

이제 막 초경을 시작하게 된 열두 살의 겨울, 어느 날 아빠가 똑똑, 내 방문을 두드렸다. 아빠는 내 침대 모서리에 앉아 내 방을 둘러봤다. 벽에 걸려 있는 내 어릴 적 사진이라든지 책상 위에 놓인 참고서들을 바라보다 헛기침을 했다.

"우린 널 기숙 학교로 보내기로 했다."

그 말을 하던 순간의 아빠는 아주 낯선 나라에서 찾아온 이방인 같았다.

뒤이어 방문이 열리고 새엄마가 안으로 들어왔다. 새엄마는 아빠 옆에 앉으며 그럴 수 없이 다정한 목소리로 "여보!"라고 속삭이며 아빠의 손을 잡았다.

"아빠는 널 위해 정말 어려운 결정을 하신 거야. 빛나야, 우린 세상 그 어떤 부모보다도 널 훌륭하게 키우고 싶단다. 그렇죠, 여보?"

아빠는 고개를 끄덕거렸다. 나는 그제야 '진짜 교육'이 무엇을 뜻하는지 알게 되었다.

그 밤, 나는 처음으로 똑똑, 안방 문을 두드렸다. 새엄마와 함께 살게 된 뒤로 안방에 들어간 건 그때가 처음이었다. 안방으로 들어서자마자 분홍빛 꽃들이 활짝 피어 있는 침대 시트가 제일 먼저 눈에 들어왔다.

그렇구나. 아빠는 새엄마와 함께 저 꽃밭에서 밤을 보내는 거야…….

안방의 화사한 꽃무늬 침대 시트를 본 순간, 나는 왜 안방 문을 두드렸는지, 후회하기 시작했다.

"나는 네가 무슨 생각을 하는지 다 알고 있다. 우릴 내쫓고 아빠를 독차지할 생각뿐이겠지. 네 그 비뚤어진 성격을 고치려면 이 방법밖에는 없더구나. 낯선 사람들 틈에서 살다 보면 가족이 얼마나 소중한지 저절로 알게 되겠지."

새엄마가 말했다. 내 앞에 있을 때만 나타나는 아주 차가운 표정을 하고서. 아빠는 그 밤도 화실에 있었고, 집안의 모든 일은 새엄마가 결정했다.

"저를 내쫓지 마세요! 제발, 부탁해요……."

나는 무릎을 꿇었다.

"아주 먼 곳으로 가게 될 거야. 그게 너에게는 약이 될 거다."

새엄마의 마지막 말을, 나는 지금도 잊지 못한다.

열세 살의 봄, 나는 기숙사가 있는 학교에 버려졌다. 온통 산으로 둘러싸인 그곳에서 나는 밤마다 새엄마의 말을 떠올리곤 했다.

너는 진짜 교육을 받아야만 해!

밤이 찾아와 어둠이 나를 집어삼킬 때마다, 쓰레기를 내다버리듯 나를 기숙사에 처넣고 가 버린 그들의 얼굴이 떠오를 때마다, 나는 나를 저주했다. 운명을 거스른 나 자신을.

나는 나스카부비새! 나스카부비새의 운명은 살기 위해 제 형제를 죽여야만 하는 것.

갈라파고스에 사는 나스카부비새는 보통 며칠 간격으로 두 개의 알을 낳는다. 먼저 알을 깨고 나온 첫째는 암컷이든 수컷이든 며칠 뒤 알을 깨고 나온 동생을 부리로 쪼아 둥지에서 내쫓아 버린다. 태어나자마자 둥지에서 내쫓긴 동생은 아무런 보호도 받지 못하고 결국 죽어 버리고 마는 것이다. 한 마리 이상은 자식을 키울 능력이 없는 부모 새에게서 태어난 나스카부비새, 그렇기 때문에 나스카부비새들은 목숨을 걸고 제 형제와 싸워야만 한다.

나는 왜 내 운명을 거스른 것일까?

"엄마가 올 때까지 이 막대 사탕을 먹고 있어. 빛나가 이걸 다 먹기 전에 돌아올 거야."

어린 나는 눈물과 빗물이 범벅이 된 얼굴로 고개를 끄덕였다. 엄마는 아빠의 집 문 앞에 나를 세워 두고, 미나의 손을 꼭 쥐었다. 내게 등을 돌리고 걷기 시작했다.

"꼭이야! 약속했어!"

빗속에서 나는 소리쳤다.

엄마는 내게 손을 흔들어 주었다. 그러나 엄마의 다른 한쪽 손은 내 손이 아니라, 미나의 손을 꼭 붙들고 있었다.

"금방 돌아올게!"

"금방 돌아올게!"

"금방 돌아올게!"

라고, 엄마는 말했었다. 그 약속을, 엄마는 지키지 않았다.

엄마와 아빠가 이혼하던 날, 엄마는 미나의 손을 꼭 쥐었다. 내 손이 아니라 내 쌍둥이 여동생인 미나의 손을.

"미나야!"

나는 미나를 불렀다. 미나를 뒤쫓기 시작했다. 그러자 엄마는 미나를 잡아끌었다. 내가 쫓아가자 엄마는 걸음을 빨리했다. 미나가 자꾸 뒤돌아보자 엄마는 미나의 손을 더 세게 움켜쥐었다. 나는, 나를 데려가라고, 나도 데려가라고, 울며 소리쳤다.

"금방 돌아올게!"

날 버리고 간 엄마, 내가 아닌 내 쌍둥이 여동생을 데려간 엄마, 엄마의 마지막 말이 떠오를 때면, 나는 아무 가게고 달려 들어가 막대 사탕을 산다. 하나의 막대 사탕이 다 녹을 때까지 하늘을 올려다본다. 그럴 때면 늘, 푸른 하늘에 비구름이 몰려오는 것이다. 그러면 난, 날 버리고 떠난 엄마, 내가 아닌 내 쌍둥이 여동생을 선택한 엄마가 내 손에 들려 주었던 그 막대 사탕을 들고 서서 스스로에게 묻곤 하는 것이다.

나는 왜 내 운명을 거스른 것일까?

태어나자마자 내가 내 운명을 받아들였다면, 알에서 깨어나자마자 뒤늦게 알에서 나온 내 쌍둥이 여동생 미나를 둥지에서 쫓아버렸다면…… 그랬더라면, 나는 이렇게 버려지지는 않았을 것이다. 그날, 엄마의 그 따듯한 손을 붙잡은 사람은 미나가 아니라 나였을 것이다. 그랬더라면, 나는 지금 엄마와 살고 있을 것이다.

그랬더라면, 새엄마가 데리고 들어온 딸 환희처럼, 친엄마와 살고 있는 딸들이 흔히들 그렇듯이 새아빠의 둥지에서 원래 그 둥지의 주인이었던 새아빠의 자식을 몰아내고 그 둥지를 온전히 자기 것으로 만들었으리라.

나는 내 운명을 거스른 나스카부비새.

운명을 거스른 나스카부비새는 관에 갇혔다.

밤이 온다.

기숙사의 침대 위로 어둠이 스며든다.

어둠이 나스카부비새의 관을 집어삼킨다.

관에 갇힌 나스카부비새 한 마리, 오늘도 푸드덕푸드덕 날갯짓을 시작한다.

"짝짝짝."

여기저기서 박수가 터져 나왔다. 문화예술고등학교의 모든 아이들이 단상 위에 서 있는 나를 올려다봤다. 누가 먼저랄 것도 없이 아이들은 제1회 청년문학상 장원에 빛나는 나의 글을 향해 박수를 쳤다. 학교가 생긴 이후로 대통령상을 받은 학생은 내가 처음이었다.

"이빛나! 이빛나!"

문창과 아이들이 내 이름을 외쳤다. 그러자 연기과와 무용과, 미술과 아이들까지 모두 내 이름을 외치기 시작했다.

"이빛나! 이빛나!"

빛나라는 아이는 열세 살의 봄 이후로, '빛나'라는 이름 같은 건, 부모한테도 버림받은 나 같은 아이에겐 절대로 어울리지 않는다고 믿게 되었다. 그 이름을 지금, 문화예술고등학교의 모든 아이들이 크게 외치고 있었다.

뒤이어 마이크를 붙잡은 교장 선생님의 말씀이 이어졌다.

"이상은 제1회 청년문학상에서 장원을 받은 2학년 이빛나 양의 글이었습니다. 이번 백일장의 시제는 알이었다는군요. 알이라는 단어 하나에서 부모의 이혼으로 고통 받는 아이의 아픔을 이토록 절절하게 끌어내다니, 그저 놀라울 따름입니다. 심사위원들 모두 만장일치로 이빛나 양의 글을 장원으로 선정했답니다. 자, 여러분들도 이빛나 양을 본받아 학교를 빛내는 자랑스러운 문화예술고등학교 학생이 되어 주기 바랍니다……."

월요일 아침의 햇빛이 너무 눈부셔서, 나는 결국 눈물을 흘리고야 말았다.

👥👥

"뭐야? 장원은 특별 대우야?"

레슨실 문을 열자마자 새된 목소리가 날아왔다.

이건…… 이 송곳처럼 날카로운 목소리는, 설마?

"대통령상 받으면 다 그렇게 변하나 보지? 오늘 레슨실 청소 너 아니야? 학교를 빛낸 청소년은 청소도 열외라는 거야?"

정말, 잘난척이었다. 그 잘난척이 레슨실 앞자리를 차지하고 앉아 있었다. 그날 이후 거의 두 달 만이었다. 잘난척이 내게 시비를 걸자 아이들은 "또 시작이군." 하는 표정으로 잘난척을 바라봤다. 반장은 아예 드러내 놓고 못마땅한 티를 냈다.

"야, 박하늘! 너야말로 뭐냐? 인문계 고등학교로 전학 가려던 거 아니었어? 거기선 1등급 못 받을 것 같아서 다시 왔냐?"

반장의 말에 일순, 잘난척의 입술이 일그러졌다. 그러나 그 일그러진 입술 사이에서 터져 나온 건 뜻밖에도 웃음이었다.

"푸하하하! 1등급? 반장 넌 겨우 1등급 따위에 목숨을 거니? 난 그딴 거에 연연하는 애가 아니야."

"뭐? 그딴 거에 연연 안 한다고? 그럼 넌 뭐에 목숨 거는데?"

"남이사. 이빛나, 너 계속 그렇게 문 열고 서 있을 거야?"

잘난척이 괜히 또 나한테 시비였다.

그러거나 말거나.

나는 잘난척 옆에 가서 앉았다.

아이들 모두 세상 두 쪽 난 얼굴로 나를 쳐다봤다. 모두들 눈빛으로, 너 거기 왜 앉아 있는 거야, 라고 묻고 있었다.

나는 잘난척의 팔목을 내려다봤다. 잘난척은 팔목에 팔목 보호 밴드를 하고 있었다. 그 보호 밴드로 무엇을 가리고 있는지, 나는 알고 있다. 내가 자신의 비밀을 알고 있다는 걸,

잘난척은 그 누구보다 잘 알고 있는 것이다. 그래서 약해 보이지 않으려고, 약점을 잡혔다는 사실 따위 인정하고 싶지 않아서, 내게 시비를 거는 거였다. 내가 팔목에 찬 보호 밴드를 내려다보자 잘난척은 내 눈을 올려다봤다.

정적 속에 몇 초의 시간이 흘렀다.

똑똑.

그날, 잘난척의 팔목에서 떨어져 노크하듯 방바닥을 두드려 대던 그 핏방울들이 그 순간엔 내 심장을 두드리고 있었다. 그 몇 초의 시간 동안 나는 다 봤다. 잘난척 안에 숨죽이고 있는 연약한 계집애의 모습을. 그 순간 잘난척은 혹시라도 내가 자신의 비밀을 까발릴까 봐 겁을 잔뜩 집어먹고 있는 계집애일 뿐이었다.

"오자마자 왜 시비냐? 내가 대통령상 받은 게 그렇게도 부럽니? 하긴 백일장에서 입선 한번 못했으니 부럽기도 하겠지."

내가 잘난척에게 시비를 걸자 아이들은 그제야 "그럼 그렇지." 하는 눈빛으로 나와 잘난척을 바라보았다. 이젠 아예 바짝 붙어 앉아 싸우려는 모양이군, 이라고 생각하는 듯했다.

"내가 널 부러워한다고? 백일장? 난 백일장 같은 거 안 나갈 거야. 난 공모전 체질이거든. 너처럼 생각이 짧고 가벼운 애들이야 백일장에서 순간적으로 반짝, 빛을 발하겠지. 그런데 백일장에서 상 탄 애들이 나중에도 글 잘 쓴다는 보장 있어? 문학은 마라톤 같은 거라고. 나처럼 생각이 깊은 아이는 백일장처럼 반짝, 하는 거엔 안 어울리지."

잘난척은 판결을 내리듯 단박에 나와의 논쟁을 끝내 버렸다. 삽시간에 나는 순간적으로 반짝, 빛을 발하는 생각이 짧고 가벼운 애가 되어 버리고 말았다. 과연 잘난척이었다. 아이들은 참 안됐다, 는 표정으로 나를 쳐다봤다.

그러거나 말거나.

나는 잘난척이 좀 더 시비를 걸어 주었으면 싶었다. 자꾸 자꾸 내게 시비를 걸어 주었으면, 그래서 좀 더 빨리 예전의 잘난척으로 돌아와 주었으면 싶었다.

나는 부러 더 잘난척의 약을 올렸다.

"공모전? 공모전은 뭐 아무나 상 받는 줄 아냐? 공모전에서 상 받으려면 글을 얼마나 잘 써야 되는 줄 알어? 백일장에서 입선도 못 해 본 애가 공모전에서 어떻게 상을 받니?"

내가 시비를 걸자 신호등에 빨간 불이 켜지듯 잘난척의 눈이 반짝, 하고 빛나기 시작했다.

"이빛나, 너 되게 웃긴다. 대통령상 한 번 받았다고 되게 우쭐되네? 레슨 선생님이 해 주신 말은 내가 정말 안 하려고 했는데, 뭐라고 하셨는 줄 알아? 우리 소설반에서 진짜 소설가가 될 사람은 나밖에 없단다."

"거짓말!"

"말도 안 돼!"

"그 백지 선생, 이젠 머릿속까지 완전 백지가 되어 버린 거 아냐?"

여기저기서 불만의 소리가 터져 나왔다. 아이들 모두 잘난 척의 말을 믿고 싶어 하지 않았다. 드르륵, 문이 열리고 레슨 선생인 백지가 들어오고 나서야 아이들은 잠잠해졌다.

"오늘부터 박하늘이 다시 레슨에 나오기로 했다. 아무 생각 없이 그저 어른들이 하라니까, 억지로 시간만 때우고 가겠다, 이런 맘으로 자리만 차지하고 앉아 있는 것보다야 하늘이처럼 난 레슨 안 받겠다, 차라리 수업 거부를 하는 게 낫지. 소설가가 되려면 말이다, 하늘이 정도의 방황이야 필수란다. 암, 암. 자, 그럼 오늘은 하늘이도 다시 레슨에 나오고 했으니까 이 백지에 무엇이든 써 봐라. 너희들이 쓰고 싶은 걸 그냥 한번 맘껏 써 봐."

백지가 백지를 나눠 주기 시작했다. 백지가 건네주는 하얀 백지를 받으며 잘난척은 살짝 얼굴을 붉혔다. 백지는 잘난척의 팔목을 감싸고 있는 팔목 보호 밴드를 흘깃 바라보고는, 고개를 끄덕여 주었다. 둘 사이에 예전에는 볼 수 없던 묘한 친근감이 흐르고 있었다.

둘 사이에 흐르는 그 친근감의 정체가 무엇인지 나는 알고 있었다.

"하늘이 말이다, 지금 정신과 치료를 받고 있단다."

잘난척이 스스로 동맥을 끊은 일만은 빛나 너와 나, 둘만의 비밀로 하자는 약속을 해 놓고, 백지는 계속 학교에 오지 않았다. 레슨실로 와 우리들에게 백지를 나눠 주는 대신 정신병원으로 가 잘난척에게만 백지를 나눠 주었다.

그 백지에 잘난척은 과연 어떤 글들을 썼을까?

아마도, 무엇이든, 쓰고 싶은 걸 맘껏 썼으리라. 그리고 그 모든 이야기들을 다 토해 낸 뒤에, 비로소 잘난척은 백지와 함께 레슨실로 돌아올 수 있었으리라.

"하늘이가 다시 학교로 돌아왔을 때, 선생님은 하늘이가 그냥 예전처럼 지냈으면 한단다. 아무래도 그 일을 떠올린다는 건, 괴롭지 않겠니?"

며칠 전, 백지는 내게 찾아와 내게 또 한 번 새끼손가락을 내밀었다. 나는 백지의 새끼손가락에 내 새끼손가락을 걸었다.

"우리 둘만의 비밀이다. 아니, 하늘이까지 우리 셋인가?"

그러니까 우리 셋은 어떤 의미에선 공범자였다.

나는 백지와 잘난척을 바라보며 살짝 미소 지었다.

잘난척은 벌써 백지에 무엇인가 쓰고 있었다.

무엇이든 맘껏 쓰랬지?

나는 책상 위에 놓여 있는 백지를 앞으로 끌어당겼다. 샤프를 움켜쥐었다. 백지 위에 이빛나, 하고 내 이름을 쓰는데, 누군가 이빛나, 하고 내 이름을 불렀다. 내가 백지 위에 내 이름을 써넣은 순간과 절묘하게 타이밍이 들어맞아서 깜짝 놀라고 말았다. 담임이었다.

"빛나야! 나하고 잠깐, 내려가야겠다."

담임이 레슨 시간에 레슨실까지 찾아온 건 처음이었다.

"수업 시간에 죄송합니다."

담임은 백지에게 양해를 구한 뒤, 나를 레슨실 밖으로 데리고 나갔다. 교장실 앞에 다다를 때까지 담임은 한 마디의 말도 하지 않았다. 다만, 교장실 문을 열기 전, 내 두 눈을 빤히 들여다봤을 뿐이다.

"들어가자."

휴― 담임이 길게 한숨을 내쉬었다.

교감 선생님 옆에 낯선 남자 한 명이 앉아 있었다. 교장 선생님이 내게 낯선 남자 맞은편 자리에 앉으라고 했다. 낯선 남자는 제1회 청년문학상의 주최 측에서 나온 사람이라고, 자신을 소개했다.

"학생이 이빛나 양인가?"

낯선 남자가 물었다. 코끝에 매달려 있는 돋보기 안경 너머로 의심에 가득 찬 남자의 두 눈이 보였다. 낯선 남자는 두 눈을 가늘게 뜨고 나를, 머리에서 발끝까지 훑어봤다. 남자의 눈길이 닿자 단단히 채우고 있던 단추들이 투둑, 바닥으로 떨어져 내리고 옷이 벗겨지는 듯한 기분이 되고 말았다.

내가 고개를 끄덕이자, 낯선 남자는 상체를 내 쪽으로 바짝 들이밀었다.

"왜 그런 짓을 했나?"

"그런 짓이라니요?"

내가 묻자, 낯선 남자는 테이블 위에 책 한 권을 올려놨다. 에리히 케스트너의 《로테와 루이제》[6]였다.

"설마 이 책을 모른다고 하진 않겠지?"

"제가 좋아하는 작가의 책이에요."

"좋아하는 작가? 아무리 좋아하는 작가의 글이라고 해도 표절을 해서는 안 되지."

표절?

순간, 팔뚝에 오소소, 소름이 돋았다.

제1회 청년문학상 장원에 선정된 이빛나 양의 글은 에리히 케스트너의 《로테와 루이제》를 표절한 것으로 밝혀졌다. 쌍둥이 자매의 설정이라든지, 부모가 이혼하며 각각 한 명의 자녀를 데리고 살게 되었다든지, 이 글의 상황 설정 자체가 에리히 케스트너의 《로테와 루이제》의 상황과 매우 흡사하다. 게다가 이빛나 양의 글을 보면, 새엄마가 주인공인 나를 기숙사가 있는 학교로 보내 버린다. 진짜 교육을 받게 될 거라고 으름장을 놓으면서 말이다. 이 부분 역시 《로테와 루이제》의 상황과 매우 흡사하다. 동화 속 아버지의 연인으로 등장하는 이레네 겔라흐 양은 로테가 찾아와 "우리는 그냥 이대로 놔두세요!"라고 부탁하자, 로테의 부탁을 들어주기는커녕 되도록 빨리 결혼을 앞당기고 로테를 기숙 학교로 보내 버리겠다고 결심하는 것이다. 이빛나 양의 글 속에 등장하는 새엄마의 행위와 이레네 겔라흐 양의 행위조차도 너무 비슷하지 않은가?

이 모든 말을 거침없이 쏟아 놓고, 낯선 남자는 여봐란 듯이 사람들을 둘러봤다. 교장 선생님은 손수건으로 연신 이마의 땀을 닦아 내었고, 교감 선생님은 심하게 다리를 떨어 댔다. 그 옆에서 담임은 고개를 들지 못하고 있었다.

"자네, 왜 이런 짓을 했나? 이런 짓을 하고도 괜찮을 줄 알았나?"

낯선 남자가 물었다. 그곳에 있는 사람들의 시선이 일제히 나에게로 집중되었다. 교장 선생님도, 교감 선생님도, 담임까지도 같은 질문을 하고 있었다.

왜 이런 짓을 한 거냐.

나는 교장 선생님의 등 뒤로 보이는 커다란 현수막을 올려다보았다. 별관 벽에 걸린 그 커다란 현수막에는 '축 제1회 청년문학상 장원 문예창작학과 2학년 이빛나' 라고 씌어 있었다. 한 달 전부터 그 현수막은 그곳에 걸려 있었다. 교문을 들어서면 가장 먼저 눈에 띄는 곳에 걸려 있어서 문화예술고등학교에 다니는 아이들이라면 모두 내 이름을 알고 있었다. 학교를 빛낸 자랑스런 아이의 이름을, 아이들은 아침마다 올려다봐야만 했다. 지금, 그 이름이 바닥에 떨어지려 하고 있었다.

밖은 심하게 바람이 불고 있는지, 현수막은 계속 흔들리고 있었다.

"이빛나. 만약 이분의 말씀이 모두 사실이라면, 너는 청년문학상의 명예뿐만 아니라 학교의 명예까지 실추시키게 된다. 변명할 말도 없는 거냐?"

담임이 물었다.

나는…… 아랫입술을 깨물었다. 뭐라고 말할 수 있을까? 아니라고, 이건, 이건 에리히 케스트너의 《로테와 루이제》라는 동화를 표절한 게 아니라, 실은…… 실은 내 자신의 이야기라고? 이 책에 등장하는 쌍둥이처럼 나와 내 쌍둥이 여동생 미나도 다시 만나게 되어, 이 동화책 속의 아이들처럼 행복해지기를 바라고 또 바랐다고? 그래서 표지가 너덜너덜해질 때까지 이 책을 읽고 또 읽었었다고? 그러니까 이건 지어낸 이야기가 아니라 모두 사실이라고?

"왜 아무 말도 안 하는 거냐? 이분 말씀이 다 사실이냐? 남의 걸 표절한 거야?"

교장 선생님이 벌떡 일어섰다. 더 이상은 참지 못 하겠다는 듯이.

"저는…… 표절을……."

나는 가까스로 입을 열었다. 그다음 말을 이으려는데, 벌컥, 문이 열리고, 누군가 내 손을 꼭 움켜쥐었다. 한뜻이었다. 한뜻은 한 손으로는 내 손을 꼭 잡고, 다른 한 손으로는 《로테와 루이제》와 함께 테이블 위에 놓여 있던 나의 〈나스카부비새의 관〉을 들고 소리쳤다.

"이건 빛나 글이에요!"

♟♟♟

"자네가 그걸 어떻게 아나?"

제1회 청년문학상의 주최 측에서 나온 남자가 한뜻에게 물었다. 한뜻은 낯선 남자의 눈을 똑바로 바라봤다.

"자네, 이 책은 읽어 봤나? 이 글이 이빛나 글인지, 표절인지 알려면 최소한 이 책은 읽어 봤겠지?"

"아직 못 읽었습니다."

한뜻이 테이블 위에 놓여 있는 《로테와 루이제》를 내려다보며 말했다. 한뜻의 너무나 당당한 태도에 교장 선생님은 어이가 없는지, 어이쿠, 소리를 내며 소파에 주저앉았다. 담임은 헐레벌떡 뛰어와 한뜻의 등을 떠밀었다.

"한뜻, 넌 나가 있어. 여기가 어디라고 함부로 들어와? 빨리 레슨실로 돌아가지 못해!"

한뜻은 꼼짝도 하지 않았다.

"안 가요! 못 가요! 저 책을 읽지는 않았지만, 그래도 이거 하나는 알아요! 이 글은, 빛나가 청년문학상에서 장원을 받은 〈나스카부비새의 관〉은, 절대로 남의 글을 표절한 게 아니라구요!"

한뜻이 테이블에 놓여 있는 《로테와 루이제》를 손가락으로 가리키며 소리쳤다.

"이 책을 읽어 보지도 않았다면서 자네가 그걸 어떻게 안다는 건가?"

주최 측에서 나온 남자가 물었다.

"한뜻, 네가 그걸 어떻게 안다는 거야? 확신할 수 있어?"

뒤이어 담임도 따져 물었다.

한뜻이 나를 바라봤다.

"이 글은, 진짜니까요!"

"진짜?"

"그래요. 이건 진짜라구요. 전, 이 원고지를 적신 눈물을

믿으니까요. 이 글은 아무나 쓸 수 없는 글이니까요! 다른 사
람은 몰라도 저는 알아요. 이런 글은 겪어 보지 않은 사람은
절대로 쓸 수 없는 글이라구요!"

한뜻이 주최 측에서 나온 남자를 향해 소리쳤다.

"겪어 보지 않은 사람은 절대로 쓸 수 없는 글이라고? 자
네가 그걸 어떻게 아는가?"

주최 측에서 나온 남자가 물었다. 한뜻은 그 남자를 똑바
로 쳐다보며 한 자 한 자 힘주어 말했다.

"저도 버려져 봤으니까요! 여기 이 마음은 절대로 남한테
서 훔쳐 올 수 있는 게 아니니까요!"

한뜻이 손에 쥐고 있던 〈나스카부비새의 관〉을 주최 측에
서 나온 남자에게 건네줬다. 낯선 남자는 한뜻이 건넨 원고
지를 한 장 한 장 유심히 살피기 시작했다. 첫 장에서부터 끝
장까지, 원고지는 내가 흘린 눈물로 얼룩져 있었다.

"난, 빛나 널 믿는다. 이 원고지를 적신 네 눈물을 믿는
다!"

한뜻이 내 손을 꽉 움켜쥐었다.

"이빛나 양! 한 가지만 물어보지. 이 글이 정말 빛나 양 자
신이 순수하게 쓴 글이 맞다면, 남의 작품을 표절한 글이 아
니라면 말이야, 이빛나 양은 이 글의 소재를 대체 어디서 구
해 온 건가? 선생님들 말씀으로는 빛나 양은 친어머니와 같

이 살고 있다고 하던데? 쌍둥이 자매도 없고 말이야."

청년문학상의 주최 측에서 나온 낯선 남자가 나를 쳐다봤다. 여전히 의심이 가득한 눈초리로.

나는…… 나를 에워싼 낯선 남자와 교장 선생님, 교감 선생님, 담임, 그리고 한뜻의 등 뒤로 살짝 열려 있는 문 뒤쪽에 서서 나를 바라보고 있는 소설반 아이들을, 그 모든 사람들을 바라봤다. 단 한 사람, 내 손을 꼭 움켜쥐고 있는 한뜻을 제외하고는 모두 똑같은 눈을 하고 있었다. 의심이 가득한, 내 말 같은 건 절대로 믿어 주지 않는…… 나를 에워싼 사람들의 얼굴 위로 새엄마의 얼굴과 내 말은 들어 주려고도 하지 않는 아빠의 얼굴이 겹쳐졌다.

"왜 말을 못 하지? 본인이 떳떳하다면 어디서 글의 소재를 가져왔는지 왜 밝히지 못하는 건가?"

주최 측에서 나온 남자는 그것 보라는 듯이 사람들을 둘러봤다. 모두 내 대답을 기다리고 있었다. 나는 나를 둘러싼 사람들을 둘러봤다. 나를 믿지 못하는 사람들…… 내 말을 믿어 주지도 않을 사람들…… 이들에게, 이 글은 모두 사실이라고, 처음부터 끝까지 내 이야기라고 말한다면, 그런 뒤에는 모든 것이 달라질까? 그러면 지금과는 다른 시선으로 나를 바라봐 줄까? 오히려 지금까지의 말과 글들은 그럼 모두 거짓말이었던 거냐고 따져 묻지 않을까? 거짓말쟁이라고 내게 손가락질을 하지는 않을까?

아마도, 분명히. 나는 모두에게 손가락질 받는 거짓말쟁이가 되어 버리리라.

그러나 단 한 사람, 지금 내 손을 꼭 움켜쥐고 있는 사람은 믿고 있다. 기다리고 있다. 내가 돌아오기를. 더 이상 달아나거나 도망치지 않기를.

나는 의심이 가득한 눈으로 나를 바라보고 있는 사람들을 향해 고개를 높이 쳐들었다. 소리쳤다.

"이건 내 글이라구요! 그 누구의 글도 아닌, 바로 나 자신의 이야기라구요!"

나는 말하기 시작했다. 언제 처음으로 거짓말을 하게 되었는지. 언제부터 일기장을 거짓말로만 채워 가기 시작했는지.

"아빠는 바빠졌어요. 화실에서 늦게 들어오는 날이 잦아졌지요. 전 새엄마와 함께 있는 시간이 많았어요. 환희는 새엄마가 데려온 딸이었는데, 환희와 싸우기라도 하는 날에는 내 방에 갇혀야 했어요. 방에 갇혀 울다가 나중에는 공상을 하게 됐어요. 내가 환희였으면 좋겠다, 엄마가 데리고 나간 아이가 내 쌍둥이 여동생 미나가 아니라 나였으면 좋겠다, 엄마랑 살고 있었으면 생일마다 선물을 받았겠지 하는, 그런 공상이요. 그러다 일기장에 그런 이야기들을 쓰게 됐어요. 진짜, 진짜 내 얘기를 쓰면 안 된다는 걸 알게 됐으니까요.

248

방에 갇혔다, 저녁을 굶었다, 이런 얘기를 써 봤자 내 얘기는 아무도 믿어 주지 않았으니까요! 초등학교 3학년 때부터 전, 일기장에 온통 거짓말만 썼어요. 엄마가 생일 선물을 사 줬다, 감기에 걸렸는데 엄마가 잠든 내 머리맡에 앉아 밤새 자장가를 불러 줬다……. 그런 거짓말들을요. 진짜, 진짜 내 이야기를 쓰면 안 되니까요! 방에 갇혀 나올 수 없었으니까요!"

내 안에서 진짜 내 이야기가 터져 나왔다.

부모님이 이혼하면서 나는 아빠와 남게 되었고, 쌍둥이 여동생인 미나는 엄마를 따라갔다. 얼마 뒤 아빠는 나보다 두 살 어린 딸이 있는 여자와 재혼했다. 우리 집은 겉으로 보기에는 아빠, 엄마, 귀여운 두 딸이 있는 단란한 가정으로 보이지만 그러나 그건 사실이 아니었다. 새엄마는 내가 중학교에 들어갈 나이가 되자, 좀 더 좋은 교육을 시켜야 한다는 말로 아빠에게 나를 기숙사가 있는 학교로 보내자고 했다. 아빠는 나를 위해 제대로 된 교육을 시켜 줄 수 있게 되어서 기쁘다고 했다. 나는 중학교 때부터 기숙사에서 살아왔다. 중학교 1학년 때, 딱 한 번, 주말에 집에 내려갔다. 내 방, 내 침대, 식탁의 내 자리마저도 이미 남아 있지 않았다. 그 집에, 내 자리는 없었다. 내 집은 어느새 기숙사가 되어 있었다. 열세 살 때부터, 나는 기숙사에서만 살아왔다……. 그 모든 이야기들을 마침내, 나는 다 쏟아냈다.

"그러니까 쌍둥이 자매라든지 의붓딸을 기숙 학교로 보내 버리는 계모의 설정이 모두, 진짜 이빛나 양 자신의 이야기 였단 말이지?"

주최 측에서 나온 남자가 물었다.

"그래요! 나스카부비새는 저예요! 제가 바로 그 나스카부 비새란 말이에요! 얼마나 자주 그런 생각을 했는지 몰라요! 나쁘다는 거 알아요. 알면서도…… 아이들이 모두 집으로 가 버리고 혼자 기숙사에 남아 방학을 보내거나 집에 갈 수 없다고 사유서를 쓸 때면, 그런 생각을…… 미나가 아니라 내가, 내가 엄마에게 선택되었다면 얼마나 좋았을까……. 지금 집에 있어야 할 사람은 나인데 왜 환희가 내 방을, 우리 집을 몽땅 차지하고 있지……. 환희 따위 죽어 버렸으면 좋 겠다, 그런 생각을 했어요! 그래요, 난 나쁜 애예요! 그래도 그래도 왜 내가? 왜 나만 여기 버려져야 하냐구요!"

그다음 말은, 더 잇지 못했다.

기숙사 생활은 어떠니? 너를 기숙사에 두고 온 날, 엄만 참 많이 울었어. 우리 빛나보다도 엄마가 더 울었었잖아. 왜 우냐고, 엄마 에게 호통치는 널 보았을 때, 기차 시간 늦겠다고 빨리 가라며 엄 마에게 등 돌리고 기숙사로 들어가는 네 뒷모습을 보았을 때, 엄만, 정말 기뻤어. 우리 빛나가 이젠 어른이 다 되었구나, 생각했지. 혹여 엄마가 못 갈까 봐, 속으로 울음을 집어삼키며 먼저 등 돌리고 기숙사로 들어가는 너를 보면서, 이제는 우리 딸이 엄마 맘을 헤아릴 정도로 많이 컸다는 걸 알았지. 있잖아, 빛나야. 엄마한테 무언가 조르고 떼쓰고 그래 줬으면 해…….

내가 써냈던 그 수많은 글들, 그 글들 속에 묘사된 내 엄마의 모습…… 비록 재혼을 했다지만 언제나 딸의 편을 들어주는 엄마, 대학보다는 진정으로 딸이 원하는 것을 더 중요하게 생각해 주는 엄마…… 내가 가짜로 꾸며 낸 내 엄마의 모습, 나도 그런 엄마가 있었으면 좋겠다고, 그런 엄마를 가질 수만 있다면, 그런 엄마를 가진 아이가 될 수만 있다면, 나는 그 어떤 거짓말도 할 수 있었다고…… 더는 말하지 않았다.

열려 있는 문틈 사이로, 벌써 아이들이 수군거리는 소리가 들려오고 있었기 때문이다.

"뭐야? 그럼 지금까지 다 거짓말이었다는 거야?"

"엄청 사랑받고 자란 척하더니……."

"어쩜 이렇게 감쪽같이 속일 수가 있니?"

그 순간, 내 안에서 무언가가 차갑게, 식어 가기 시작했다. 나는 내 손을 움켜쥐고 있던 한뜻의 손을 뿌리쳤다. 문을 열고 복도로 나갔다. 어느새 뒤쫓아 와 있었는지, 소설반 아이들 대부분이 교장실 문 앞에 바짝 붙어 서 있었다.

나는 소설반 아이들을 뒤로하고 걷기 시작했다.

"아무리 미워도 자기 친아빠를 어떻게 의붓아버지라고 속이냐?"

등 뒤에서 비수가 날아왔다. 나는 걸음을 멈췄다. 날아오는 비수를 향해 가슴을 내밀었다.

"사감 선생님, 모텔이나 들락거린다는 거, 그것도 실은 모두 내가 지어낸 얘기였어."

어차피 사랑받지 못할 바에야 미움 받는 편이 편하다.

철저히. 돌이킬 수 없을 만큼.

나는 아이들 모두에게 등 돌리고 걷기 시작했다.

10. 거짓말, 거짓말, 진짜 거짓말!

"알립니다. 오늘은 놀토! 목요일까지 사유서를 제출하지 않은 학생들은 모두 집으로 돌아가 주말을 보내고 오기 바랍니다! 다시 한 번 알립니다. 오늘은 놀토! 목요일까지 사유서를 제출하지 않은 학생들은 모두 집으로 돌아가 주말을 보내고 오기 바랍니다! 사유서를 제출하지 않은 학생들은······ 오늘은 놀토······."

오늘은 놀토····· 오늘은 놀토······.

나는 어느새 스피커에서 흘러나오는 사감 할망구의 말을 따라 하고 있다.

사유서라····· 사유서····· 나는 사유서를 쓰지 않았다.

기숙사 말고는 달리 갈 데라고는 없으면서 사유서도 쓰지 않았다. 찜질방에도 더는 갈 수 없다. 왜? 그야, 모두 들통 나 버리고 말았으니까.

놀토의 아침, 나는 천장 구석에 매달려 있는 스피커를 올려다보며 사유서에 대해 생각한다. 기숙사에 남아 있으려면 뭐라고 거짓말을 해야 하지? 거짓말? 나는 혼자 피식 웃고 만다. 이제, 거짓말은 끝이다. 거짓말 따위 통하지 않는다. 선생님들뿐만 아니라 아이들도 내 말은 믿지 않게 되었다. 모두 내 등 뒤에서 수군거린다.

"완전 구라, 짱이야!"

〈나스카부비새의 관〉만은 거짓이 아니었음을 밝히기 위해, 나는 다른 모든 거짓을 시인해야만 했다.

단 하나의 진실을 밝히기 위해, 진실인 양 위장했던 그 모든 것들이 전부 거짓임을 밝혀야 했다.

그리고 그 순간, 진실을 밝히겠다고 모든 거짓을 깨부순 순간, 나는 거짓말쟁이로 전락해 버렸다. 완전 구라짱이 되고 말았다.

스피커에선 계속해서 사감 할망구의 말이 흘러나오고 있었다. 목요일까지 사유서를 제출하지 않은 학생들은 모두 집으로 돌아가란다.

나는 자리를 박차고 일어섰다.

이제, 거짓말은 끝이다. 거짓말 따위 통하지 않는다.

나는 사감 선생님 방으로 곧장 걸어갔다.

똑똑.

"누구세요?"

안에서 사감 선생님의 말소리가 들려왔다. 나는 들어오라는 말을 듣기도 전에 문을 열었다.

투둑, 바닥으로 무언가가 떨어져 내렸다. 분홍색 A4 파일이었다. 사감 선생님 앞에 앉아 있던 사내가 급히 파일을 주워 들었다. 파일을 들고 있는 사내의 손이 가늘게 떨리고 있었다.

"놀랐지? 응? 미안하다. 내가 괜히…… 그래도 가만 놔둘 수가 없어서…… 그럼, 전 잠깐 나가 있겠습니다. 괜찮지, 응?"

사감 선생님은 내게 괜찮으냐고 물었다. 나는 내가 괜찮은 건지, 그렇지 않은 건지, 도대체 어떤 말로 이 순간의 나를 설명할 수 있을지……. 도저히 알 수 없었다. 누가 나 대신 설명 좀 해 줬으면 싶었다.

내가 대답을 하기도 전에 사감 선생님은 자리를 피해 버렸다.

등 뒤로 문이 닫혔다.

내 앞에는 한 사내가 A4 파일을 가슴에 안고 앉아 있었다.

그 사내의 이름은 '아빠'였다.

언젠가 내 방에 들어와 방에 걸려 있는 내 어릴 적 사진이라든지 책상 위에 놓여 있는 참고서들을 훑어보다 "우린 널 기숙 학교로 보내기로 했다."고 말하던 그 이방인이 내 앞에 앉아 있었다.

"얘야."

하고, 나를 부르는 이 이방인의 목소리는 너무나도 다정해서 그 어느 때보다 낯설었다.

나는 두 주먹을 움켜쥐었다.

바보처럼, 벌써 눈시울이 뜨거워지고 있어서, 나는 서둘러 문 쪽으로 걸어갔다. 붉어진 눈시울 같은 거, 저딴 이방인에게는 절대로 보여 주고 싶지 않았다.

"실은…… 무서워서, 무서워서 그랬다. 무서워서 제대로 쳐다볼 엄두도 나지 않았어……."

이방인이 중얼거렸다.

저 이방인이 지금 뭐라고 떠들어 대는 거야?

나는 문을 향해 돌아선 채로, 이방인에게 등을 돌린 채로, 우뚝 멈춰 섰다.

뭐라고 지껄여 대는지, 뭐라고 변명하는지, 어디 한번 들어 봐 주지, 하는, 그런 마음?

"엄마 얘긴, 일부러 안 했다. 못 했어. 인정하기 싫었거든.

빛나, 네 엄마는 내 제자였다. 군대를 제대하고 복학을 한 뒤로, 선배가 운영하는 미술 학원에 나갔지. 짬짬이 나가서 미대에 진학하려고 하는 고 3 아이들을 지도했는데, 그때 네 엄마를 만났어. 네 엄마한텐 내가 첫사랑이었지. 막무가내였어. 명문대에 진학했지만, 집안의 반대에도 불구하고 나와 살림을 차렸단다. 우린…… 너무 어렸어. 너하고 미나를 둘 다 책임질 능력이 없었지. 네 엄마가 아니고 내가 그랬다는 거야. 난…… 내 작업을 하고 싶었다. 생활은 전부 네 엄마한테 맡겼지. 네 엄마가 쌍둥이를 돌보는 동안, 난 작업을 한답시고 내 그림만 그렸어. 집에는 잘 들어가지도 않았지. 고작 스물이 갓 넘은 아이에게 어린애를 둘이나 던져 놓고……"

이딴 말을, 겨우 이딴 말을 변명이라고 늘어놓는 거야?

이방인의 변명 따위, 더 이상은 듣고 싶지 않았다.

나는 복도로 나 있는 문을 향해 걷기 시작했다.

"애야! 너는 알잖니? 다른 사람은 알지 못해도 너만은, 너만은 아빠 맘을 이해할 수 있잖아!"

나만은 아빠 맘을 이해할 수 있다고? 다른 사람은 알지 못해도 나만은 안다고?

나, 더 이상은, 참을 수 없었다.

"그게 무슨 궤변이야? 나만은 아빠 맘을 이해할 수 있다고? 내가 어떻게 알아? 난, 하나도 모르겠어. 자기 딸은 기숙사에 처넣고 아무렇지도 않게 잘 살아가는 아빠의 마음 같은 거, 내가 어떻게 아냐고!"

어느새 나는 주먹으로 이방인의 가슴을 두드려 대고 있었다. 아빠라는 이름의 이방인은 꼼짝도 하지 않았다. 분이 풀릴 때까지, 내게 가슴을 내맡기고 있었다. 그러다 내가, 스르르, 바닥에 주저앉아 버리자 내가 지어낸 수많은 거짓말들로 채워져 있는 A4 파일을 내 무릎에 올려놓고는 가만히 내 주먹을 두 손으로 감싸 쥐었다. 좀 전까지 자기 가슴을 두들겨 대던 주먹을.

"이 손으로 너도 이런 글들을 썼잖아. 이 A4 파일을 가득 채울 만큼 쓰고 또 썼잖아. 이런 글을 써 본 너만은, 너만은 아빠 맘을 알 거야. 너도 실은 인정하고 싶지 않아서 이런 글을 썼잖아! 네 현실 같은 거, 너도 인정하고 싶지 않았지? 아빠도 그랬어. 네 엄마가 떠나고, 나는 무서웠다. 내 인생이 잘못되어 가고 있다는 느낌을 받았지. 그때 환희 엄마가 나타났어. 환희 엄만, 이혼한 몸으로 애 하나를 데리고도 꿋꿋하게 잘 살고 있었지. 환희 엄마와 같이 살게 되면서, 집안은…… 그래, 진짜 결혼 생활을 하는 것처럼 변해 갔지. 언제나 깨끗이 청소가 되어 있고, 제때에 밥이 차려지고, 거실엔 딸들의 웃음소리가 울려 퍼지고…… 그 생활에 금이 가는 게 두려웠다. 빛나 네가 행복하지 않을지도 모른다는, 그런 생각은, 하고 싶지도 않았어. 제대로 들여다볼 생각도 하지 않았다. 실은…… 무서워서, 또 한 번 실패할까 봐 두려워서 도망쳐 버렸던 거야."

가만히 내 손을 감싸 쥐고 있는 이방인의 손 위로, 눈물이 흘러내렸다. 이방인의 눈물인지, 내 눈물인지, 분간할 수 없었다. 둘의 눈물이 가만히 감싸 쥔 손 위에서 만나 함께 흘러내려 내 무릎 위에 놓여 있는 A4 파일을 적시고 있었다. A4 파일 위로 우리들의 눈물은 넓게 퍼져 나갔다. 그러나 우리들의 눈물이 파일 위에 그려 놓은 무늬는 무어라 형용할 수 없는 것이었다. 아빠라는 이방인도, 나도…… 우리들의 눈물이 함께 만들어 낸 그 무늬를 어떻게 해석해야 할지 몰랐다.

그래서 우리는 눈물이 잦아든 뒤에는 허둥거리기 시작했다. 꼭 감싸 쥐고 있던 손을 이제는 놓아도 되는지, 계속 감싸 쥐고 있어야 되는지, 아빠는 알지 못했다. 불편한 침묵이 계속되자 아빠의 얼굴에 당혹감이 스쳐 지나갔다. 마주 앉아 다정하게 손을 꼭 감싸 쥐고 있는 부녀의 모습은 내게도 낯설기만 했다. 더는 그 낯설음을 견딜 수가 없었다. 나는 아빠의 손을 뿌리치며 소리쳤다.

"엄마…… 엄만 왜 미나만 데려갔어?"

그렇게 소리치자 다시 숨쉴 수 있었다. 아직은…… 아빠와 나의 거리란, 이 정도가 적당한 걸지도 모른다. 그러나 그 말을 내뱉은 순간, 또 눈시울이 붉어져 버렸다. 그래도 나, 아빠의 눈을 똑바로 들여다봤다. 오랫동안, 정말이지 너무나 오랜 시간, 수천 번, 아니 수만 번, 혼자 묻고 혼자 대답하던 말이었다.

"엄만 왜 나만 버리고 갔어?"

"……."

아빠는 대답하지 못했다.

"휴—."

대답 대신 아빠는 한숨을 내쉬었다.

"나도…… 모르겠구나……."

아빠는 내게서 시선을 거두어 A4 파일을 내려다보았다. 파일 속에 정리되어 있는 사유서들을 한 장씩 넘기기 시작했다. 아빠의 손가락 끝에서 나의 지난 시절이 한숨으로 변해 갔다. 그 한숨 소리를 들으며, 나는 수천 번, 아니 수만 번, 혼자 묻고 혼자 대답하던, 어떤 순간을 상상했다.

아빠와 내가 마주 앉아 있다.

내가 묻는다.

"엄만 왜 나만 버리고 갔어?"

아빠가 대답한다.

"엄마가 널 버린 게 아니란다. 아빠가, 아빠가 널 선택한 거야."

그러면 나는 또 묻는다. 조금은 의기양양해서.

"아빤 왜 나를 선택했어? 미나가 아니라 왜 나를?"

그 순간, 아빠는 내 손을 감싸 쥔다.

"실은 빛나 네가 미나보다 네 엄마를 더 닮았거든."

그러고 나서 아빠는 내 귀에 대고 속삭이는 것이다.

"환희 엄마한텐 비밀이다."

그 비밀을 영원히 간직하겠다고, 나는 다짐한다. 그리고 그 비밀이 아빠와 나를 굳게 결속시킨다. 아빠와 나는 이제 둘만의 비밀을 간직한 공범자가 되는 것이다. 이 두 공범자는 앞으로도 더 많은, 둘만의 비밀을 갖게 될 것이다……라는, 나만의 상상은, 아빠의 한숨소리에 지워져 가고 있었다.

아빠는 끝에서 끝까지, A4 파일을 다 들춰 보고 나자 다시 허둥거리기 시작했다. 어떤 말로 이 장면을 마무리 지어야 할지 모르는 어설픈 극작가 같았다. 이 어설픈 극작가는 A4 파일을 만지작거리며 내게 "어떡할 거냐?"라고, 물었다.

어떡하다니, 무얼 말인가?

나는 아빠를 올려다봤다. 그러자 아빠는 그러니까 오늘 나와 같이 집에 갈 것인지, 기숙사에 남을 것인지, 빛나, 네가 좋도록 하라고 말했다.

나는…… 기숙사에 남겠다고 대답했다.

아빠는 아무 말도 하지 못했다.

한동안 나를 바라보다 마침내 아빠는 자리에서 일어났다. 이럴 때는 어떻게 해야 되는지, 한 번 꼭 안아 주기라도 해야 되는지, 아니면 그저 가볍게 어깨나 툭툭 쳐 주고 떠나야 되는지, 도대체 어떻게 해야 될지 모르겠다는 듯이 아빠는 난 감한 표정을 지었다. 들고 있던 A4 파일을 몇 번 더 만지작 거리다 아빠는 내게 파일을 돌려주었다.

"네가 원할 땐, 언제든 집에 와도 좋단다."

그 말을 끝으로 '아빠'라는 이름을 되찾은 이방인은 기숙 사를 떠나갔다.

나는 복도로 달려 나가 창문에 매달려 아빠의 뒷모습을 내 려다봤다. 듬성듬성, 흰머리가 돋아나 있는 아빠의 정수리는 또 너무 낯설어서 나는 몇 번이고 눈을 크게 떠야 했다. 아마 도 앞으로도 나는 여러 번 눈을 크게 떠야 할 거다. 이제까지 내가 미처 발견하지 못했던 아빠의 낯선 모습과 자주 마주치 게 될 거다. 아빠 역시 이제까지와는 다른, 아빠가 미처 보려 고 하지 않았던 내 모습에 자주 깜짝 놀라게 될 거다.

"땡!"

누군가 손끝으로 내 볼을 콕, 찔렀다.

"누구야?"

돌아보니, 한뜻이었다.

"또, 너냐?"

"그래, 또 나다. 겨우 얼음에서 풀어 줬더니, 툴툴거리기는. 내가 너 얼음에서 풀어 준 거야."

어쩌면.

그날, 교장실로 뛰어 들어와 한뜻이 내 눈물을 믿는다고 말해 주지 않았다면, 나는 지금쯤 꽁꽁 언 얼음이 되어 있었을지도.

"쳇. 누가 너한테 풀어 주라고 부탁이라도 했어?"

고맙다……고 생각했지만, 입에서는 본심과는 전혀 다른 말이 튀어나와 버리고 말았다.

"자. 이거."

한뜻이 내게 책 하나를 내밀었다. 찜질방에서 잃어버렸던 내 보물 1호 《키다리 아저씨》였다.

"너, 이걸 계속 갖고 있었던 거야? 이 책 뒤져서 내가 또 뭘 표절했나 캐려고?"

"진짜, 구제 불능이라니까."

"그럼 뭐야? 왜 지금까지 안 돌려준 거야?"

"실은 나도 어렸을 땐, 이 책에 자주 밑줄을 그었어. 제루샤가 키다리 아저씨에게 편지를 쓰듯 아무도 몰래 저 위에 있는 엄마에게 편지를 쓰곤 했지."

그렇게 말하며 한뜻은 창문 너머 하늘을 올려다봤다. 그
순간의 한뜻은 교장실로 달려와 "저도 버려져 봤으니까요!"
라고 소리치던 그때의 눈빛을 하고 있었다.

"그리고 또 다른 이유도 있었지."

"다른 이유?"

"아직까지 이 책을 너에게 돌려주지 않은 이유 말이야."

"또 다른 이유가 있었던 거야?"

내가 묻자 한뜻은 머리를 긁적거리기 시작했다.

"이거 영 쑥스럽구만. 널…… 알고 싶어서. 네가 어딜 바
라보고 있는지 알아야 나도 같은 델 쳐다볼 거 아니냐."

"내가 어딜 바라보고 있는지 왜 알고 싶은데?"

"너…… 생각나냐?"

"뭘?"

"그날, 네가 그랬지? 네가 진심이란 걸 믿는다면, 비밀 하
나만 털어놓으라고."

그날?

그날이라면…… 내가 네 입술을 훔친 날?

순간, 나도 모르게 온몸이 달아올랐다. 나는 빨개진 두 뺨
을 한뜻에게 들키지 않으려고 얼른 시선을 돌렸다. 그러자
한뜻이 내 귓가에 대고 속삭였다.

"네가 내 첫 키스였거든."

"첫 키스는 무슨!"

나는 들고 있던 A4 파일로 한뜻의 어깨를 후려쳤다. 한뜻은 어이쿠, 소리를 내며 달아나는 척하더니 등 뒤로 와 나를 껴안았다. 뜨거운 입김이 귓속을 뚫고 들어와 심장을 향해 내달려 왔다.

"나, 결혼은 내 입술을 훔친 여자랑 하겠다고 결심하고 있었거든. 우리 아빠도 엄마가 먼저 달려들었다나?"

"달려들긴 누가!"

나는 팔꿈치를 뒤로 뻗어 한뜻의 배를 찔렀다. 윽, 소리를 내며 한뜻은 배를 부여잡았다. 내가 괜찮으냐고 묻자, 한뜻은 언제 그랬냐는 듯이 웃기 시작했다.

"근데 너, 꼭 이런 데다가 밑줄 그어 놨더라? 키다리 아저씨, 221쪽! 키다리 아저씨가 열정적으로 제루샤를 껴안는다?"

한뜻이 한쪽 눈을 찡긋거렸다.

"뭐라는 거야!"

나는 한뜻이 돌려준 내 보물 1호로 한뜻의 어깨를 후려쳤다.

"그래 쳐라, 쳐! 오늘은 내가 맞아 준다. 왜일까요? 실은 나도 너한테 속인 게 있걸랑?"

"날 속여?"

"실은 나 열일곱이야! 한 살 일찍 들어왔지롱!"

"뭐라구!"

내 보물 1호가 또 한 대 한뜻의 어깨를 후려쳤다. 한뜻은 어이쿠, 소리를 내며 도망갔다. 나는 한뜻을 쫓아갔다. 내가 밑줄 친 곳마다 한뜻 역시 시선을 멈추고 오랫동안 들여다봤을 문장들이 빼곡히 들어차 있는 내 보물 1호를 들고 말이다.

나는 한뜻이 여름 방학에 내게 보냈던 메일을 떠올렸다.

'어디에 와 있는 것이냐. 나는 살아 있는 것이냐.'

그제야 한뜻이 무슨 말을 하고 싶었는지 알 것 같았다.

그래, 맞아. 바로 이 느낌이야. 네가 있지 않으면, 네가 시비를 걸어오지 않으면, 나는 나의 열일곱을 이토록 생생하게 느낄 수는 없을 거야. 내게 시비를 걸어 줘. 내 글은 진짜가 아니라고, 아직 멀었다고 말해 줘! 그래야 싸우고 싶어질 테니까. 그래야 어떤 글이 진짜인지 보여 주고 말겠다고, 나, 두 주먹을 불끈, 움켜쥘 테니까.

네가 있어야 나, 비로소 무딘 느낌과 맞서 싸우는 어둠이 될 수 있으니까.

나는 한뜻을 쫓아갔다.

"야, 한뜻! 기다려! 실은 나도 열일곱이었거든!"

"뭐야, 그럼? 이번에도 내가 또 당한 거냐?"

한뜻과 나는 복도 중간에 서서 누가 먼저랄 것 없이 웃고 말았다. 그때, 저만치 복도 끝에서, 처절하다고 표현해도 좋을 비명이 들려왔다.

나와 한뜻은 멈춰 서서 서로의 얼굴을 들여다봤다.

"저기, 빛나 네 방 아니냐?"

정말, 비명은 내 방, 아니 잘난척과 내가 같이 쓰는 방에서 들려오고 있었다.

나는 내 방으로 달려갔다.

"이게 말이 되냐구! 말이 되냔 말이야?"

잘난척이 책상 앞에 앉아 머리카락을 쥐어뜯고 있었다.

"뭐가?"

"뭐가? 뭐가라고?"

잘난척은 머리카락을 쥐어뜯으며 책상에서 돌아앉았다.

"뭐가 말이 되냐고 묻는 건데?"

내 말에 잘난척은 기숙사 천장에 매달린 스피커를 가리켰다.

"스피커? 스피커가 왜?"

스피커에서는 아직도 "오늘은 놀토! 목요일까지 사유서를 제출하지 않은 학생들은 모두 집으로 돌아가 주말을 보내고 오기 바랍니다! 다시 한 번 알립니다. 오늘은 놀토…… 사유서를 제출하지 않은 학생들은…… 오늘은 놀토……." 사감 할망구의 목소리가 흘러나오고 있었다.

잘난척의 책상에는 사유서가 놓여 있었다.

나는 그제야 잘난척이 왜 그토록 처절한 비명을 내질렀는지 알게 되었다. 나는 잘난척의 책상 앞으로 걸어갔다. 아빠에게 돌려받은 A4 파일을 올려놨다.

"자."

내가 사유서들을 모아 둔 A4 파일을 건네주자 잘난척은 놀라, 입을 다물지 못했다.

"야, 너 진짜…… 구라, 짱이다!"

"그걸 이제 알았냐?"

나는 내가 쓴 사유서들을 커닝하며 이제 막 사유서를 쓰기 시작한 잘난척을 보며 빙그레, 미소 지었다.

그래, 난 구라짱이다! 이제야말로 진짜 구라짱이 될 거다. 내가 했던 거짓말, 백지를 가득 채웠던 거짓말, 그 온갖 거짓말들을 이제야말로 진짜 거짓말, 진실에 가닿기 위한 거짓말로 만들어 버릴 테다. 진짜를 써 보라며 백지가 나눠 주는 백지에 매번 진심은 감추고 거짓말만 늘어놓으면서도 실은 빈종이 맨 위에 아무도 모르게 에스오에스를 요청하듯, ☎, ☎, ☎ ……, 제발 받아 달라고 긴박하게 울려 대는 전화기 따위를 그려 넣는 짓 따위 이젠 하지 않을 거다. 그런 전화기 따위를 그려 넣으며 누군가 내가 꾸며 낸 거짓말 뒤에 숨어 있는 본심을 알아봐 주기를 기다리는 짓 같은 건, 이젠, 안녕이다!

"난, 구라짱이다!"

나는 외친다. 주먹을 쥐고 외친다. 방에 내 목소리가 울린다. 내가 내뱉은 말이 메아리가 되어 다시 내게로 되돌아온다. 하늘을 날고 되돌아온 부메랑을 움켜쥐듯이 나는 내가 내뱉은 말을 꽉 움켜쥔다.

"어유, 저 또라이!"

잘난척이 사유서를 쓰다 말고 째려본다.

그러거나 말거나.

✿✿ 빛나의 보물

1 갑을고시원 체류기

　소설가 박민규의 단편 소설. 2005년 문학동네에서 간행된 그의 첫 소설집 《카스테라》에 수록되어 있는 작품이다. 이 단편은 주인공인 '나'가 갑을고시원이라는 고시원에서 생활하며 그곳에 적응해 나가는 이야기이다.

2 키다리 아저씨

　미국의 소설가, 진 웹스터가 쓴 작품으로 전 세계 수많은 독자들의 사랑을 받고 있다. 주인공인 제루샤는 17년 동안 고아원에서 지내다 어느 날 한 후원자의 도움으로 대학에 가게 된다. 그러나 제루샤가 이 후원자에 대해 아는 것이라곤 '키다 크다'는 사실 뿐이다. 그 뒤로 제루샤는 이 후원자를 '키다리 아저씨'라 부르며 한 번도 만나 본 적 없는 '키다리 아저씨'에게 편지를 쓰기 시작한다. 제루샤는 상상 속의 인물인 이 '키다리 아저씨'에게 편지를 쓰며 새로운 생활에 적응해 나가게 되고, 나중에는 자신의 꿈을 이뤄 '작가'가 된다.

3 릴라는 말한다

1996년 민음사에서 간행된 장편 소설로 이 책의 저자는 '시모'이다. 저자인 시모에 대해서는 알려진 바가 전혀 없다. 어느 날 프랑스의 한 출판사로 한 변호사가 낡은 노트 두 권을 가져왔다고 한다. 원고는 빨간색 모눈종이 노트 두 권으로 되어 있었는데, 제목도 쓰여 있지 않았다. 시모는 이 원고의 주인공 이름이다. 이 소설은 파리 근교의 빈민가에 사는 19세 소년 시모가 16세가량의 소녀 '릴라'에 대해 쓴 글이다. 릴라는 금발의 아름다운 소녀이지만 시모에게 늘 성적인 이야기만 늘어놓는다. 그래도 시모는 릴라를 사랑한다. 16세이면서도 성에 대해서는 모르는 것이 없다는 듯이 얘기하던 릴라는 그러나 순결한 처녀였다. 빈민가 아이들에게 순결을 빼앗긴 릴라는 결국 스스로 목숨을 끊고 만다. 서로를 사랑하지만 사랑에 미숙하기에 어떻게 마음을 표현해야 할지 몰라 '어른인 척, 세상을 다하는 척' 거짓말만 일삼던 릴라와 릴라에게 사랑한다는 말 한번 해 보지 못한 시모의 사랑 이야기는 너무나 슬프고 순결해서 오히려 아름답기까지 하다.

4 베를린에서 온 편지

　뉴욕에서 태어나 베를린에 머물고 있는 이레네 디쉐가 청소년을 위해 쓴 첫 번째 장편 동화로 여섯 살 사내아이인 페터의 입을 통해 제2차 세계대전과 유대인 학살, 이별과 가족의 소중함에 대해 들려준다. 페터는 아버지인 라슬로와 살다가 할아버지인 나겔 박사에게 맡겨진다. 그 뒤 페터는 계속 아버지에게 편지를 쓰고, 아버지 또한 페터에게 답장을 보내온다. 그러나 페터가 아버지에게 받은 편지들은 실은 할아버지 나겔 박사가 쓴 것이었다. 페터의 아버지는 이미 유대인들의 출국을 도와주다가 처형당해서 페터에게 답장을 써 줄 수 없었기 때문이다. 할아버지의 책상 서랍에는 페터가 아버지에게 보냈던 편지들이 보관되어 있었다. 할아버지가 페터의 희망을 지켜 주기 위해 페터의 아버지 이름으로 보낸 편지들은 늘 이렇게 시작되고 있었다. "정말 정말 사랑하는 나의 아들아!"

5 산정리 일기

김지하의 시. 1982년 창비에서 간행된 시집 《타는 목마름으로》에 수록되어 있다.

6 로테와 루이제

독일 작가 에리히 캐스트너의 동화로 쌍둥이 자매 로테와 루이제를 통해 진정한 가족의 의미를 전해 준다. 로테와 루이제는 엄마, 아빠가 이혼하면서 떨어져 살다가 캠프에서 우연히 만나게 된다. 쌍둥이 자매가 있다는 사실을 전혀 몰랐던 로테와 루이제는 서로 집을 바꿔 살아 보기로 한다. 로테와 루이제에게 감쪽같이 속았던 엄마와 아빠는 뒤늦게 사실을 알아차리고 지난날의 실수를 반성한다. 마침내 로테와 루이제는 원하던 대로 엄마, 아빠와 한집에서 살게 된다.

작가의 말

가끔 이런 질문을 받을 때가 있습니다.

"다시 청소년 시절로 돌아갈 수 있다면 돌아가겠습니까?"

이런 질문을 받으면 이상하게도 나는 대답하기가 쉽지 않았지요.

'그 시절로 돌아가라면 너는 정말 돌아갈 거니?'

스스로에게 몇 번씩이나 물어보지만 나는 쉽게 "응"이라고 대답할 수가 없습니다. 청소년……이라는 단어와 함께 '아픔과 절망과 혼란'이라는 단어가 떠올라 버리기 때문입니다.

그래요, 나는 아픈 청소년이었습니다. 청소년 시절, 내 주변엔 인생에 실패한 어른들이 많았어요. 가난 때문이거나 꿈을 이루지 못했다거나 결혼에 실패했기 때문에 그 어른들은 불행한 '현재'를 살았습니다. 어찌 되었든 모두 '과거'에 붙들려 있었던 셈이지요. 그들의 과거는 불행한 현재를 만들었고, 그들의 불행한 현재는 다시 그들의 아이들에게 대물림되었습니다. 그러면 인생을 시작하기도 전에 벌써부터 내일이

나 미래를 꿈꿀 수 없게 된 아이들은 거리를 배회했습니다.

그 거리에서 나의 청소년 시절의 친구들은 꿈이 없는 어른으로 자라고 있었습니다. 있을 곳이 없어 거리로 내몰린 우리에겐 '대학'이란 동화 속에 나오는 공주들이나 사는 성이었지요. 그만큼 대학이라든가 밝은 앞날 같은 것들은 우리와는 상관없는 딴 나라 이야기처럼 느껴졌습니다.

그런데 말이에요, 그때…… 그러니까…… 벌써부터 내일이라는 것도 어제나 오늘과 마찬가지로 불행할 게 뻔하다고 생각할 수밖에 없던 그 시절에 나는 우연히도 문학을 만나게 되었습니다.

내가 처음 문학을 만난 곳은 어두컴컴한 반지하방에서였습니다. 인생에 실패한 어른들의 한숨 소리를 피해 나는 그날 내 여자 친구의 반지하방으로 도망갔었지요. 그 친구네는 아버지, 어머니뿐만 아니라 삼촌까지 여덟 식구가 반지하방에서 살고 있었어요. 그 방에서 나는 우연히 방구석을 굴러다니던 시집 한 권을 발견했습니다. 아무 생각 없이 그 시집을 읽는데 펑펑 눈물이 쏟아졌어요. 무에 그리 슬픈 이야기도 아니었는데 말이지요. 실컷 울고 집에 갔더니 이상하게도 후련했어요.

그 뒤로 나는 시집을 구하기 위해 동네 도서관에 다니기 시작했습니다. 아이들이 영어 단어를 외우고 수학 문제집을 풀 때 나는 도서관에서 닥치는 대로 시집을 읽어 댔어요.

'어? 이거 뭐야? 잘난 인간은 하나도 없잖아?'

나는 시집 속에서 나와 똑같이 가난하고, 나와 똑같이 절망하고, 나와 똑같이 희망 없는 오늘을 살아가는 사람들의 속내를 들여다보게 되었지요. 그러다 고개를 갸웃거렸어요.

'이런 사람들도 시인이 되었는데 나라고 시인이 되지 말라는 법은 없잖아?'

그렇게 나는 나의 내일, 나의 미래를 만났습니다.

나의 내일 속엔 시가 있었고, 나의 미래 속엔 내 시를 나처럼 절망한 이들에게 들려주는 시인의 모습이 있었지요. 그 미래의 내가 청소년 시절의 나를 버티게 해 주었습니다. 시를 읽고 시를 쓰는 순간에는 나는 '나'였습니다. 이 세상의 그 어떤 잣대로도 값을 매길 수 없는 순수한 기쁨이 그 순간에는 온전히 나의 것이 되었습니다. 그때부터 나는 어떤 곳에 있어도, 그 누구와 있어도 한 치도 꿀릴 것이 없는 내가 될 수 있었지요.

만약 문학을 만나지 못했더라면, 나는 어떤 청소년기를 보냈을까? 어떤 어른이 되어 있을까?

생각만 해도 끔찍합니다.

몇 년 전부터 나는 청소년들을 만나기 시작했습니다. 거리에서, 시장에서, 클럽에서, 공중 화장실에서, 학교에서⋯⋯ 내가 만난 그 청소년들은 모두 혼란스러워했습니다. 대학엔 반드시 가야 되는지, 꼭 부모님들처럼 살아야만 하는지, 친구들 사이에 과연 내 자리는 있는 것인지, 잘하는 것도 없고 딱히 좋아하는 것도 없는데 어떡해야 하는지⋯⋯. 아이들은 매 순간 혼란스러워했고, 혼란스러운 만큼 스스로를 잃어 가고 있었습니다. 그러나 그 아이들 모두 딱 한 가지 잃지 않은 것이 있었습니다.

그것은 바로 '찾고 싶다'는 열망이었습니다.

아이들은 계속 찾고 있었어요. 겉으로는 벌써부터 인생을 포기한 듯 보이는 아이들조차도 내가 정말 하고 싶은 그 무엇, 내가 정말 행복해질 수 있는 그 무엇을 열심히, 간절히 찾고 있었습니다.

이 소설의 주인공인 '빛나' 역시 그런 아이입니다. 집에서도 학교에서도 자기 자리를 찾을 수 없었던 아이가 바로 빛나입니다. 빛나는 사랑받아 본 기억이 없기에 어떻게 사랑을 해야 하는지도 모르는 아이입니다. 이 아이는 사랑받기 위해, 자기 자리를 만들기 위해 끊임없이 거짓말을 일삼았습니다. 거짓말로 자기 아닌 다른 사람을 만들어 냈지요. 다른 사람들이 좋아할 만한 또 다른 자기 자신을 말이에요. 이제는 거짓말이 생활이 되어 버린 빛나는 문학 또한 거짓말이라고 생각하게 되고, 문학이라는 거짓말을 대학에 가기 위한 수단으로까지 여기게 됩니다.

그러나 빛나에게 거짓말은 자기를 부정하는 행위이면서 또 동시에 자신의 본모습을 찾기 위한 간절한 몸부림이었습니다. 그러한 간절한 몸부림이 있었기에 자기부정에서 출발한 빛나의 거짓말은 자기긍정에 이르게 됩니다.

이제야말로 진짜 거짓말, 진실에 가닿기 위한 거짓말을 하는 '구라짱'이 되고 말겠다고 결심하게 된 빛나의 이야기는 실은 문학을 만나 '나'를 찾게 된 나 스스로의 이야기이면서 또 동시에 어떤 순간에도 '찾고 싶다'는 열망만은 잃지 않은 여러분 모두의 이야기일 것입니다.

'찾고 싶다'는 열망을 간직하고 있는 한, 아파도 혼란스러워도 계속해서 진실이라고 불러도 좋을 그 무엇을 찾아 몸부림치고 있는 한, 여러분 모두 '구라짱!'이 아닐까요?

《구라짱》이 나오기까지 힘들 때마다 담요처럼 포근히 나를 감싸 주신 노경실 선배님, 사투리 감수를 도와주신 서울디지털대학교의 김용주 교수님, 오봉옥 교수님, 그리고 시공주니어 가족 분들과 늘 내 곁을 지켜 주신 모든 분들께 이 지면을 통해 감사의 말씀을 전합니다.

　구라짱, 파이팅!

2009년 6월 1일
이명랑

'청소년'의 '소'는 小(작다)가 아닌 少(적다)이다. 물론 少에는 '젊다, 어리다' 라는 뜻도 있지만, 한편으로 많은 생각을 갖게 한다. 그렇다. 청소년에게는 무엇이든 부족하며, 늘 충족되지 못한 그 무엇인가가 있다. '빛나' 역시 사랑도, 꿈도 이루어 갈 모든 것이 부족하다고 여겨 괴로워하고 방황한다. 그 고통은 자기 자신은 물론 주위 사람들마저 혼란에 빠지게 한다. 그래서 빛나의 인생과 빛나를 둘러싼 세상은 파멸하게 되는 걸까? 자, 여기까지는 예고편! 개봉박두! 작가 '이명랑'은 제 이름만큼이나 '명랑, 명쾌, 명백'하게 청소년의 아픔을 꺼내 놓는다. 그리고 버릴 건 버리고 가여운 건 안아 주며, 여러분을 행복하게 하리라!

—노경실(작가)

도대체 어쩌려고 '빛나'는 겨우 열일곱 나이에 거짓말의 참기 힘든 매력을 알아 버렸을까? 상처로 질척대는 세상을 앙큼한 거짓말로 돌파하기로 작정한 빛나의 모습이 사뭇 통쾌하면서도 애처롭다. 한번 입에 대면 봉지 밑바닥까지 탈탈 털어 먹게 되는 과자처럼, 한번 펼쳐 들면 단숨에 끝을 보게 되는 소설이다. 읽는 동안에는 실컷 낄낄거리다가도 책을 덮고 나면 마음 깊숙한 곳에 뜨뜻한 무언가가 고여 있음을 깨닫게 될 것이다.

—정이현(작가)